城乡事
——教育·司法档案寻访记

周大彬 著

浙江工商大学 出版社
ZHEJIANG GONGSHANG UNIVERSITY PRESS
·杭州·

图书在版编目（CIP）数据

城乡事：教育·司法档案寻访记 / 周大彬著． ——杭州：浙江工商大学出版社，2023.7（2024.2 重印）
ISBN 978-7-5178-5626-9

Ⅰ．①城… Ⅱ．①周… Ⅲ．①散文集－中国－当代
Ⅳ．① I267

中国国家版本馆 CIP 数据核字（2023）第 140863 号

城乡事——教育·司法档案寻访记
CHENGXIANG SHI——JIAOYU·SIFA DANG'AN XUNFANG JI
周大彬 著

策划编辑	郑　建
责任编辑	徐　凌
责任校对	李远东
封面设计	朱嘉怡
责任印制	包建辉
出版发行	浙江工商大学出版社
	（杭州市教工路 198 号　邮政编码 310012）
	（E-mail：zjgsupress@163.com）
	（网址：http://www.zjgsupress.com）
	电话：0571-88904980，88831806（传真）
排　　版	杭州彩地电脑图文有限公司
印　　刷	杭州千彩印务有限公司
开　　本	710 mm×1000 mm　1/16
印　　张	18.25
字　　数	234 千
版 印 次	2023 年 7 月第 1 版　2024 年 2 月第 2 次印刷
书　　号	ISBN 978-7-5178-5626-9
定　　价	69.00 元

郑琪祖居，位于浙江省庆元县黄田镇双沈村（郑祖平 摄）

1947年1月26日，郑琪与徐淡英①在杭州活佛照相馆拍摄婚纱照②

徐淡英（1921—2007）

郑琪（1916—1997）

---

① 徐淡英，原名徐瑞珍，在平湖、嘉善任教期间改名为"徐梦月"，定居庆元后改名为"徐淡英"。

② 本书所用照片除已有作者署名外，均系作者拍摄或翻拍自家庭老照片、档案馆馆藏照片，因老照片及档案馆馆藏照片已难以考证原摄影者，故不再署名。

双沈村，始建于北宋建隆年间（960—963 年）（叶金军 摄）

郑琪故居，郑琪、郑祖平父子建于 1981 年（郑祖平 摄）

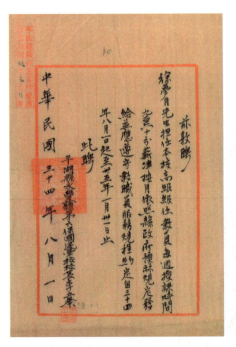 

1945 年 8 月 1 日，平湖县永丰镇第六保国民学校给徐梦月的聘书

1946 年 2 月 6 日，平湖县政府委派郑琪担任指导员

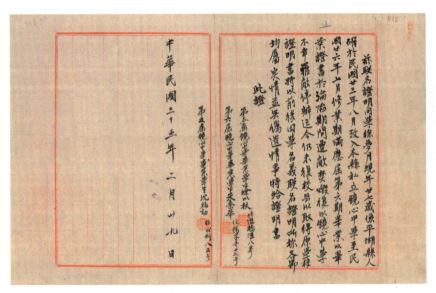

1946 年 2 月 28 日（上图所署日期有误），三人联名证明徐梦月曾入读平湖私立镜心中学

1946 年 3 月 10 日，平湖县新埭镇中心国民学校为徐梦月出具证明书

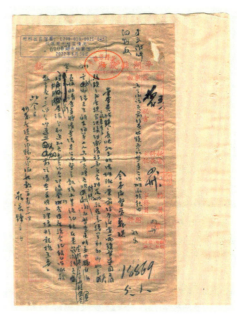

1946 年 5 月 3 日，平湖县政府派郑琪前往黄姑镇盘查各项摊派粮款

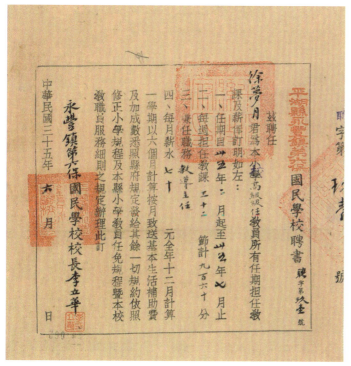

1946 年 6 月，平湖县永丰镇第六保国民学校给徐梦月的聘书

1946 年 6 月 10 日，平湖县政府为徐梦月出具证明书，证明其曾任新埭镇中心国民学校教员

1946 年 6 月，平湖县政府给徐梦月发的训令

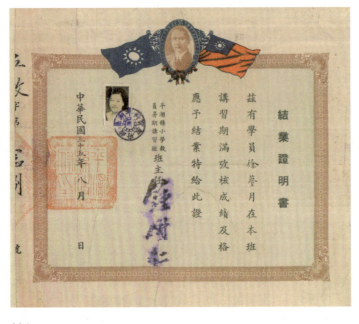

1946 年 8 月，徐梦月参加平湖县小学教员暑期讲习班的结业证明书

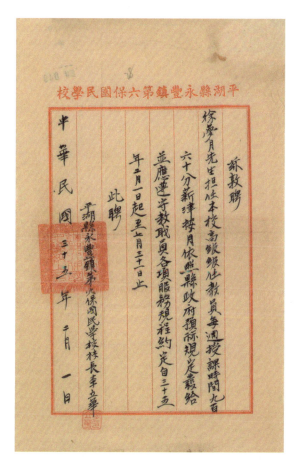

平湖縣永豐鎮第六保國民學校

兹敦聘

徐夢月先生擔任本校高級級任教員每週授課時間九百六十分新俸按月依照縣政府預標規定發給並應遵守教職員各項服務規程約定自三十五年二月一日起至七月三十一日止

此聘

平湖縣永豐鎮第六保國民學校校長丰立華

中華民國三十五年二月一日

1946年2月1日，平湖县永丰镇第六保国民学校给徐梦月的聘书

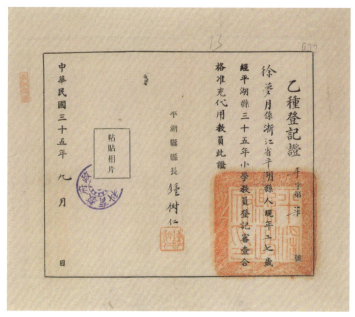

乙種登記證

平字第　　　號

徐夢月係浙江省平湖縣人現年二七歲

經平湖縣三十五年小學教員登記審查合格准充代用教員此證

平湖縣縣長 鍾樹仁

粘貼相片

中華民國三十五年九月　日

1946年9月，徐梦月的小学教员乙种登记证

1946 年 11 月 30 日，徐梦月的小学教员登记表

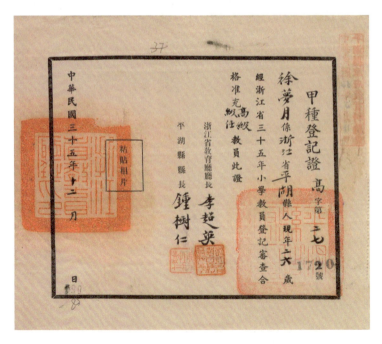

1946 年 12 月，徐梦月的小学教员甲种登记证

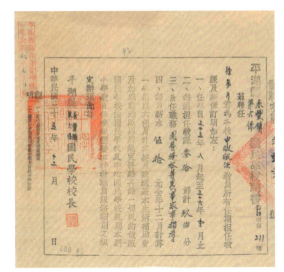

1946 年 12 月，平湖县永丰镇第六
保国民学校给徐梦月的聘书

1947 年 1 月 12 日，平湖县政府发给郑琪
的任用审查通知书

1947 年 2 月 1 日，平湖县当湖镇中心
国民学校给徐梦月的聘书

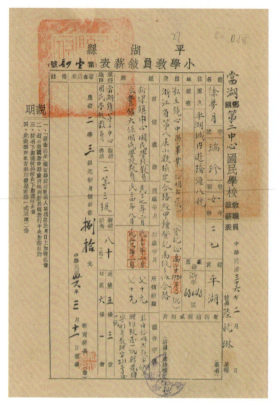

1947 年 3 月，徐梦月在平湖县当湖镇第二中心国民学校任教时的叙薪表

1947 年 5 月 12 日，平湖县举办第七届运动大会

1947 年 6 月，徐梦月的小学教员检定合格证书

 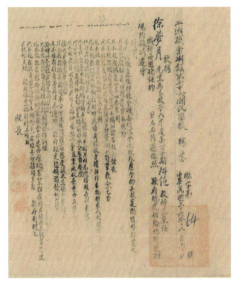

1947 年 7 月，平湖县当湖镇第二中心国民学校给徐梦月的聘书

1947 年 8 月，平湖县当湖镇第二中心国民学校给徐梦月的聘书

1947 年 9 月 14 日，平湖县政府职员合影（最后一排右二为郑琪）

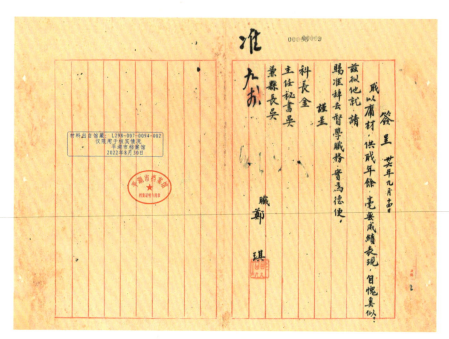

1947 年 9 月 14 日，郑琪向平湖县政府请辞督学职务

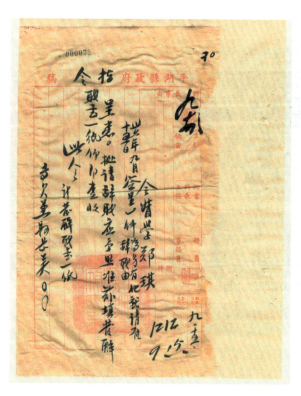

1947 年 9 月 15 日，平湖县政府同意解除郑琪的督学职务

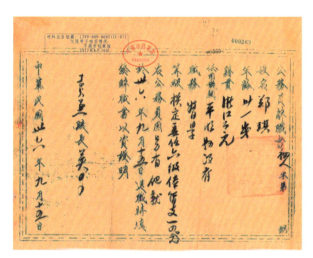

1947 年 9 月 15 日，平湖县政府向郑琪发出公务员解职书

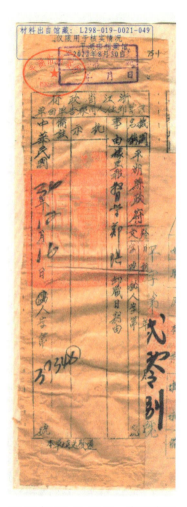

1947 年 12 月 16 日，浙江省政府核对卸任人员报告单回单

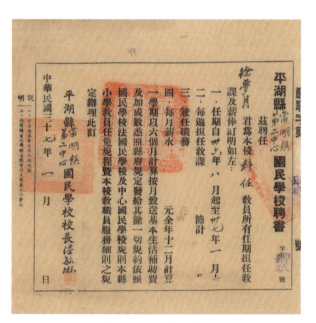

1948 年 1 月，平湖县当湖镇第二中心国民学校给徐梦月的聘书

1948 年 2 月 28 日，嘉善县黄清亮写给郑琪的信（郑琪，又名郑胜熙，黄清亮误写为"圣希"）

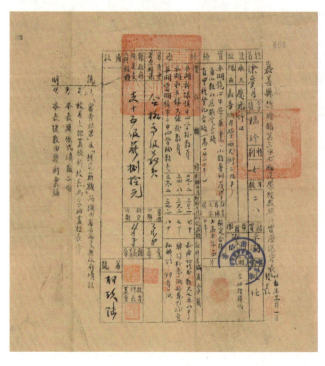

1948 年 3 月 1 日，嘉善县魏塘镇第三中心国民学校教员徐梦月的资历送审表

1948年6月17日，浙江省嘉兴师范区首届辅导会议全体出席代表留影（前排左五为郑琪）

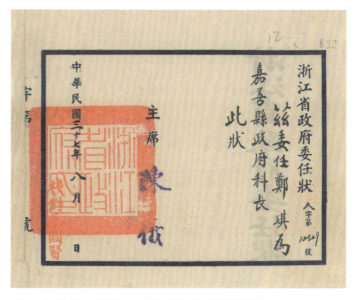

1948年8月，浙江省政府委任郑琪为嘉善县政府科长

1948 年 8 月，嘉善县魏塘镇第三中心国民学校给徐梦月
的聘书

1948 年 9 月 4 日，嘉善县政府给第三科科长郑琪的
动态核回通知书

1948 年 9 月 28 日，嘉善县政府嘉奖
徐梦月的训令

序

让故纸上的人"活"过来

有幸，生活在一个清明的和平时代。

可以肯定，我是个有福之人，因为我常会与美好的人和事相遇，一次又一次。

这里的两次"相遇"，两次寻访，有着近乎神遇般的奇巧玄妙，非常有趣，令人兴奋与好奇。如此美好，值得结集，值得分享。

第一次是 2019 年 3 月，我在龙泉市区的地摊上与晚清民国时期龙泉地区的"沈妹儿"的司法档案"相遇"。准确地说，它是民间自家留存的档案。我买下来捐给了龙泉市档案馆，那是与陌生人的"相遇"。

第二次是 2022 年 8 月，我与收藏在庆元县档案馆里的民国郑琪教育档案"相遇"。郑琪先生是我的爷爷，那是与熟人的"相遇"。

人生短暂，一旦与美好相遇，就不能错过。遇见故纸上的人与事，一定要去努力寻访，这是学习，是成长，更是告慰——一种自我与先人并存交替的复杂告慰，告慰一群世世代代都生活在浙南大山深处、无名却充满活力的地方小人物。

两次莫名的"相遇"，都令我无比兴奋、无比好奇，令我不断地寻访着、记录着，就连我自己也说不清这是为了什么，又有何用。总之就是有趣，有必要，有意义。

如今，我竟又有如神助一般，将这两次完全不同的"相遇"汇集成册，虽有"拉郎配"之嫌，却有如天成。

第一次遇见的"沈妹儿"，生于晚清民国时期今龙泉市安仁镇沈庄村的普通农户家庭，他平凡地活着，打过一场在乡间极为常见的民事纠纷官司。

第二次遇见的"郑琪"，是民国时期生活在庆元县黄田镇双沈村的普通读书人，曾任庆元、平湖、嘉善三地的政府工作人员，最终回归乡里，成为浙南乡村一名建造木屋的普通木匠。

真是无巧不成书。这两人之间，竟然还存在姻亲关系，郑琪的长女郑少华嫁给了"沈妹儿"的后人沈正平。

一纸档案，一世情缘。

那故纸，那旧文，那先人，都是早已逝去的，是躺着的，成了灰，成了土，渐渐淡出记忆。能不能让他们重新"活"过来，"站"起来，有说有笑的，如同电影中动态的画面一般？我想努力试一试，也必须试一试。

于是，我就在纸上、在字间、在城乡追寻他们的足迹，和他们走到了一起：从浙南到浙北，又从浙北到浙南；从当代到民国，又从民国到当代；从城市到乡村，又从乡村到城市。来来回回，反反复复，活着的，逝去的，混混沌沌，都似融为一体，难分古今，难分你我，唯有活着的美好与力量。

慢慢地，纸上的人"活"过来了，"站"起来了，与我们同在。

"沈妹儿"，一个奇特的方言名字，不太好懂，似女实男，这是浙南大山里独有的名字，普通且常见，又分量十足，有着群山般沉厚的无言之美，需要智慧和阅历才能读懂。换句话说，唯有读懂了"沈妹儿"这样奇特的名字，才算进一步读懂了浙南浙北，读懂了乡村，读懂了中国。至于我的那个爷爷郑琪，就更普通了，他只是千百年来中国传统读书人中的普通一员，于淡然中见风骨。

如今，我有幸让他们在一起"活"着，一起"活"在我们熟悉的祖国大地上，一起"活"在浙南深山从过去吹来的风中，让他们的形象慢慢地丰满起来。

我只是个普通人，未专门学过档案学、历史学，更未专门学过写作，唯有凭借真诚与敬畏，边读边访，边思边记，以"我"之视角，努力在浙南浙北的土地上描写民国时期普通乡村里的小人物的群像，展示他们的活力与美好，这与熟悉和陌生并无多大关系。他们离得那么远，又那么近，看似是一个个个体，实则是一个社会、一个时代。

换句话来说，"沈妹儿""郑琪"就是你我，就是这个国家、这个民族在特定历史时期的真实写照。因此，小人物也是高大的、向上的、动人的。

一路寻访，一路记录，我常常被感动，但愿你也会被感动。

寻访的文字定格后，我就不再改动了，没必要再改了，没必要去改动那些曾经固定住的美好的瞬间。特别感激这个好时代，使我如愿让故纸上的人"活"过来、"站"起来、"动"起来。

致敬文字，致敬档案。

我是个性急之人，也是个粗糙之人。作为从浙南大山里走出来的普通读书人，唯有尽己所能，为地方文化建设尽绵薄之力。

仅以此为序。

周大彬

2022 年 8 月 21 日于杭州曲荷巷 18 号

目 录 Contents

城乡事·上

——民国庆元郑琪教育档案寻访记

郑琪的家里事

一

这一夜，彻夜难眠。

2022 年 8 月 12 日，周五，阴历七月十五，中元节，入秋仍是高温，罕见。

"郑琪，男，嘉善平湖人；徐梦月，女，1947 年或 1948 年在黄真乡（今浙江省丽水市庆元县黄田镇）工作。一个在政府部门工作，一个在学校教书。当时两人 28 岁左右。"

"周老师，找人，就是这个情况，你知道吗？"

8 月 12 日中午 12 点 26 分，来自老家浙江庆元黄田镇的统战委员鲍群玉在微信上给我发来一条寻人启事，同步传来的还有镇村干部群里的寻人启事。

"我的爷爷。"我说。

"徐梦月是你的奶奶吗？"她问。

"应该是，是化名吧。在庆元叫徐淡英，在平湖她的名字叫徐瑞珍。"

"你的爷爷是不是也有两个名字？"

"是的。姓郑，名琪，字伯玉，在族谱中叫郑胜熙，村里都这么叫。

在1946年前后，曾任庆元教育科科长等职。爷爷是庆元人，奶奶是平湖人。"我说。

"是县里在找。"对方说。

"明天嘉善有客人要来庆元交流，领导想找找原来我们和嘉善的一些交往或联系。"

"今年是实施山海协作20周年，庆元县与长兴、嘉善、海曙三地推进山海协作，成果丰硕。"

好意外啊！我爷爷郑琪已经离世25年了，还有人来找寻，还有人记挂他。这令我产生了一丝丝自豪感，更多的是强烈的好奇心。

为何要来找？难道是嘉善那边来了亲人？种种臆想，甚是有趣。

晚上6时许，鲍群玉又转来两份民国时期的档案，是高清扫描件，品相完好，正楷手书，似是爷爷的笔迹。

一张是民国三十七年（1948年）9月4日，由嘉善县县长何国祥签发的写有"本府第三科科长郑琪，由平湖县政府督学转任嘉善县政府科长"字样、带有大红公章的公函通知书。在公章印之上，还误贴了一张年轻女子的照片，圆脸，卷发，微笑着。我爸辨认说，这女子是我奶奶。

另一张是民国三十七年（1948年）8月，由嘉善县魏塘镇第三中心国民学校校长陈达签发的聘请"徐梦月先生"为教员的聘任书，任期自民国三十七年（1948年）8月1日至民国三十八年（1949年）1月31日。

保存70多年，仍然完好清晰，而且皆是我们这些后人不曾知晓的。

说来真是惭愧。在如此众多的后人家里，有关爷爷郑琪的资料，竟然只字无存。

这些年，我也数次想查找，以知一二，但未能如愿，不想今天却主动找上门来了。我大为欢喜，深感不能错过。

这个七月半，真是很美好又很美妙的一天。

二

经多方联系，我辗转找到庆元县档案馆馆长王丽青，这才知道爷爷郑琪的这批个人档案并非存管在嘉善县，而是存管在庆元县档案馆里。因为两地交流需要，档案在无意中被翻找出来，这次寻找就是由庆元县档案馆发起的。

真想不到，爷爷郑琪的个人档案竟然还能如此完好地保存在庆元县档案馆里，爷爷郑琪在生前也从未提及，或许他压根不知道，毕竟历经战争与动乱，本也不该对此怀有期待。

这么多年来，我们后人也一点儿不知道，却突然有了消息，我越想越激动，久久难以入睡。

这批档案是怎么从嘉善到庆元的？是爷爷奶奶当年带来的吗？为什么进了县档案馆呢？诸多问题，不得而知，期待后解——这可是浙南山区民国时期特殊的历史时代见证，是不可多得的档案材料。

这有关崇学、婚姻、乡村……看似很近，又似在远去。爷爷郑琪在庆元县黄田镇双沈村里的那幢普通的晚清时期建造的老屋，也已摇摇欲坠了。这里的正堂曾经匾额满满，书香满屋，如今却破败了。

家史国存，令我深受感动。

无以回报，我连夜决定，将原来收藏的龙泉宝溪产的带有"建立苏维埃中央政府"铭文的一方青花红军砚台和两张关于其来路缘由的手书便笺，以及自己出版的六本一套签名书，经由工丽青先生一并捐给庆元县档案馆，既作为感恩，又用以接续爷爷郑琪之馆存。

这方青花红军砚台，我无比喜欢，原想买来自用，但发现是"挺进师"的红军砚台，存藏有出处，文化价值不错，便又不舍得用了。此前，我一心想捐给龙泉党史办，但主动联系后，发现对方无专业馆展示和存藏，且

位于浙江庆元黄田双沈村下沈自
然村的郑琪祖居（晚清时期建造）

大梁柱

正堂及右厢房

左厢房

对此青花瓷是否产自龙泉尚存犹疑，故未能如愿。

不想，如今它去了家乡，也是合适的安排。8月13日一早，我就寄出了。

只要遇见美好的东西，我一刻也不愿等，即买即捐——证书还真不少。

即便是"败家"，我也乐意，这次亲历更加印证了我的理念，也令我更坚信、更坚定。

三

这是普通的农民之家，位于浙南闽北间的深山里，这里是瓯江、闽江源头的交融带，也是分水岭。

浙南的小村落独具特色，常呈带状分布，散落在海拔 1929 米的浙江最高峰龙泉山黄茅尖周围的群峰间，面朝田野，小溪绕村而下，房子背山而建，海拔 300 米左右，特别适宜居住。

爷爷郑琪的祖上于明代万历年间自福建松溪渭田迁至当地，其父郑先礼（1891 年 1 月 2 日—1953 年 2 月）特别崇学，其母阙娇娥（1891 年 8 月 12 日—1938 年 3 月 27 日）为庆元县竹口镇大泽村人，家境殷实，乐于助人，有五兄弟、一姊妹，可惜 48 岁时便离世了，那年爷爷郑琪 22 岁。郑先礼的弟弟郑先乐是位私塾先生，还当过校长、乡长。

乡民奋起读书，背后皆有不堪之故事，爷爷郑琪亦如是。

关于这段历史，双沈村已故的陈良远先生在自印的《古村双沈》一书中写有《受人欺辱立志图强，为支撑门户培养人才》一文，记录如下：

相传，民国十七年（1928 年），全乡为防止匪患，实行联防，也称"十八社"，发起人蔡寿，字静山，朱坞村人，联防总部设在朱坞村蔡氏宗祠。

后来邻村有一位姓周的人，见双沈村下沈自然村的郑先礼家生活富裕，便动起了歪脑筋。一是要压倒郑家，以后方便敲竹杠；二是试试联防是否能真正保住乡里的安全；三是借势欺人。

一个冬天的夜里，姓周的人拿了一根木头，猛击了几下郑家后门，敲击声惊醒了帮工老叶。老叶以为土匪来了，匆忙起身，拿了土铳放了一枪，喊了一声："土匪来了！"信息传得很快，不到一个时辰就传到了联防总队，一队人马很快背着土枪、长矛、木棍，威风凛凛地赶来，结果没有发现土匪。联防人员认为郑家虚张声势、造谣惑众、扰乱民心，借此打开郑家粮仓，把猪也杀了，大摆酒席，还把老叶绑了起来。蔡寿拿着大刀乱舞，说要把老叶杀掉示众，经郑家人再三求情，才给老叶留下一条性命。最后，蔡寿在老叶脸上划了一刀，留下伤痕，以示警告。这件事让郑家人深以为耻。为此，郑氏一门许下了"立志图强送子女读书，培养人才支撑门户"的心愿。

因父辈受冤屈，破财又危及生命，太公郑先礼发愿立志，要送三个儿子读书，省吃俭用，卖山卖地，最后三兄弟都考上了师范学校，走出了大山。

爷爷郑琪是家中老二，另外还有两个弟弟［郑明（又名郑瑾、郑胜勋，1923年11月9日—1992年1月11日）和郑瑛（又名郑胜熊，1928年12月23日—2011年3月30日）］，都是从湘湖师范毕业的，后来双双加入解放军。郑瑾加入抗美援朝志愿军，复员后到庆元供销社工作。郑瑛复员后曾在温州法院、沈阳兵工厂工作。家中还有三姐妹（老大郑兰聪、老三郑贵聪、老五郑桂聪）。

"一门三师范"，乡间成佳话。

在浙南乡间，郑琪、郑瑾、郑瑛三兄弟，如同他们的名字一样，被寄予了如同美玉一样的美好期望。

爷爷郑琪属龙，生于1916年11月19日（阴历十月廿四），毕业于浙江省立杭州师范学校（杭州师范大学的前身）。毕业后任庆元县竹口中心学校校长，1944年任庆元县政府督学，1945年3月至1945年8月任庆元县政府教育科科长，1945年8月调任平湖县教育督学。在这期间，他认识了我的奶奶徐淡英。1948年2月至9月，转任嘉善县教育科科长、嘉善县政府科长。

1949年春天，他们举家从浙北嘉善、平湖又回到浙南庆元，回到双沈

郑琪　　　　　　　郑明（又名郑瑾、郑胜勋，左）和郑瑛（又
　　　　　　　　　　　　名郑胜熊，右）

村。爷爷郑琪 45 岁时，弃笔转行，转做木匠，在乡间造大屋，直至 1997 年 5 月 13 日（阴历四月初七）终老于双沈村。

在浙南大山里的庆元县，现代学校教育的平民化普及，是从各镇村的寺庙改成学校开始的，爷爷郑琪就是率先力推的亲历者之一。

黄田镇双沈村的天真寺就是在爷爷郑琪手上被改成学校的，我在那里读的小学。我曾在黄田镇上济村由胜因寺改造而成的学校教过五年书，这所学校也是在他手上被改造的。这些教育往事，在乡村里，凡是上了年纪的人都知道。

说来也是有趣，这么多年了，我竟从未写过我的爷爷郑琪，一个高高瘦瘦的被人戏称为"四只眼"的乡村木匠。

四

浙南乡间小村里，常建有连廊式的凉亭，在那儿既能聊八卦，又能论是非。

外出读过书、当过官，又有过两任妻子的爷爷郑琪，常常是他们议论的对象，这些议论各种各样，亦真亦假，流传挺广的。

爷爷郑琪的两段婚姻，有美好的回忆，也有激烈的纷争，皆是时代之特殊产物。

爷爷郑琪的原配叫吴承聪，生于 1917 年 9 月 25 日（阴历八月初十），属蛇，是邻近的东边村人，比爷爷郑琪小一岁。她 19 岁时经人做媒与爷爷郑琪结婚，育有四个孩子，后并未再嫁，将孩子拉扯大，享年 92 岁。

大姑姑：郑少华，1937 年 8 月 9 日（阴历七月初四）生，属牛。

二姑姑：郑影华，1941 年 3 月生，属蛇。

三姑姑：郑曼华，小时候被送给姚村人，不幸夭折。

大伯伯：郑祖华，1945 年 7 月生，属鸡，2017 年去世。

我对大姑姑郑少华印象极为深刻的是她在桌上吃饭时拿筷子的样子，那是传统家庭里有教养的标准样式——双手捧碗，筷不着桌，微含双肩，无声无息，粒饭不留。

她说："这规矩是你爷爷教的，很严的。"

大姑姑郑少华还告诉我，家里姐弟四个孩子的名字，都是爷爷郑琪起的。因为前面三个是女儿，到第四个无论是男是女，都决定叫"祖华"。

郑琪原配吴承聪 75 岁时拍的照片（摄于 1992 年）

她还说，小山村里，名字中但凡有个"华"字的，都是家长抱来请他起的。十里八乡，就他书读得多，人缘又好。

细细思来，仅就爷爷郑琪给儿女们起的名字来看，就足见他的文化修养。

那时，他初为人父，又居地方政府要职，生活中充满了美好与闲情，特别是那几个"影""曼"字，真是非一般乡人名字中所常用的。我猜想，他定然是读过北宋词人张先（绰号"张三影"）的"云破月来花弄影"之词吧。至于叫祖华——那定然是期望祖国如花之繁茂。

我们家大大小小、男男女女，名字都是爷爷郑琪起的。

"70后"的女孩叫东红、亚红、曙红、春红……

"70后"的男孩叫世辉、世尧、世舜、世禹……

郑世舜，就是爷爷郑琪为我起的名，寄寓高大、大气、平和、孝善之意，此深意我至今方悟知一二，很是受教。至于后来改名为"周大彬"，那又是另外一个故事了。

"一光一先一胜一祖一""一世一守一贤一良一"这是我们氏族起名的排行。我算是老老实实严格按辈分排行起名的最后一辈，从此以后，便进入了起名杂乱无序的时代，既有按排行起名的，也有倡导按个性起名的。家族中的起名由此进入一个前所未有的杂异甚至怪乱的个性化时代。

比如，我们夫妻俩给2004年5月出生的女儿起名叫"郑紫瑞"，这是想当然起的名，希望她长长久久的好，压根没想到，竟然与奶奶的名字"徐瑞珍"重合了一个字，真是不敬啊。女儿还没出生时，恰逢修宗谱，主笔与奶奶商量，便先给"他"写了个名字叫"郑守樑"，那是因为我哥哥的儿子叫"郑守栋"。

"世守贤良"，这名字排行中，包含着多么美好的期许，然而"世"才开头，便几近中断了。

事实上，同时断失的，还有对阴历的使用习惯。在我辈离乡进城之前，浙南乡间里一直习惯记阴历与属相，至今仍是。然而一进城后，便混合使用了，显得有些混乱。

五

在庆元县姚德泽先生自印的《畸筠斋漫录》卷之五第22页里，还收录了一首民国时期的《庆元县立简易师范附属国民实验小学校歌》（该校即现在的庆元县实验小学），由爷爷郑琪作词、吴升先生作曲。我估摸着，创作时间在1944年前后。

爷爷郑琪在歌词中这样写道："我松源，风景好，石龙苍翠咏归桥。圣庙巍峨先师位，傍立简师设附小。老师同学齐努力，礼义廉耻记得牢。牵手拍掌多可爱，为我庆元教育争风涛。"

《庆元县立简易师范附属
国民实验小学校歌》

姚德泽先生是位有心人，他早在2007年12月12日便依据校友的记忆对曲谱进行录存。他还说："这歌传唱得很广，人人都会。我之童年，曾经与郑先生有过'忘年之交'，他是个戴着高度近视眼镜的知识分子，是一个大木匠。"

好一句"为我庆元教育

争风涛",这歌词至今读来仍然不过时,催人奋进,令人热爱,亦乡土味十足。

我在欣喜之余,将校歌转给庆元县实验小学的叶小松先生。他说,百年校庆时做过校史整理,在校史馆里还没这样的资料。

小小之名字,短短之歌词,一个民国时期的读书人,其家国情怀跃然纸上,为我所景仰。

1945 年 8 月,爷爷郑琪应那位常来双沈村家中做客的民国庆元县县长钟树仁之邀,随同四五位政府要员,一起前往平湖工作,再次走出大山,走向浙北平原,开启了另一种生活、另一段婚姻。

从浙南到浙北,从庆元到平湖,又从平湖到嘉善,我估计连他自己都没有预想到,将来会是这般光景——任何个人与家庭,都离不开一个时代的关照与呵护。

在平湖县①(今浙江省平湖市),爷爷郑琪有了第二任妻子徐淡英,也就是我的奶奶,这是一个吸烟至终老的浙北女子。

奶奶徐淡英是位小学教师,生于 1921 年 1 月 13 日(阴历腊月初五),比爷爷小 5 岁,家住平湖城内游桥汇 8 号(后改成中药仓库,现为松风台商城),父亲叫徐信孚,母亲叫黄淑娟,徐家是一个地道的江南水乡家庭。

爷爷和奶奶在平湖县东大街的大同照相馆里,陆续拍了很多黑白照片。在那些富足水乡的民国风照片里,有一张很时尚的婚纱照,是在杭州活佛照相馆拍的,时间是 1947 年 1 月 26 日(阴历正月初五)。

至于他们是怎么认识的,怎样相恋的,又是如何走到一起的,我们后人都不知道,也从未听他们谈及。那时爷爷郑琪是有妇之夫,有娃之父——这是民国时期的特殊产物,也是后来浙南庆元大山乡村里的趣谈和热点所在。

1948 年 6 月 23 日,他们在平湖生下了第一个儿子,起名郑祖平,这

---

① 平湖市,浙江省辖县级市,由嘉兴市代管。1991 年,平湖县撤县设市。

就是我的父亲，这个名字是为了纪念他的出生地——平湖而起的。

1949年春天，他们选择了回归，从浙北嘉善、平湖回到浙南庆元，从此，两地亲人中断了联系。

奶奶徐淡英跟我说过，当初她来到又穷又远的庆元，是被爷爷给"骗"来的。这个"骗"字，绝非骗子之"骗"，爱情这玩意儿，总是这样说不清、道不明。

奶奶徐淡英刚到庆元时，先在竹口教了半年书，曾租住在庆元县城的府后街官井附近，后来又在后田街上租房子，专门帮人做盘扣以养家糊口，2分钱做10个，缝缝补补，收入极微薄，日子过得极其艰难，所以才有了将刚生出的两个儿子陆续送人的无奈之举。

爷爷郑琪还会一项纺布的绝活（帮人织布是要收钱的），只是我们后人都叫不出这项绝活的名字。

回到庆元后，他们前后育有五子：

1951年11月2日（阴历十月初四），郑祖元出生；

1954年3月15日（阴历二月十一），李国淼出生（送人，在屏都镇薰山下村）；

1955年9月，许庄水出生（送人，在县城后田街）；

1958年9月21日（阴历八月初九），郑祖庆出生；

1964年5月18日（阴历四月初七），郑祖本出生。

长大成人后，他们只是一群极其普通的农民。正如爷爷郑琪给他们起的名字一样，皆是对出生地"庆元"和"本家"的纪念，传统朴素，与前期给儿女们起的名字截然不同。

1960年前后，爷爷郑琪终于做出了选择，举家从庆元县城回到乡村，回到他的出生地——双沈村。1961年，45岁的爷爷郑琪放下了手中的毛笔，拿起了斧头，成了浙南乡间一名普通的木匠。

　　我父亲郑祖平也是位木匠，16 岁就跟着爷爷学手艺。他说，你爷爷是位读书人，能看懂图纸，又会算术，不论什么样的木工活，学一下，看一下，算一下，就会了，十里八乡的木匠，无人能敌。他还是个和事佬，在各村干活时，常常会化解各种矛盾，还会给大家讲故事。特别是早年为官之时，适逢国民党政府四处抓壮丁，他还保下过不少乡亲。因此，新中国成立后，从来没有人为难过他。

　　听说，奶奶徐淡英刚回到村子里时，还带来了两大筐的布和绒线，这些在特殊年代里无处可藏，就寄放亲戚家里，深埋在谷仓之下，最后还是被发现瓜分了。还有一枚金戒指埋藏在灶坑灰里，也被发现收走了。

　　奶奶徐淡英的节俭与小气，在村里可是出了名的。我亲眼见过，一个香烟纸盒，展开后，背面是记事本，密密麻麻，写得满满的。一块蓝色方手帕，用了又洗，洗了又用，从未见过她换新的。一张草纸，要撕成好几小块使用。她说，不节俭，这么多人怎么活下来。

　　来自浙北的奶奶徐淡英，能识字，会写字，还会踩缝纫机，当时的村里没有一个女人会这些，她还会吸烟，村里也没一个女人会。当然，浙南乡村里妇女都会的，比如筛米、上山、种菜、烧灶等，奶奶徐淡英一点也不会，都是后来慢慢学会的。

　　至今我还记得，家里的宗谱就是奶奶徐淡英作为第十二世孙媳，在 1988 年极力主张续修的。那年的主笔是双井村的鲍赐仁先生，就住她家里，饭也是她烧的，他曾评价奶奶徐淡英"志坚气盛喜盈盈，宗谱未修心不宁"。

　　而那老宗谱就是爷爷郑琪在"文化大革命"期间从一堆纸里偷偷抢回来的。真是有文化、有远见之举，甚是感慨庆幸。

　　在那困苦的岁月里，爷爷郑琪与两位女人同住一个屋檐下，诸多子女之间的各种关系，真是难以言说，如同电影一般精彩，很无奈，很现实，却又不乏温情与美好，还很有趣。

全家福照片。前排左起前四位依次为周丽云、郑世尧、徐淡英、郑东红,后排左二为郑祖平抱着周大彬(郑世舜),右二为郑祖本,右一为郑祖元(摄于 1980 年前后)

六

从"徐瑞珍"到"徐梦月",再到"徐淡英",这些都是我奶奶用过的名字。

从平湖到庆元,从山外到山里,这是两种完全不相通融的生活。

山里的庆元的亲人始终不知道爷爷郑琪他们在平湖、嘉善的真实生活,有的只是种种离奇的传言。

山外的平湖亲人亦如是,始终不知奶奶徐淡英在庆元大山里过着什么样的日子,甚至怀疑她是否还活着。

如今,在平湖居住的叔叔徐斌,已从平湖农业局退休,他是奶奶的哥哥的儿子,他叫奶奶"大姑妈"。

因为这次找寻,平湖的徐斌叔叔在 8 月 13 日的朋友圈里发了长长的两段小文,照录如下:

昨晚,接表弟和大彬侄子电询大姑妈之事,得知嘉善、庆元两县结对互访前要寻找两县历史上的文化渊源，庆元档案馆查到了两张民国时期的委任状和教员聘书，分别来自大姑父和大姑妈。两位老人家都已作古。没想到七十多年后，两人还会为两县交流起那么一点点作用。

大姑妈，平湖人，原在平湖梯云桥小学教书，与任平湖督学的姑父相识相恋，大约1949年春随姑父回家乡庆元。一去路远山高，音讯不通，后来才得知二老吃尽了无法言说的苦，受尽了无以表述的难！欣慰的是，二老的子孙后辈个个孝顺，事业有成。姑妈晚年十分安适幸福！

整六十年后，才有平湖家人第一次去庆元看望，惜姑父已逝，姑妈老矣！庆元几十家亲戚共一两百亲人们，以当地最隆重的仪式迎接平湖亲人，感人至深，现回想起来仍不禁热泪盈眶！遗憾的是，那是我第一次见到大姑妈，也是最后一次！痛哉，惜哉！这次两县的结对联谊，也是对两位老人的一种纪念！

下午，他又给我发来如下新情况：

我今天问了小姑妈，小姑妈说，你奶奶原来在平湖日晖小学（前误为"梯云桥小学"）教书，平湖人原称日晖漾为"石灰漾"，漾西有日晖小学。石灰漾在平湖南湖头的最西面，漾南即为老城南水门。你奶奶在家里名叫"徐瑞珍"，在教书时自己改名为"徐梦月"，"徐淡英"也是在平湖起的名，是你奶奶的继父起的，到庆元后她用了"徐淡英"之名。

他还说，仍健在的80多岁的小姑妈（奶奶的妹妹）还告诉他一个秘密，说郑祖平其实还有个姐姐，因为是女孩，未满月，便被送到嘉兴育婴堂，送出后第二天，奶奶便反悔了，去嘉兴育婴堂讨要女儿，但嘉兴育婴堂以种种理由拒绝归还，奶奶无奈而返，从此再无女儿的消息。第二年，奶奶才生了郑祖平。

这是一个早已公开的秘密，我们都听说过，只是这消息没有徐斌叔叔说得这么详细。后来我才知道，被送走的女孩名叫郑平华。

当然，在庆元乡村坊间的传闻还有多个版本，有人传奶奶已婚嫁过人，还生过一个女儿，离婚再嫁给爷爷。这也是很有意思的。

这便是很有中国乡村特色的口口相传的文化，似是而非，可信又不可信。不过，它的中伤力可不小，很能考验一个人的自我保护能力与疏解能力。

在此之前，徐斌叔叔还给我整理过一段奶奶的家族史。这又是完全陌生的一段了，我似懂非懂，也照录如下：

我曾祖父徐惟镄，仅育二子，按族谱辈行字为“善”字辈。兄徐善清，号仁甫，生一子幼殁，由曾祖母鲁氏做主，以弟善流之大儿子以杕出嗣伯父为子，改名继仁，即我父亲。

弟徐善流，号信孚，娶平湖南廊下黄祥和酱园女黄淑娟为妻，生二子五女，子以杕、以栻，女瑞珍、静珍、品珍、喜珍、连珍。

你奶奶徐淡英（瑞珍，教书时以“梦月”为名，即我大姑妈）排行老二，生于1921年。

我父亲徐继仁（以杕）娶白场俞家长女兰英为妻，育四子三女，子徐为熠（后改名徐熠）、徐斌（徐为熷）、马水根（送人）、王桂兴（送人），女徐臻、徐芳、徐齐。

叔叔徐永和（以栻）娶方家女桂娟，育有一女（已病故）三子，子徐为熔、徐为焌、徐为强。

徐氏族大枝繁。其一枝自海盐迁来平湖，为平湖望族。我们这一脉为“佛山公”之后，常称为“县后底徐家”，祠堂建在北弄，现已拆光。

祖上老辈们分居于平湖县后底和北弄一带，以北弄附近人家居多。曾听老一辈提起，中华人民共和国成立那年秋天，祠堂举行过最后一次祭祖活动，后亲戚、族人之间再无相聚和联系，偶有一星半点消息传来，也不知真伪。

七

一切都明了了，不管是外在的、表面的、粗浅的、苦涩的，还是美好的、有趣的。

直到今天，我才知道这么一点点，想来真是惭愧。

所幸也不迟，我还能有幸遇见。

爷爷郑琪离世那年是 1997 年，恰好是我从龙泉师范学校毕业到庆元黄田上济辅导小学见习期满的那一年。那天是 5 月 13 日（阴历四月初七），因为是乌饭节的前一天，又恰是我哥哥与祖本叔的生日，所以我记住了。

村里有人说，只有有福气的人，才能自己择选死期，他会选定一些特别的日子，让后人记住。我深以为然。

在我的印象里，晚年的爷爷郑琪瘦瘦高高的，戴眼镜。冬天，他裹着件绿色军大衣，捧个火笼，常用尺长的四方直木条轻轻地拨炭灰。夏天，他穿一件带盘扣的浅蓝色衬衣，深蓝色的裤子。他常坐在那张浅绿色的藤椅上，椅子上有很多小洞洞，我们都喜欢用手指戳着玩。他很安静，话也很少，也很少笑，常看一会儿书，又望一会儿窗外，如此反复。一部《红楼梦》，反反复复，来来回回地看。

早餐，他爱吃花生米，事先炸好的，会装在各种小罐里，配着稀饭或者是米汤、鸡蛋羹吃。吃过后，再睡一会儿回笼觉。

我父亲说，他睡相特别好，直直的，一动不动，一觉睡到天亮，

郑琪晚年照

工作时其他木匠与他睡在一张床上，甚至有点害怕。

我母亲曾对我说，你爷爷讲话特别有道理，人也很善良，待人很周到。

在我的记忆里，他从来没有教过我们读书识字，也从来没有说过要练好毛笔字，要努力读书，只是依稀记得，他给我们讲过几天故事，其中一个故事叫"天鹅蛋"。

爷爷郑琪的毛笔字写得极好，村里家家户户过年时用的对联，都是请他写的。我亲眼看过他写了很多年，但片纸只字也未存下。1996年前后，手书对联慢慢被印刷对联取代，浙南乡村里，至今已难觅手书对联了。

郑祖本叔叔说，若是要看你爷爷写的字，随便找户人家，房子正梁下方的字，都是他写的。可惜，这些房子也都拆得差不多了。他去世后，留下一根毛笔，笔管微弯，我藏下了，还拿来写过字，后来不知被我扔在何处。

唉，想来真是罪过。

八

"我小姑妈说，当时你爷爷不回庆元就好了！那时像你爷爷这样的知识分子极少，留用后极可能是离休人员！"平湖徐斌叔叔对我说。

其实，很多人都曾这样惋惜地说过，而且从未停止过。我以前也是这样认为的，但最近几年，我却不这么想了，爷爷郑琪坚持自己的选择，回到乡村，也没有什么不好的。诚如爷爷生前常说的，只要有饭吃，有衣穿，在哪里都一样。

爷爷郑琪之为人、之才情、之修为、之文化、之书法，在乡村里是公认的好。

爷爷郑琪原来在我心中是那么普通，待我慢慢读懂他为人背后的智慧与考量之时，已是最近几年的事了，这也是挺可笑的。

傍晚时分，消息传来。浙南与浙北，山与海的牵手，继续谱写真金白银的新篇章。

2022 年 8 月 13 日，嘉善县—庆元县山海协作联席会议召开，会议上，签订了《嘉善县—庆元县 2022 年山海协作工程合作协议书》和《嘉善县—庆元县招商部门联合招商协议》，嘉善县魏塘街道与庆元县五大堡乡结对，嘉善县干窑镇与庆元县竹口镇结对，嘉善县财政局兑现"消薄飞地"固定返利 1070 万元，嘉善县交投集团向庆元县捐赠乡村振兴示范点援建资金 100 万元。

爷爷郑琪历经了旧中国与新中国的更替，从大山里走出来，到杭州求学读书，历任庆元、平湖、嘉善三地的政府工作人员，掌管一方教育事业，又历经两段婚姻，从乡村走向城市，又从城市回到乡村。从放下毛笔，到拿起斧头，保全了一家老小，最终选择成为乡村里的一位普通农民，成为一位为糊口而四处忙碌却受人尊敬的乡村木匠，其生命之平淡、之起落、之屈伸，以及生命的成色与韧劲，真是非一般人所能比拟的——但他始终乐观地活着、笑着，过着普通的生活。

文化，是永远不会过时的。石龙山，咏归桥，亦如是。

爷爷郑琪写的那首《庆元县立简易师范附属国民实验小学校歌》，将由何人唱响？那可是李叔同的调调。

我想听，想着这些，就觉得美好，就觉得浪漫，就觉得充满活力。

郑琪的兴学事

一

继续找寻，继续难眠。

2022 年 8 月 14 日，周日，天很热，我未下楼半步，继续找寻爷爷郑琪的点点滴滴。

我是一个性急之人。好友韦笑笑常说，我属于典型的"狮子座性格"。我悄悄对照了一下，挺准的。还有人说，急性子的人，都是生女孩子的，这点好像也是准的。从自身出发，我经常能看到自己生命那个位于不远处的终点，那个一片空白的终点，于是便急切地想努力一次，为自己、也为这个时代留下点什么，哪怕是一点点，也是好的。

对于文字，我追求一鼓作气，尽力保持"文气"，保持一种畅快与热情，使之有感人的力量。这一口"文气"，中途是不能断的，因为一旦断了，就很难接上了，即便接上了，也是突兀的、不和谐的。当然，这是极其细微的区别与感觉。

一天下来，改改读读，眼睛酸胀，仍然非常有兴致，这一切皆是因为强烈的好奇心促使我寻找真相。

文字，真是个好东西，能存藏，至少能比肉体活得久些。同时，文字还具有神奇的吸附功能，会引来连锁的美妙奇缘。

我边写边发，那边又有新信息不断传来，令人称奇，欲罢不能。

8月13日，我还在慨叹爷爷郑琪走后，未能留下只字片文。8月14日，庆元县档案馆的练正学先生给我传来了他曾经读过并收藏在庆元县档案馆里的一篇爷爷的原创文章——《忆民国时期的捐资兴学》，这也是除《庆元县立简易师范附属国民实验小学校歌》以外，我目前能读到的由爷爷郑琪撰写的仅有的文章。

不仅如此，练正学先生还传来一篇由爷爷郑琪曾经的同事——原庆元县县长吴醒耶先生写的文章《回忆我在庆元的日子里》。

"关于这次下乡募款兴学的活动经过，现在我尚记得有个县府教育科的督学郑琪，是庆元人，他是曾经一路往返相随的，该比我记得更多一些。不知此人尚健在否。"吴醒耶县长在文中这样写道。

吴醒耶先生曾于民国三十三年（1944年）至民国三十四年（1945年）调任庆元县县长，他在写这篇文章时，是在整整43年之后的1987年2月。

他哪里知道，那个曾经和他一起共事兴学的手下——我的爷爷郑琪，此刻正在浙南小山村里起早摸黑，挑着担子往返于各村，天天扯大锯、挥斧头，与木头打交道呢！

这就更有趣了，一个是县长，一个是教育督学，曾经共事，共忆当年兴学的点滴，这两篇文章虽不长，但记述准确，委实有趣。

在这里，不仅能读到抗战后期浙南山区庆元、龙泉一带的社会风貌，亦能体会当年知识分子的精神，颇显正气与风骨，很是令人感动。

值得注意的是，在这一时期，因抗战需要，浙江省政府数以百计的机关单位、学校、医院、银行等，已陆续从杭州南迁到金华永康，继而又迁至丽水的碧湖、云和、龙泉、庆元一带。抗战避难，浙西南山区成为抗战的大后方，当时仅迁驻龙泉的单位就有 284 个。（政协龙泉市文史委员会、龙泉市档案局编：《龙泉文史资料第二十二辑：龙泉——浙江抗战大后方》，2008 年 12 月出版，第 14 页）

就在那一时期，时任浙江省政府主席黄绍竑的官邸就设在云和县城，浙江大学分部也迁到了龙泉芳野，《四库全书》经龙泉迁运再向西南转移……

就在那一时期，与庆元紧邻的龙泉县^①（今浙江省龙泉市）县长是徐渊若先生，其早年毕业于日本早稻田大学，兼任光华大学教授。

徐渊若先生于 1943—1946 年任龙泉县县长，曾于 1944 年 11 月 12 日始，仅用了短短 10 天，在龙泉城区写就了闻名世界的关于龙泉窑的巨著《哥窑与弟窑》——尽管"至九时许，忽有坠机之事发生，自兹扰嚷经旬，心力交瘁。然仍于夜深人静，陆续走笔"（徐渊若：《哥窑与弟窑》，江兴祐整理，西泠印社 2014 年版，"自序"第 1 页）。这本书至今仍有极大影响力，读来令人敬佩不已。

我读过两遍，认认真真，恭恭敬敬。

巧的是，就在徐渊若县长写书那一年的秋天，爷爷郑琪正忙着和庆元县县长吴醒耶先生在庆元各乡镇来回奔走，忙于捐资兴学，新增学校 51 所——如此之壮举，如此长远之眼光，能改变多少人的命运？着实可圈可点，可歌可泣。

从张慕仪先生发表在《庆元纵横》第 8 期第 38 页（政协庆元县文史资料研究委员会、庆元县志编纂委员会，1991 年 2 月 7 日出版）的《清末至民国我县小学教师队伍发展概况》一文中，就能窥见庆元当年教育发展之情形。

---

① 龙泉市，浙江省辖县级市，由丽水市代管。1990 年 12 月，龙泉县撤县设市。

根据记载，宣统元年（1909年），庆元县有两等小学教员7人，其中师范毕业1人，他科毕业者1人，未毕业未入学堂者5人。

民国十六年（1927年），全县有完全小学5所，男教员20人，女教员2人，男职员4人，女职员1人，初级小学教员公立110人，私立4人，是年共计教职员151人。

至民国十八年（1929年），全县小学教员队伍扩充到176人。

据民国二十三年（1934年）全省小学教员资格调查，龙泉县有小学教员105人，其中师范毕业生7人，登记合格12人，不合格6人，未登记的85人。

…………

为推进浙江教育普及，浙江省政府决定自1944年3月开始，开展为期一年的浙江省"教育年"活动，浙江省政府主席黄绍竑提请各县拨谷8万石（每石100斤）作为支持经费，同时开展强迫入学运动，督促学龄儿童和失学民众入学。

一年后，全省各县平均增加学校56所，达到"二保一校"标准的有31个县，丽水地区9县全部达标。庆元县31个乡镇新增51所，其中乡镇中心学校25所，新增11所，庆元保数249个，保国民学校达到129所，新增40所。（浙江省丽水地区教育委员会编：《浙江省丽水地区教育简志》，上海文化出版社1990年版，第28页、第29页）

然而到1948年，在丽水地区总人口1008172人中，文盲人数仍占70.75%。其中龙泉县总人口110382人，受过高等教育的有107人，受过中等教育（初中、高中）的有1456人，受过初等教育（初小、高小）的有16810人，读过私塾的有16241人，不识字人数75768人；庆元县总人口74496人，受过高等教育的有64人，受过中等教育的有538人，受过初等教育的有13500人，读过私塾的有6289人，不识字人数54105人。（浙

江省丽水地区教育委员会编：《浙江省丽水地区教育简志》，上海文化出版社 1990 年版，第 31 页）

丽水地区教育机构自 1929 年起将"县视学"改名为"督学"；1935 年，裁局设科；1944 年，各县对教育行政组织进行调整，设 1 名科长、1—7 名督学、国民教育指导员、科员、事务员、教育指导员。（浙江省丽水地区教育委员会编：《浙江省丽水地区教育简志》，上海文化出版社 1990 年版，第 118 页）

国难当头，齐家治国。

书写青瓷文化，力推捐资兴学，禁赌和破除迷信……一阵 1944 年的风迎面吹来。我心怀敬意，附上原文，向抗战这一特殊时期在浙西南大山里努力奔走的文人政要们——我的爷爷郑琪和时任庆元县县长吴醒耶先生，以及龙泉县县长徐渊若先生等人致敬。

二

忆民国时期的捐资兴学

郑　琪

民国三十三年（1944 年）是浙江"教育年"，全省各地掀起办学热潮。当时的庆元县县长吴醒耶是个热心教育事业的人。他一方面按照上级指示，大力开展民众补习教育，采取强制入学手段，在全县乡、村学校都办起民众夜校，另一方面有计划地在全县范围内开展捐资兴学，使庆元县政府教育状况豁然改观。

我当时在庆元县政府教育科担任督学，曾追随吴县长历遍全县 31 个乡（镇）经办此项工作，兹就回忆所及，略述捐资兴学始末如下。

一、捐资对象：

（1）提拨荒废寺庙租产；（2）提拨迎神赛会及灯会等公有财产；（3）

提拨氏族祠产或春秋醮祭祀租；（4）殷商、富户、热心教育人士私人捐献等项目。

二、捐资办法：

（1）组织临时县政视察组，由县长亲自率领组员下乡工作。组员由县府各科室挑选干练人员7人充任。

（2）下乡时间由县长临时规定，巡回视察。每乡（镇）工作时间以2日为度。

（3）视察项目：重点工作是倡导捐资兴学及宣扬政令，同时处理其他偶发事件。

县政视察路线先赴北区各乡，次为东区，三为南区。

1944年秋，县长虽然已做出了这一规划，然思想上不无顾虑。因为当时县长本人对八都杨家的一些行为早已心怀不满，面和心不和，平时处事对杨家毫不买账。他唯恐到八都会暗中遭受阻挠，不利于工作的开展，曾与我私下谈及此事。因而我曾专程到八都乡校去了一趟，与校长吴藻研讨怎样争取有利形势，变阻力为助力。吴校长在八都乡青年中有一定威望，而且是杨家信任的人。商谈结果富有成效，总算不负此行。

县政视察组于8月某日离县，先步行至五都乡，下午即展开工作，次晨召开群众大会，宣达来乡任务、晓谕目前国家形势等。下午召集乡内干部（乡、保长，乡、保校校长）及地方热心教育人士，以座谈形式开展会议。首先提拨元宵灯会会产，其次为乡绅富户亲笔签字捐献现金，数达13000余元，为首者捐献5000元（以实物比价，当时国币200余元可买稻谷一担，即100斤），可说第一炮已经打响，当即交由基金保管委员会处理今后事务。

第二日到达八都，驻八都乡校（即槎溪中心小学），校长即将事先准备好的一份扩建乡校计划书并附建设新校舍平面图面交县长，吴阅后甚感兴趣。次日上午举行大会，下午继开乡干及士绅会议。首要任务当然是倡导捐资，充实学校基金。真是大出意料，杨明先生带头开笔，捐献10000元，还谦称："仅对乡校尽一点绵力，尚望在座诸公慷慨输将。"因之全乡殷富者相继解囊，多者五六千元，少者亦有三五百元。该乡预计建四个教室、一个办公室的经费一下就有了着落。

八都这一喜讯不胫而走，促使素来热心地方教育事业的黄新、竹口两地人士不甘落后，都捐献了巨款。黄新乡助万元者有吴明阶、吴赞襄等3人。竹口乡助万元者有2户。竹口乡校有了这笔巨款收入，将校舍修整一新，还添置了设备。迄今历时四十余年，地面的"三合土"尚不见有什么损坏，就是当日捐资所得的效果。

竹口乡校、松源镇校（原来的第二、第一中心小学）常年经费是编列县教育经费预算项下开支的，在此次捐资中又将迎神赛会田租产悉数拨充乡校与保校经费。如大泽、崔家田、枫堂等保校的经费问题，就是这时解决的。

三济、四源、黄真、黄田、高垟的情况大致与八都、竹口相同。唯黄真、黄田所属各村迎神赛会租产较多，计有200余石，拨充乡校或保校基金。所认捐的现金除高垟6000余元外，余均上万元，多数用于修理校舍和添置校具。

北区九个乡的视察任务历时19天，计捐献各校现金12万余元，迎神、寺庙、会众田产300余石，这使各校基金及修葺经费基本上有了着落。全县在这一年都掀起了办学热潮，有11个乡、40个保借捐资兴学的东风办起了乡中心学校与保国民学校，全县比前一年增加了51所学校，使庆元教育有了新的起色。

（《庆元纵横》第8期，第36—37页、第40页，政协庆元县文史资料研究委员会、庆元县志编纂委员会，1991年2月7日出版，本文在引用时略有删改）

三

回忆我在庆元的日子里

吴醒耶

［本文作者吴醒耶先生，原任国民党浙江省训练团毕业学生辅导室主任，于民国三十二年至三十四年（1943—1945年）调庆元县任县长，成文时为浙江省文史馆馆员］

抗日战争期间，我于1943年秋至1945年春约有一年半的日子在庆元任职。作为一县之长，也即所谓的"父母官"吧，总得做些关怀民瘼的事才对。在这种幼稚、天真的想法的驱使下，我就把兴学、禁赌和破除迷信这三种事作为自己任职期内的目标，以为这样就可把当时那个黑暗腐朽的社会改变过来，除此之外，奉令行事罢了。以下，就是我尚能回忆起的一些片段。

兴　学

我在庆元的兴学计划，是全县各乡镇都要成立一个中心小学，已成立的，则应进一步要求其充实和完善。为筹集兴学经费，办法是：一、由我亲赴各乡召开乡民大会，向殷户劝捐。为此，我尚记得在某个乡（乡名忘记了）召开乡民大会时，曾打过一个相当顽固吝啬的殷户的手心；也曾在另一个乡责令一个绰号"雌老虎"、拒绝捐钱的女富户打扫所在村的全村街道，以挫挫她的"雌威"。现在看到《庆元文史》第5期中有一篇赖善卿的文章，曾说起"民国三十三年（1944年），县长吴醒耶发动群众捐资兴学，一乡办一个中心学校，除将全县寺庙会产全都拨充学校经费外，还亲到各乡强行摊派，大发淫威，三济乡乡长叶明斋因为不肯带头，被当场放下打屁股，结果只好服服帖帖地带头募捐了"。这些话大概率是事实，但也不乏略有出入或稍显夸张之处。比如说"打屁股"的事，现在，我怎么也记不起打过什么人的屁股，可赖同志既已有名有姓地指出，那我也只好承认"大发淫威"了。同时，他所说的"将全县寺庙会产全部拨充办学经费"云云，也并不全属事实。这原是我计划筹集兴学经费的第二办法，以下待我再说明几句。当年，我诚然主张以寺庙会产的一半划给各乡办学，另一半仍留给寺庙所有，应该说这实在是一种温和的措施，而且都是由我亲自主持的乡民大会通过的。即便这样，后来仍有一些寺庙的"住持"联合起来，向县司法处提出起诉，竟然举起"财产私有制"的大旗，公然控告我这个县长违反和破坏国家法律哩！（按：那时，庆元尚未成立法院，县司法处设审判员一人，县长兼任检察员。）真把我这个县长兼司法处检察员弄得啼笑皆非！我将如何与之做法律的诉辩呢？此事到我离开庆元时尚是一个"悬案"，其发展的结果怎样，也不清楚了。继我任的为钟树仁（原浙江省府秘书处总务科科长，据传是黄绍竑主席的外甥），亦不知他是怎样处理的了。

关于这次下乡募款兴学的活动经过，现在我尚记得有个县府教育科的督学郑琪，是庆元人，他是曾经一路往返相随的，该比我记得更多一些。不知此人尚健在否。

禁　赌

抗战后期，由于庆元地处偏僻，听不到敌人的枪声、炮声和飞机的轰炸声，尽管敌占区日趋扩大，国土大片沦亡，庆元仍然偏安一隅，一种苟安图存、侥幸取胜的赌博之风也就随之日益严重起来，尤其是在城镇士绅阶层和机关工作人员中更为突出。我筹思再三，认为赌风之兴起，乃是社会危机，非从速刹住不可，而要刹住赌风，又必须从县府本身及各区、乡、镇做起，而且我也明知，禁赌如过多期望于警察机关去执行，由于他们通常不敢去碰一些上层人物，效果是不会太好的，必要时，就得由我自己亲自动手了。

在我下了禁赌的决心以后,曾采取了哪些行动、发生过哪些事情呢?

一件事是县政府的一个科长徐某家,据报告常有在星期日晚间通宵聚赌的事。在某星期一的早上,他差女儿来向我请病假,我准许了,并于当晚亲自去他家探视病况。好久,才敲开了大门。这是一座独立的三开间平房,还有天井。进了大门,只见墙门内静悄悄的,他的夫人迎着我进了唯一亮着灯光的寝室,只见徐科长正蒙头盖被,瑟瑟发抖。他夫人对我说:"正在发热哩!"我拉开被头,摸摸他的前额,感触确像有些热烘烘的,就信以为真了,便对他夫人说,倘明天病未好,就在家继续休息一天好了。正所谓"君子可以欺之以方"吧!几天后,便有人向我报告说,徐科长那晚上是无病装病的,我去敲门的时候,正碰上他和县城里一些头面人物,如县党部书记长等人在大打"索哈"(扑克)呢!他们听到我的敲门声后,才吹灭了灯光,急急忙忙收起赌具,躲到对门那间小房子里把门反锁上,可实际是从星期六晚上起至星期天已经赌了一天一夜了,这星期一的晚上本来还是要继续赌下去的!只是由于我突然"光临",使他们只得不欢而散。这次行动,不仅对徐某是一次震慑,而且也不能不引起社会上那些上层人士的警惕。

另一件事是荷地区区长张某私自进城,一天晚上正在城内某居民家大打麻雀牌,我得报后,便带了卫士和两名警察去敲门搜查。敲门进去后,只见灯光已灭,我们便用手电筒在这家住宅里四处寻找,后来张区长被我从灶后的柴堆里抓住了,其他的人则从后门跑了。在我声色俱厉的追问下,张区长亦直认私自来城赌博不讳。但他请求我且看"师生关系"的份上饶恕他这一次(张曾在省训团受训过),但我不徇私情,为严肃法纪,建立禁赌的威信,还是把他开除了。

然而这两件事的发生,当事人都是我的部属,终究不能不引起我的反省和内疚。我想不出更好的办法了，于是便在一天升旗礼后发表了一次简单而沉痛的讲话，表明我对禁赌问题将以绝食三天的办法，一面表示自咎，一面显示坚持到底的决心。讲话后，我又亲笔写了一张文告，贴在县府内的公告牌上。在文告中，我表示德薄才疏，目前赌风之盛，实由于自己平日劝导无方，督促不力。因此，决定从即日起绝食三天，以资反省，当期我县府同人和所属，应知赌博之为害，不仅丧人志气，亦腐毒社会，绝非我抗战期中国人应有的精神状态，从今以后，甚愿大家互勉互励，精诚团结，力杜赌风……绝食后的第二天早上，厨工秋樟担心我会饿坏身体，竟擅自做主杀了一只母鸡煎了一碗鸡汤捧来给我喝，还说："喝碗汤总不能说是破坏你的绝食呀!"可我还是拒绝了。接着县府各科室的负责人也都相继前来劝我复食，我也都谢绝了。到了绝食的第三天上午，由主任秘书带领各科室主管人员前来，并交给我一份他们全体联名的报告，恳切表示从今以后必严格督责所属人员决不再赌的保证以后，我才开始复食。我在绝食的这三天，对因患重病而躺在县卫生院病床上的妻子，当然也无心去照料了。

破除迷信

搞破除迷信，算得我在庆元时要主动搞的第三件事。

当年庆元民间的迷信活动是相当普遍的。一是逢时过节，乡间盛行迎神赛会，我感到这既是一种大搞迷信的活动，而且劳民伤财。二是人死后，晚上总要请和尚、道士在家"拜忏"，通宵达旦，锣鼓喧天，吵得近邻人家彻夜难眠。三是寺庙僧道的迷信活动，亦助长了社会上的迷信之风。对一、二两件事，我曾出布告严加禁止，并着县警察局转饬各乡镇严格执行。关于第三点，我在兴学活动中，主张将寺庙会产的半数划作办学经费的事，其实亦寓有遏制迷信的用意。对破除迷信的活动，显然是谈不上彻底的。

我之所以说不彻底，并非一种虚伪的客套。因为我的原配妻子黄玉芬也正是在这期间去世的。她死后，我曾为她的亡灵在县府内设过祭奠灵堂。又由于未能免俗，还接受了一些亲友和有关方面的祭奠。记得那时曾在庆元设有后方仓库的原中国银行行长金润泉、浙江省地方银行行长徐梓均备厚礼亲自前来祭奠。出殡之日，我亦未拒绝亲朋的盛情列队伴送。由于这些排场，很自然地引起某些人的非议，如说"吴某在提倡破除迷信的同时，他自己却在搞迷信"，这话虽难免有点讥讽的意味，但我认为这种批评是正确的。听了之后我是很感内疚的，但已是无可挽回了。不过，我为拯救自己内心的苦痛，决定将收到各方吊唁的全部礼金共20000元转赠于县卫生院(院长为田锦标)作为添置药物之需。这亦是因为我的妻子是在庆元缺医少药的情况下丧命的。我这样做，亦以聊慰死者于万一，并稍表自己未能做到彻底破除迷信的遗憾之心而已。

戒烟活动

这是为了奉命要完成任务而采取的一项临时性行动。

事情是这样的：省府令饬庆元要完成一项所谓"乡镇公益储蓄捐"任务，名称虽好听，可数额太大，根据庆元的民间实况，仍恐捐集不易。因之，一再拖延，搁而未办。直至上令一催再催，实在拖不下去了，才不得不下决心考虑如何捐集的方法。经过再三考虑以后，乃决定以倡导戒吸香烟的方法去完成，认为只要大家都能戒烟，每人以吸烟所节省下来的钱捐作"乡镇公益储蓄"，就不难完成这个任务。可要倡导戒烟，又必须以身作则，从自己做起。于是我便在一天的升旗朝会上公开宣布了这一设想，并表示我从即日起实行戒烟，同样也极希望能得到同僚们和全社会人士的积极响应。县国民兵团黄副团长听了当即表示响应。我回到办公室后，立刻把写字台上的和抽斗里的剩余香烟全都毁了，以示从今起与香烟绝缘，且亦做到平时也不再以香烟请客。由于这一行动的影响，"乡镇公益储蓄"的捐集也收到较显著的效果。

一次与借故讹诈的斗争

一次，我奉命为集团军兵站总监部征集民夫挑运粮食，征集了本县民夫约一百人。事前言定，从本县某粮站挑运到指定的地点，每挑运兵粮一百斤给予酬劳五斤；可到挑运任务完成后，军方却赖着不肯付了，并且有一天，兵站总监部还来了两个身挂木壳枪的军人，他们见到我就气势汹汹地把木壳枪往桌子上一放，说什么运去的军粮给民夫偷了不少，要我这个县长负责，而对应给民夫的酬粮却只字不提了。显然，他们想来敲我的"竹杠"。我被气得火冒三丈，拍起桌子对他说："你们这是讹诈！完全是无耻的讹诈，既企图吃没我们的酬劳粮，又想进一步污蔑我们的民夫，是可忍，孰不可忍！我吴某就是掼了'乌纱帽'，也不能听你们在我们庆元老百姓面上抹黑！对不起，我不再奉陪了！"说了，我也不再理他们，转头走了。随后他们悻悻地走啦。

可这一问题，到我离开庆元时，还是悬而未决呢！

碰 钉

在抗战期间，谁都知道，征兵与征粮是上峰令饬县长经常性紧催严办的两件大事，也是最不容易办好的事情。我在庆元的成绩也只能算是中庸。还有一件名为"壮丁训练"的行当，也是上峰规定非办不可的。这原是由县国民兵团主管的事。县长兼团长，当然也不能完全不管，可我却曾为这事碰过一次大钉子。

有一个由国民兵团派往乡下担任壮丁训练队的队长，因吃空饷、中饱口粮被我亲自下乡点名查实，因而把他撤职并押送龙泉团管区严加审办。

谁料不久，该队长竟然官复原职，堂而皇之地回来了。从这件事，使我进一步明白，所谓兼团长者，原不过是一个有职无权的空衔，亦使我深感"壮丁训练"实在是一项劳民伤财的弊政！（按：我调去青田任职后，以正逢大旱、民食维艰为由，请求上峰暂停"壮丁训练"，终于得到批准。）

在一次军事会议上的严重"失言"

在庆元时，有一次我曾奉命去福建浦城参加由"浙闽赣三省边区剿匪总指挥"钱东亮主持的军事会议。凡属三省有关边区的专员、县长都被邀参加。现在能记起的，如：本省九区专员余森文未去，是派该区保安副司令代表参加的；龙泉县县长徐渊若也参加了，我们在浦城还被安排住在同一旅馆的一间房子里。在第一天的会议中，我便发言了。发言的大意是：我常闻剿匪部队，军纪欠好。纪律不好的军队，是不配去剿匪的。本来，所谓剿匪的目的便是安民和保民，可不幸的是，却往往造成了"扰民"和"害民"的结果。正所谓"为渊驱鱼，为丛驱雀"，不仅徒劳，而且后果适得其反，今后如再以无纪律的军队去侈言剿匪，深恐后果不堪设想。为此，我建议：在这次会议上，首先应讨论如何整顿军纪的问题，而不应是什么再加强剿匪军事的问题……我在发言的过程中，已觉察到会议主席钱东亮脸色突变，全体与会者也都相顾愕然，显然，我已说了不该说的话了！然而，一言既出，驷马难追啊！

回到旅馆，龙泉徐县长便善意地对我说："老兄，你今天的发言，是太冒失了！发言应先看在什么场合啊！"接着他还轻声告诉我，"你不知钱某原是个有名的杀人魔王吗？不久前，曾听到有个县长因一言不合，被他一枪打死呢！我真不能不为你担心，你今天的发言将会带来什么后果啊！倘若这次能过关，以后说话真要小心才是哟！"然而直到闭会为止，竟未遭到什么难堪的打击。相反，这几天有时偶或与钱某碰面，倒似乎觉得他特别客气。这也可能是由于我的耿直和"愚诚"，从而受到一次难得的宽容吧！

谈谈"庆元县训练所"

抗战时期，在国民党统治区，从中央到省、区、县，有一整套的训练机构。我本人不仅在"浙江省训练团"任过教职，还曾被指派去重庆浮图关的"中央训练团"党政班第十一期受过训。在庆元亦照编制规定兼任县训练所所长，但各级训练机构的实际负责人为"教育长"。我在"中训团"受训时，蒋介石兼任团长，冯玉祥兼任副团长，教育长为王东原；在"省训团"时，团长由省府主席黄绍竑兼任，陈希豪为教育长；庆元县训练所的教育长是陈积法（东阳人），也是在"省训练团"教育长班受过训的。"县训所"训练的主要对象为乡、保干部。每期训练时间为一个月。当然也讲三民主义和一些抗战建国的道理，也办入党、入团等手续，但并不完全强迫。作为兼所长，每期开训或结业，也得去讲一两次话，也称"训话"或"精神讲话"，至于具体情况，却很少过问，现在已无从记忆了。

几句题外之言

庆元是我的第二故乡，这是因为我除了曾经在这里任过职外，我的原配妻子黄玉芬现在还长眠在庆元地下。我的第二故乡原是革命的老区，有其不能磨灭的光荣历史！但亦不能否认，过去也曾是相当愚昧落后的地方。然而，现在她已一改旧貌，广大人民群众已大多生活于富裕幸福之中，并正努力创造那更美好的未来。像我这样一个久离故乡已白发苍苍的游子，也确想能有一天回去看看呀！现在，我们不是有一种极普遍的想法，希望久离故土的海外游子都能早日回到祖国来看看或定居，叫作"叶落归根"吗？现在我对庆元也有同样的想法。

此外，我也愿向乡亲们汇报一些我的近况。我今年已虚度84个春秋了，由于自然规律所限，听力、视力、记忆力都已日渐衰退，但幸尚无严重内疾，一般生活尚能自理。承党和政府对老年知识分子的关怀，本着"敬老崇文"之旨，被聘为省文史研究馆馆员，生活无虑。历史上，是非功过，亦已得到澄清和纠正。续弦的妻子宋春琴，已共处了四十年以上，现在，连前妻和她所生的子女尚有五人，二男三女，均已成家立业。孙辈也有已进大学和专科的。其中，大儿子山明系浙江美术学院副教授、国画系副主任，在画事和教学上已不无一些成就和创见，差可告慰，我的媳妇和女婿们亦多通情达理，各有所长。长期来，我家住杭州。欢迎乡亲老友有机会来西湖游览时，也顺便来看看我们！

写于 1986 年 8 月

（《庆元纵横》第 1 期，第 14—21 页，政协庆元县委文史资料研究委员会，1987 年 2 月 1 日出版，本文在引用时略有删改）

1946 年 1 月 29 日，童年吴山明（左一）和父亲、弟弟、姐姐在浦江祖居前留影

吴醒耶 1987 年 3 月 14 日在大儿子吴山明著作上的手书

吴醒耶（1903—2001），字观安，号亦飞，别号凌峰、坚堤、新野。浦江县前吴村人。生于 1903 年 8 月 15 日（清光绪二十九年阴历六月廿三）。上海大学中国文艺院中国文学系毕业，中央训练团党政班第十一期结业。早年在浙江省立第七中学读书期间，与本县早期共产党员张新锦过从颇密，参加反帝爱国运动。1920 年因发起"革新校政"和驱逐校长的罢课风潮被校方开除。1922 年转入杭州安定中学，被选为"浦江旅杭学会"主席，与张新锦、郑熊三人发起驱逐浦江知事张兰活动。1925 年"五卅运动"期间，被推为杭州市中等以上学校学生"五卅惨案"后援会主席，后改组成立杭州中等以上学生联合会，仍为主席。同年下半年起，先后在浙江省立第一中学初中部、广东第四师范学校任教。经王昆仑介绍，任中央军事政治学校潮州分校《潮潮周刊》主编，在《汕头民国日报》发表小说处女作《月出前后》。

1926 年冬离汕赴闽参加北伐，先后担任国民革命军第十七军第一师政治部宣传科少校科长、第十七军直属炮兵团中校政治指导员、镇江要塞司令部上校政治训练员、国民党中央宣传部驻沪特派员、国民党中央通讯社驻杭特约通讯员。1931 年 11 月，国民党召开第四次全国代表大会，因党内派系意见分歧，故分别在南京、广州、上海三地各自召开代表大会，吴醒耶被选为浙江代表出席广东会议。

1932 年"一·二八"淞沪抗战爆发后，与浙籍国民党人褚辅成、查人伟、沈尔乔组织"浙江各界救国会"，出版发行《午报》，任常务理事兼主笔。发表多篇宣传抗日、针砭时弊的文章。不出数月，被省保安处以"言词过激"查封停刊。

1937 年抗战爆发后赴武汉，任第九战区政治部代理第三组组长。未几，辞职回浙。得浙江省政府主席黄绍竑赏识，委以第四区战时政治工作指导室主任。1940 年 5 月起，改任浙江省地方行政干部训练团训导员、教官、讲师、防空训练班训导科长、毕业学员辅导室主任等职。1941 年赴重庆中央训练团党政班第十一期受训。1943 年起任浙江省庆元县、青田县县长。1947 年 9 月任考试院浙江福建考试铨叙处秘书，与方青儒、张咸宜、石有纪、虞梦韶在浦江区域竞选第一届"国民大会"代表。

1949 年后，经王昆仑介绍，参加华东革命大学政治研究院第一期学习。结业后赴皖北阜阳参加土地改革，调任蚌埠、凤阳"华东区革命残废军人速成中学"语文教员。三年后，因疾返杭。1984 年被聘为浙江省文史研究馆馆员。1988 年调任浙江省人民政府参事。著有《中国社会形态之一角》《新野散集》等。2001 年 7 月 16 日病逝。

（张解民、江东放编著：《浦江百年人物》，中国文史出版社 2011 年版）

四

夏日的杭城，夜里极为闷热。

我决定下楼走走。

想不到，就在这一天，杭城创下了高温新纪录。

"8月14日14时13分，杭州气温高达41.7℃，打破历史纪录。杭州上一次出现40℃以上的极端高温还在2017年；近年来最热的2013年，曾经连续很多天出现40℃以上高温。此前，杭州气象站建站以来的最高温是2013年8月9日创下的41.6℃；其次，是2017年7月24日创下的41.3℃。"

一座城的全民文化守护，我曾见证过两次，那是两次激荡人心的全民呵护。

2016年4月，杭州北山路的秋水山庄，门楼墙高出围墙的部分被涂成了亮黄色，"秋水山庄"四个大字则从灰色改成了亮红色，全城人纷纷发声，要求恢复其古朴的原貌。

2022年5月中旬，在杭州西湖景区北山街提升改造的过程中，"断桥—保俶路"一段的7棵柳树消失了，由月季花取代，引发舆论热议。

事实上，远不止这些，比如，北山路上时时被清理掉的旧苔藓，白堤上的老柳清晨被换，石函路"节用爱人，视民如伤"石刻上方的高树被砍，等等，皆为我亲历。

在人间，重复上演，是悲剧，也是喜剧。

五

从浙南到浙北，从乡村到城市，从沿海到大山。

远去的民国大小先生们的群像愈加清晰高大，可亲可敬，既近又远。

8月14日晚上10时许，我向浙江音乐学院民乐系主任杜如松先生求助，托他寻找专业的热心人，把那首由爷爷郑琪作词的校歌再次唱响。

杜如松先生愉快地应允了。其实，我们交集并不多，早在2020年10月，我曾通过他给系里捐了一支竹笛，是1970年杭州产的，外纸盒上还有一位名家的签名，是从朋友圈里购的。杜先生很有心，特意让学生用这支笛子演奏，给我发来视频。

任何物品，配给合适之人，才是美丽的结局。

夜里，我躺在床上，来来回回，反反复复，夜已深，毫无睡意。

我不禁又联想起2019年，我曾经偶遇并寻访过晚清民国龙泉"沈妹儿"的司法档案，这档案里的沈氏竟然与爷爷郑琪那已故三年多的女婿沈正平（郑少华的丈夫）是同宗同脉，且得知此事那天，恰巧就是沈正平的丧期。

真是巧之又巧，玄之又玄，实在是太不可思议了。

于是，我有了个令我兴奋的新想法，计划将这两次档案寻访手记合成一本书，书名就叫"教育·司法档案寻访记"。

我还想起刚刚寄捐给庆元县档案馆的那一方青花红军砚，历史文化价值或许远超预想。

曾记得在2022年7月15日那天，收到红军砚后，我还特意写了篇小文，并进行补录，真是"好记性不如烂笔头"，现亦照录如下。

沈正平（1934年6月17日—2019年3月13日）

一方龙泉青花砚

又是一次玄妙的美好遇见。

说来也是极为有意思的，机缘又垂临我了。几天前，在杭州的我从朋友圈里发现龙泉市西街街道宫头村的李佐明先生晒出了一组上垟瓷图。我是眼尖之人，无意中发现在一张照片中的一个不起眼的角落里，在七八只粗碗底下，压放着一方圆形青花砚台，上面还半露出"维埃"等字样。我眼前一亮。我一直想要找一方青瓷砚台，给自己练字时用，感觉这方砚很合适，还有些红色文化的时代元素，不可多得。随后，我要了一张完整的图片，见砚台完好无损，经商量还价后，以200元成交，外加10元邮费。就这样愉快成交了，砚台很快就寄到我手里。

李佐明先生说，这方砚台他收自龙泉市八都镇樟府会村一位普通农户家里。这个地方距离1949年之前龙泉生产青花瓷的核心产区——龙泉宝溪非常接近。

砚台寄到杭州，是在2022年7月15日下午，我收到后细细打量这方砚台，甚是喜爱。这方砚台，白地蓝花，特征明显，系产自龙泉市宝溪乡一带，为民国时期烧造，上口径约13厘米，下口径约14.5厘米，高约5.9厘米，重525.8克，呈矮鼓状，内空，足底满釉，在白釉上，外腹上下饰有双线青花环线，尔有跳釉，并带有细小的黑褐色的小点彩。砚正面露胎，外圆有环凹槽，内圈圆弧微下陷，灰胎的面，半间有火石红。在外腹中部的白底上，间隔书写九个大字"建立苏维埃中央政府"，蓝色青花字，正楷，繁简相间，釉下。

这方小小的青花砚台其貌不扬，普普通通，工艺平平，但却是一方极为难得的有关红军挺进师在龙泉宝溪一带活动期间生产的龙泉青花砚，是龙泉瓷业发展史上与浙西南革命史相关的极为难得的实物见证，不可多得，甚为珍贵。

1930年10月至1931年9月，在毛泽东、朱德等老一辈领导人的正确领导下，红一方面军连续取得三次反"围剿"的胜利。中共中央决定以赣南闽西根据地为依托，建立苏维埃中央政府。

1931年11月，中华苏维埃第一次全国代表大会召开，选举产生了中华苏维埃共和国临时中央政府。

1935年2月，红军北上抗日先遣队余部奉命组建红军挺进师，进入浙江开展游击战争。

据中国人民政治协商会议浙江省龙泉县委员会文史资料研究委员会编写的《龙泉文史资料（第十辑）》（1990年2月出版）第41—44页记载：

1935年3月25日，红军挺进师500人，在粟裕、刘英的率领下，由浦城东坑桥进入龙泉宝溪乡溪头村，歼灭浙保基干中队一个队，打响了进入浙江第一枪。第二日，通过龙浦公路向庆元、松溪方向挺进。

4月，成立中共浙西南特委，宗孟平任特委书记，地址设在龙泉上王塘村。

5月中旬，二纵队行动委员会、浙西南特委在宝溪乡内高塘举行会议，成立中共龙浦县委，成员有高信全、曹景恒、何金亮，高信全任书记，下设龙浦、龙遂区委。5月底，挺进师二纵队在宝溪乡草鞋岭与国民党五十二师一个营遭遇，血战一夜。

6月，红军浙西南军分区成立，粟裕任司令员，刘英任政委。以龙泉住溪、遂昌王村口、松阳白岩为中心，建立浙西南之苏维埃政权。

9月，龙泉的住龙、竹垟、岩樟、黄鹤、供村、雁川、上东等30个村相继成立村苏维埃政府。

……………

龙泉窑自清代以后步入式微期，在这枪林弹雨的时期，在挺进师打响了进入浙江第一枪的宝溪乡溪头村，以及邻近的木岱村等一带，在福建、江西窑业的影响下，开始了以生产青花瓷为主要产品的瓷业生产，主要生产白地蓝花的"兰花碗"等日用青花瓷系列，同时也会烧制少量仿古龙泉青瓷，这使得青瓷技艺得以接续传承，构筑了龙泉窑发展史上"借白存青"的特殊发展时期。

有意思的是，就是在1935年，在红军挺进师打响了进入浙江第一枪的龙泉县宝溪乡，乡长陈佐汉还在12月将70多件龙泉窑仿古青瓷送寄给南京国民党中央实业部，并获得蒋介石题写匾额。

显然，1935年，是这方砚台年代的上限。至于下限，应是在中华人民共和国成立前后，放宽点可以追溯到1956年龙泉窑上垟瓷恢复之前。在李佐明先生手中，还有一个铭有"癸亥年""亥月吉立"（高约16.7厘米，上口径约9.5厘米，足径约11.5厘米）字样的青花罐子，上柄有残，白底腹上绘有蓝色花草纹。"癸亥年"（即1923年），这也是民国早期龙泉生产的青花瓷。

砚台，属于文人雅器。这样一方带有"建立苏维埃中央政府"铭文的砚台，可不是一般人能持有的，特别是在白色恐怖年代里，极有可能是为红军将领烧制的，当然，也可能是临近新中国成立时特殊的纪念品。

但是这一方小小砚台，以及自带的"建立苏维埃中央政府"九字铭文，不仅是红军挺进师在宝溪打响进入浙江第一枪的实物见证，更是一个血雨腥风的白色恐怖时代的特殊红色产物，从中更能窥见龙泉窑的窑工们在风雨飘摇的白色恐怖时代的生存智慧，以及窑工们红心向党、助力解放的革命精神。

细细思来，这方砚台仍能完好存留下来，着实不易。心中感动，不敢再用，精心保存，这或许也算是一件革命红色文物，将来有机会，应要归还国家。

六

瓷器史是仿造史，更是有趣的争议史，是真是假？是新是旧？趣味无穷。

就这方青花砚和铭文，以及捐送一事，龙泉窑与地方文史爱好者林俊先生得知后，曾非常善意地私下提醒我，还发来多张网上售出的类似图片。他虽未见过实物，但十分肯定地认为，这是典型新仿的臆造品，并建议删除上文。

我亦是信林俊先生的，龙泉人仿瓷换钱之能力着实惊人，故一直未敢涉青瓷收藏之深水。谁也无法保证百分之百无误，这是一个不断学习的过程，唯有真诚、及时地提醒庆元县档案局，以免将来成为笑话。

瓷之真与假、新与旧，那是另外一个有趣的话题了，而且永远没有答案，但上面的史实却是我想要的，那是爷爷郑琪生活的时代。于是，我便说服自己，鼓起勇气留下这段文字，权当自娱。是真是假，并不重要，即便被贻笑也无碍，这是极小的事。

郑琪的读书事

一

学，贵于有所用，更贵于能服务于时代、服务于国家，否则，学有何用？读书有何用？特别是有条件、有能力之时，学习是不能错过与放过的，只为不留或少留遗憾。我是这么认为的，也坚定地力行之。

2022 年 8 月 15 日，周一，这是特殊的一天，不能忘记。

1945 年 8 月 15 日，日本宣布无条件投降。为这一刻，中国人民浴血奋战 14 年，伤亡超 3500 万人，无数的牺牲不敢忘，曾经的苦难不能忘。

浙南丽水在抗战时期是浙江省政府机关的避迁地，也成为日军飞机轰炸的重灾区，但因为山高路远，地广人稀，又成为全省为数不多的未被日军全部占领的地方。

抗战胜利，已是 77 年前了，那年爷爷郑琪 29 岁，正是年富力强、三十而立的青年时代。

2022 年 8 月 15 日一大早，庆元县档案馆馆长王丽青和练正学先生给我发来了爷爷郑琪和奶奶徐淡英的庆元馆藏全部档案，民国时期的共有 28

件，打印出来，粗略归类，有 4 张合影照片，其他都是文表证书，以奶奶的为主。

档案馆里恒温恒湿，方能使照片与文字存管得如此完好。档案人如此高效的行动与支持，令我感动，也让我对档案有了不一样的认识，更增强了我对档案存管重要性的认识。

第一部分是合影照片，有 4 张，其中有 1 张破损模糊。

在那个只有黑白照片的时代，都有个好习惯，要么在正面的顶上标注日期、内容等重要信息，要么写注在照片的后面，让人一看就明了。反而是如今习惯了手机的时代，时间一长，手机一坏，什么都没存下。

我从未见过爷爷年轻时的样子。

这是 1948 年，年仅 32 岁的爷爷郑琪，理平头，戴眼镜，着中山装，穿黑色大头皮鞋，高大英俊，坐在正中间，非常抢眼，他至少有 180 厘米的个儿啊。

平湖的"大同照相馆"，嘉善的"生生照相馆"，杭州的"活佛照相馆"……从爷爷奶奶他们存留下来的黑白照片来看，在临近 1949 年的那几年里，走进照相馆拍照已经成为浙北一带的时尚与日常了，但在浙南庆元一带的乡村，却很少有这样的照片存留，这便是浙南与浙北之差距。

特别是那家曾于 1947 年 1 月 26 日给爷爷奶奶拍过婚纱照的杭州活佛照相馆，可是杭州照相界的"祖师爷"，是当年杭州最有名的照相馆，该照相馆早在 1924 年曾摄制过《浙江西湖风景》，所以这张婚纱照非常珍贵。

如今，爷爷郑琪名下的 118 个后人第一次见到了他年轻时候的样子，大家都很兴奋，个个竖起了大拇指。如今的读书人多，后人里当老师的就有七八个，还出了 4 位女研究生。

难怪村里常有人说，郑家风水好，出读书人。

我试着给亲人们发老照片，分享故事，让他们知道自己先人的历史，以便在心中树立榜样，传承家风，这定然是非常有效且影响深远的家庭教育。

第二部分是关于爷爷郑琪的各种证书，其中有浙江省政府1948年8月发给爷爷郑琪的委任状，委任其为"嘉善县政府科长"，有嘉善县政府1948年9月发的转任通知书，还有一封由黄清亮写给爷爷郑琪的信，爷爷在村里的名字是"胜熙"，信中误称为"圣希"。

第三部分是有关奶奶徐淡英的，从平湖到嘉善的各种表格与证书占大多数。那是完全陌生的浙北。我脑子里一片空白，待日后慢慢整理。

二

我与爷爷郑琪交流虽然很少，但他读书的习惯与画面，在我心中留下了深刻的印象。

爷爷郑琪生前很爱读书。进入他那幽暗的房间，那块从未见更换的旧窗帘半掩着，他静静地在桌前坐着，默读着，见我进来，才会将方木条夹在书中，与我说话，那是他自己炮制的杉木镇纸。一本书，他能读很长时间，读很多遍——现在才明白，这就是古人阅读经典的方法。

他有一本很厚很旧的字典，是本"四角号码"的查字典，查得很快，一翻就能找到字，他教过我怎么查，但我很快就忘了。这是陪了他一生的书。

在我的记忆里，生活在乡村的爷爷奶奶都是海宁人金庸的"铁杆粉丝"。其实也没什么书可看，准确地说，是买不起，更看不上一般的书。

记得爷爷郑琪入殓时，祖庆叔对我说："你爷爷喜欢书，给他找几本喜欢的书带上。"我清楚地记得，我拿了厚厚的《神雕侠侣》《萍踪侠影》等好几套书，祖庆叔就放在棺材里，放在爷爷头部的左右两侧。

每年清明扫墓时，我都会想起爷爷和他读的书。

三

见字如面，读文见精神。

上班有空时，我便读起了爷爷郑琪与县长吴醒耶先生的回忆文章，很受启发，能读到一个时代、一个社会、一种精神，他们的形象也随之丰满起来了。

特别是作为一县之长的吴醒耶先生，能"绝食三天"以自惩，以身作则，推进禁赌之事，令人肃然起敬。

行义严谨、思路缜密的爷爷郑琪能与之共事，力行捐资兴学，一起开创浙南山区的教育新纪元，也是人生幸事。尽管他们都生活在一个内忧外患的苦难时代。

吴醒耶县长是浙江浦江人，曾任庆元县县长。想不到，他还是浙派人物国画、已故著名画家吴山明先生的父亲。吴山明的生母叫黄玉芬，因少药病死在庆元，也埋在庆元。吴山明先生的姐姐曾就读于"庆元县简师附小"。

这些都是我第一次知道的。我既兴奋又好奇，还四处打听黄玉芬在庆元的墓尚在否。经了解，墓早已不见踪迹，家人在杭州南山公墓里为其与吴醒耶先生一起立了衣冠冢。

这一切于我是全新知识，而这些对姚德泽先生这样的庆元地方"活地图"来说，早已烂熟于心。他一一记录在他的《畸筠斋漫录》（卷之八）第11页里。

高手在民间。

郑宇民先生曾在2021年2月撰写过一篇题为《山明水秀——流淌的宿墨》的文章，以纪念离世的吴山明先生。他曾这样写道："民国时期，年轻人吴醒耶，以天下皆醉我独醒的觉悟从这里走出去……但是，吴醒耶时运不济。烽火年代，两个儿子在战乱中丧生，妻子黄玉芬因病辞世，还有一个儿子，被送回吴溪前吴村。那一年，这个被送入人们视线的孩子才四岁，他叫吴山明。"[①]

如此来看，吴山明先生小时候，也与庆元有关联。

在家乡浙南庆元这个地方，诸多文人都有种奇怪的心理，有人称之为"山头精神"，如高山般"孤""避""小"。

大山里的小县城，地方上的文化名人本来就不多，很是需要相互成就，相互提携，一起努力。在各村树立一些地方文化名人的典型，以供代代传承。

现今地方上可供查找的名人故居真是打着灯笼也难找。刚刚过世的方言研究者吴式求先生，影响深远，但不论是家人还是学友，都未见有人主动站出来，奔走呼吁，在他的故居门口立块牌之类的。

一座山，孤单无助。一群山，沉厚有力。

文化之厚土，需要几代人持续堆积，方能长出参天大树。

关心家史国史，除非专业使然，于一般人而言，都是需要年纪的，至少要到45岁吧，才会喜欢、留意上这些老物件。

出于这个考虑，我把早年从庆元老家里翻拍的老照片都整理标注起来，把家藏与档案馆藏结合起来，相互补充，使之不断丰满、丰富起来。

四

我常感自己尚小，实则渐渐老去。

我的亲哥哥郑世尧长我两岁，今年49岁。他说，小时候他被爷爷郑琪打过一个耳光——在浙南乡村里，这个部位被打是最为严重、也是最不

[①] 郑宇民：《山明水秀——流淌的宿墨》，"诗画浦江"微信公众号，2021年2月5日，https://mp.weixin.qq.com/s?__biz=MzA3MTQ2NzAyNw==&mid=2651619131&idx=1&sn=d11180264e7244b357330fc34b507a65&chksm=84d5f647b3a27f514d218659aaf4fcbc8d59ddc c3c386f9585c8ab37d932b672f0b4c3736f64&scene=27.

能容忍的，要是被外人打了，那肯定是下雪天也要与你打出汗来的。

哥哥说，他被爷爷打过，但不记得原因了。

母亲周丽云（1949 年 2 月 28 日——
2010 年 5 月 23 日）年轻时的照片

母亲周丽云出生的垟垄村周家老屋，
建于光绪十三年（1887 年），当地称
"万工房"（摄于 2020 年）

1970 年，郑祖平与周丽云的结婚证（外页）

1970 年，郑祖平与周丽云的结婚证（内页）

姐弟三人的合影，从左到右依次为郑东红、周大彬（郑世舜）、
郑世尧（摄于 1992 年前后）

　　这事，我母亲周丽云在世时，曾多次提起，还经常用来教育我们，要听话，要勤劳。据说，爷爷郑琪想让哥哥给人送手电筒，哥哥不肯去，还顶了嘴，于是就被打了。

　　小时候，我的父亲郑祖平也经常打我们，我至今仍记得，但也不记恨了。

　　爷爷郑琪简单的一生，有三个关键的转折点。

第一个转折点是 1945 年 8 月 15 日，抗战胜利。这于每一个中国人而言都是一个转折点，于爷爷郑琪亦如是。抗战胜利后，原迁往丽水大山深处避战的浙江省政府和各种机关开始陆续迁回省会杭州。

29 岁的爷爷郑琪，正是随着这股洪水般的回流人群，在庆元县县长钟树仁的提携下，舍下妻女和刚满月的儿子，从浙南庆元大山前往浙北平原的平湖与嘉善，那是紧邻上海的繁华平原地区，此行于个人而言，初衷是向上、向好的开始。

第二个转折点是 1949 年，中华人民共和国成立。这一年春天，33 岁的爷爷郑琪又举家回到生于斯、长于斯的浙南庆元。

第三个转折点是 1961 年，时年 45 岁的他放下毛笔，转行成为一名乡村木匠。此前，他加入庆元手工业社，1960 年还在龙泉塔石劳动，后下放回村。

一个人与一个国家的命运，总是如此紧密，紧密到无法分割。

五

"一门三师范"——爷爷郑琪是从师范学校毕业的，他的两个弟弟也是从师范学校毕业的。隔代后，我也是从龙泉师范学校毕业的。

在民国时期，能走出大山，去浙江省立杭州师范学校读书，那定然是一个大新闻，是乡间流传的一段佳话。

"教书，在任何时代，都是不能少的职业，不管朝代怎么变，老师都不会少，医生也是这样。"爷爷郑琪生前曾这样说过。

这话是他对我母亲说的，我母亲又常常用来教育我们。她常说："你爷爷很好，很会做人，人就是要有文化，要读书，讲的话都不一样。"

我现居杭州曲荷巷，爷爷早年也曾在杭州求学，就在南山路一带的孔庙和中国美术学院附近的浙江省立杭州师范学校（今杭州师范大学）。

此前，那一带我常去，只是不知道，爷爷郑琪也曾来过。

翻开浙江省立杭州师范学校的校史，于 1908 年创办，在 2022 年 5 月 14 日迎来 114 周岁生日。

我清楚地记得，2008 年春天，我们家曾经收到一封来自杭州师范大学的百年校庆红色邀请函，邀请爷爷郑琪去参加校庆。当时是我拆的信，我读的信，父母都不识字，那年我师范毕业后，已经工作 12 年了。

当时我很兴奋，也很感动。因为，爷爷郑琪已经长眠整整 11 年了——他的母校依然未曾忘记他。

至于爷爷郑琪，是哪年进去读的，读的是什么专业，有哪些同学，我都不知道。2022 年 8 月 16 日，我试着在网上联系杭州师范大学档案馆，递交查阅申请，希望能找到答案。后来得知，这批档案已存入杭州市档案馆。

爷爷郑琪从师范毕业，再回到家乡庆元任校长、督学与科长，大力兴学，一切都那么自然。

六

与爷爷在不同时空，同在杭州。杭州师范大学，我从没有去过。曾想过去查档，但没有付诸行动，只知道它是爷爷郑琪的母校，心里始终敬意满满。

关于杭州师范大学，网上有公开资料：

1905 年，浙江巡抚张曾敭奏请以省城贡院旧址创办全浙师范学堂，1906 年奏章获准，定校名为浙江官立两级师范学堂。1908 年，浙江官立两级师范学堂在浙江贡院旧址上建成，成为当时浙江唯一特建的、办学规模最大的新式高等学堂。

1913—1923 年，浙江省立第一师范学校。1912 年 1 月，中华民国临时政府成立，同年 4 月，浙江官立两级师范学堂改名为浙江省立两级师范学校。1913 年，浙江省立两级师范学校改名为浙江省立第一师范学校（简称"一师"）。校长经亨颐在五四新文化浪潮推动下，提出"与时俱进"

的办学理念和"德智体美群五育并举"的育人方针，学校成为浙江新文化运动策源地、最早传播民主科学思想主阵地、中国共产党早期活动发祥地之一。

1923—1931 年，浙江省立第一中学。1923 年，根据浙江省政府学校改组新规，实行"中、师合校制"。浙江省立第一师范学校与浙江省立第一中学合并，校名称"浙江省立第一中学"。

1931—1949 年，浙江省立杭州师范学校。1931 年 6 月，浙江省政府决定设置独立建制的"浙江省立杭州师范学校"，择旧杭州府孔庙（位于现南山路）为新校址，浙江省立高级中学的师范科（原浙江省立第一师范学校）师生整体并入。1937 年抗日战争全面爆发后，学校于同年 11 月撤至建德，暂借严州中学开课。1938 年 7 月学校迁往丽水碧湖后，根据浙江省教育厅指令，学校与省立杭州高级中学等七校组成"浙江省立临时联合中学"（简称"联中"）。1939 年 7 月，联中师范部改称"浙江省立临时联合师范学校"（简称"联师"）。抗日战争胜利后，学校分期分批从丽水碧湖回迁杭州。1946 年 2 月，学校恢复原校名"浙江省立杭州师范学校"。这一时期，国民党政府加强了对学校的控制，广大爱国师生积极投入"反饥饿""反内战"爱国民主运动，积极致力于"护校"运动，迎接解放。

1949—1978 年，杭州师范学校。中华人民共和国成立初期，人民政府接管了原浙江省立杭州师范学校。新的杭州师范学校秉承传统的办学特色，为杭州地区基础教育培养了大批合格的师资。1978 年后，杭州市在杭州师范学校基础上开始筹建杭州师范学院，同时仍保留了杭州师范学校的建制。

1978—2007 年，杭州师范学院。1978 年 12 月，经国务院批准，杭州师范学院正式成立。2000 年以后，为适应高等教育大众化的需要，学校又并入了杭州教育学院、杭州师范学校、杭州医学高等专科学校、杭州市法律学校、杭州工艺美术学校等，办学规模不断扩大，办学条件不断改善。

2000—2001 年，杭州教育学院、杭州师范学校、杭州工艺美术学校、杭州市法律学校、杭州医学高等专科学校等相继并入。

2007 至今，杭州师范大学。2007 年 3 月，经教育部批准，学校正式更名为"杭州师范大学"。

如此看来，1916 年出生的爷爷郑琪，应该是在 1931 年 6 月以后（即他 15 岁以后）就读于浙江省立杭州师范学校。

从浙南庆元到省会杭州，得先步行到龙泉，乘船至丽水，再换车到杭州。龙泉到云和再至丽水的公路全线修通是在 1935 年 3 月 4 日，此前，公路只修到云和。

当年著名的陶瓷学者陈万里曾九访龙泉，也到过庆元。他 1928 年第一次去龙泉时，是乘汽车经天台到温州，至丽水，再乘船至龙泉的。

致敬文字，致敬档案，它们存留了记忆与美好，并让我乐此不疲地找寻着、整理着、学习着并快乐着。

补记：

2023 年 12 月 19 日，我因赠书得到杭州师范大学档案馆馆长杨学勇先生的帮助，在馆里找到两份资料，表明爷爷郑琪于 1941 年 25 岁时毕业于浙江省立临时联合师范学校。

郑琪毕业于浙江省立临时联合师范学校的姓名照片册（杭州师范大学档案馆 提供）

浙江省立临时联合师范学校在校学生登记表（注：登记表原文为繁体字，竖排。杭州师范大学档案馆 提供）

郑琪的平湖事

一

命运，是一件有趣的事，前方总有无数的未知在等着我，那么精彩和神奇。

从浙南到浙北，从庆元到平湖，从平湖到嘉善，再从嘉善到庆元，短短的不到 4 年时间，于爷爷郑琪这一生的 81 年光阴来说，是极其短暂的，也是美好的。

爷爷郑琪是在 29 岁时去平湖的，33 岁时又回到了庆元。这期间，爷爷郑琪在平湖待了 3 年，在嘉善待了 7 个月。简而言之，他收获了一段爱情，得了一个儿子，调动了一次工作。

这是一位在平湖县任教育督学、在庆元老家尚有妻儿的有妇之夫，与平湖学校里一位大龄未婚女教师的爱情故事。

奶奶徐淡英，这样一位女主角，称为"徐梦月"才更合适，有一种梦幻般的色彩。25 岁的她，在当年已是一个大龄未婚女青年了。奶奶说过，当年的她真不知道，爷爷在老家是有家室的。

还是先来说爱情女主角——奶奶"徐梦月"的结局吧：当年她嫁给爷

爷郑琪来到庆元县后，就成了"徐淡英"。

在这一生里，奶奶徐淡英仅仅回过三次娘家：第一次是在 1988 年春天，由最小的儿子郑祖本陪着去的；第二次是在 1989 年春天，由小儿媳陈小玉陪着去的；第三次是在 1999 年，由孙女郑曙红陪着去的。

对此我有印象，那几年，奶奶特别勤快，精神也好，还养了一头母猪，天天下田种菜喂猪。她总是笑着跟我说，等小猪出栏后，有了钱，就可以去平湖娘家了。

那几年，她的开心全都写在脸上，写在这个抽着烟，戴着眼镜，天天与锄头、簸箕、猪粪打交道的乡村老妇人的脸上。她那副眼镜从来未见她换过，镜腿上常贴着条状的止痛膏，不是白色的，而是又黑又黄的。我们经常怀疑她的胃是铁铸的，因为冷的、硬的，甚至是变质的、烂的食物，她没一个舍得扔的，统统都要吃掉，吃了还没事。

一生只回过三次娘家，中间需要整整 39 年的等待，这样的守望，又有几个女子能熬得过去？

为什么只回过三次呢？外人都不知道。传闻很多，却都离真相很远。总之，奶奶徐淡英很坚强，都挺过来了。

在乡村里，我见过她与别人对骂过很多次，却从未见她哭过、抱怨过，现在想来，依然感慨她的坚强。

二

平湖、嘉善，这两个县名于我们而言很亲切，从小听到大。不过，我只知道平湖是李叔同先生的故乡。

时过境迁，如今我已经无法知道且难以想象，平湖的徐信孚和黄淑娟夫妇俩是如何接受并认可爷爷郑琪成为他们女婿的。还是先来认识一下奶奶徐淡英的母亲黄淑娟吧。

在平湖，用"徐瑞珍"这个名字称呼这时的奶奶更为合适，朴实而温暖。

我们只能从她的外甥陆虎威叔叔写于 2019 年 7 月 20 日的纪念文章中，来感知并读懂我们从未见过的平湖亲人，感受一下民国时期的平湖家庭。

陆虎威叔叔是平湖人，1953 年 8 月出生，后从平湖社保局退休，他的父亲陆海山、母亲徐喜珍均为教师，他的母亲徐喜珍在徐家排行第六，是奶奶的妹妹。

那年，他来过庆元村里，是和徐斌叔叔一起来送别奶奶的。

"奶奶，娘家来人了。"那天，我哭得很伤心。如今想来，仍然要落泪。

平湖的陆虎威叔叔给我发来了他写的关于他的外婆、父母的纪念文章，这才让我有机会深入走进浙北平湖家庭——爷爷郑琪的丈人家。

对于奶奶"哭"的事情，祖本叔叔回想起来，对我说，他曾见过老人家伤心地哭过，印象也极为深刻。那是 1977 年，她收到平湖的来信，知道母亲去世了，就把自己关在房间里，不吃不喝整整一天，我们听到她在哭，吓得都不敢吱声。她一辈子受的委屈很多，以她坚强的性格，她即便哭都要关起门来哭。

祖本叔叔回忆说，因为他的外婆懂点医药，所以母亲徐淡英也懂点医药，也许是从外婆那里学来的吧。一家人有点头疼脑热时，都是母亲自己配制点中草药熬制成汤药服用。印象深刻的是母亲有两项技能非常有效，一是肚脐眼附近的肚子痛，用一只穿过的布鞋鞋底紧贴肚脐，过会儿就不痛了。二是在农村如果被一种小虫叮咬了，形成肿块，发热而且非常痒，类似于被蚊子叮咬的症状，不小心抓破会造成溃烂，此时可用稻田里的表层烂泥涂在叮咬处，泥干了再涂，反复几次就会好。这两种方法非常有效，而且在那物资匮乏的年代，这是取之不尽、用之不竭且免费的"神药"。至今祖本叔叔还有一张从母亲那里继承的治疗俗称"半冷木"的一种皮肤过敏症的药方，三帖就能根治。

三

外 婆

陆虎威

外婆离开我已经整整 43 年了，可外婆是我永远难以忘却的人，也是我心中永远的痛。

外婆比我大 60 岁整，享年 84 岁，生于 1893 年，属蛇。

外婆小小的个子，黄皮肤，一张饱经风霜的脸，神态总是很安详，说话的声音永远是不高不低的，一双布满皱纹的手体现了外婆一生的操劳，一双缠着的小脚是封建社会留下的产物。

用慈祥、善良、朴素、实在、吃苦耐劳、任劳任怨来形容外婆，是毫不夸张的。

我听妈妈说过，外婆的一生过得挺不易的。外婆从小就没了妈，后母对她不是太好。嫁给外公后，在抗战期间，由于外公不愿给日本人做事，待在家里没有收入，全靠外婆辛辛苦苦地带着几个孩子帮人家缠袜头贴补家用。

我是外婆带大的，外婆的音容笑貌时时会浮现在我的眼前。和外婆相处的桩桩件件生活琐事，永远留在我的记忆里。

小时候，我们假如头疼脑热，根本不会去医院，全都是外婆用一些小方子解决的，比如积食用米灰（就是把米用纸包起来，放在灶膛的余火里让其炭化后得到的）或是皮硝啦，或是给你抹肚子啦，感冒用枇杷叶啦，咳嗽多痰吃山慈菇啦，消炎用金银花、地骨皮啦，等等。外婆还有一瓶叫作玉树润油的药，碰到扭伤什么的，都可以用它抹一下。

有一次在平湖阿姨家，听到阿姨在背后说我不乖。小孩子也有脾气，我就跑去外面不愿回阿姨家，让大人一阵好找。找到我后，外婆紧紧地搂着我，那种心疼我的感觉，至今我还能感受到。

外婆常给我们讲一些故事，基本上都是关于因果报应的那些民间流传的故事。外婆也经常告诉我，要做好人，做真诚的人。外婆最反对喝酒，她说外公就是因为每天喝酒才早逝的。这或许就是如今的我拥有一颗扬善的心及不喜欢喝酒的主要原因。所以我一直认为，外婆是我的启蒙老师。

直到我长大了，外婆还是非常疼爱我。记得巧龙刚嫁到家里时，外婆把人家送的一个红蛋（也叫喜蛋）留给巧龙吃，并说，早点生个宝宝吧。

外婆一生操劳，80多岁了还整天坐着纺纱，我们怕她累着，叫她不要纺纱了，她说："多动动有好处，不动反而不好。"

外婆的身体一直很好，可在1976年9月18日，她不小心摔了一跤，经诊断，外婆系右腿股骨颈骨折。虽然我带着外婆四处求医，但限于当时的医疗条件及年龄限制，外婆最终未能做手术，永远地躺在床上了。

外婆在整个生病期间，始终默默地忍受着伤痛的折磨，从来不闹，也不提什么要求，现在想起来真是让人心疼。

外婆是在1977年春天离开我们的。外婆走得很安详，是在我一声声的叫唤中安然离开的，就像沉沉熟睡了一般。

外婆，请您安息，您永远在我心间，永远。

写于2019年7月20日

四

祭母文

陆虎威

呜呼

吾母喜珍，门出书香。

兄长二人，姊妹有五。

夫君海山，儿女三人。

相夫教子，创立家业。

勤俭持家，任劳任怨。

含辛茹苦，劳累一生。

上敬长辈，下育儿女。

工作勤奋，兢兢业业。

不苟一丝，身体力行。

为人师表，是为先进。

同事邻里，和善相待。

遇事相交，忍让为先。

为人如斯，堪称表率。

儿女之事，以身相教。

恪守本分，是为做人。

一朝染疾，多方求医。

扁陀乏术，引为长恨。

而今萱萎，幽明两隔。

撒手人寰，驾鹤西行。

三一年生，寿有八七。

母爱顿失，无以报答。

可恨无常，空留悲切。

慈容梦萦，相思无投。

唯求母魂，九泉安息。

哀哉，尚飨！

写于 2017 年 11 月 10 日

五

平湖解放，嘉善解放，是在 1949 年 5 月 11 日。此时，爷爷郑琪和奶奶徐淡英已经回到浙南庆元。

1949 年春节过后，他们带着婚纱照和衣物，抱着 1 岁多的儿子，从钱塘江出水口的浙北平湖出发，一路向南进发，来到浙南庆元，一路走，一路山，一路山，一路走，平原江海边的奶奶"徐梦月"，慢慢成了大山里的奶奶"徐淡英"。适者长寿，终老一生。

浙南庆元，有香姑，有咸菜，口味重，偏辣偏咸，是地道的农家味。

浙北平湖，有糟蛋，有海虾，口味淡，偏鲜偏甜，是发达的"上海味"。

口味，是一生的记忆。从浙北到浙南，若要口味切换自如，需要一个漫长的适应过程，甚至是根本不可能完成的任务。

奶奶徐淡英在临走之际，仍对小时候吃的娘家平湖的印花方糕念念不忘。

我们依她之言，在弄明白后，四处找寻，还试图"蒙混过关"，但始终找不到老人家想要的那种口味。最后，从平湖寄来了地道的印花方糕，老人家吃了一小口，点了点头，却再也吃不下第二口了。

平湖的徐斌叔叔说，这种方糕，平湖人一般叫尺糕，乡下叫软糕，现在平湖大街小巷都有卖。这种方糕有两种做法：一种是比较文雅点的印花尺糕，一屉蒸 25 块，两边各两列十块刻花卉，中间五块刻字，刻的是"连中福三元"字样；另一种是比较简便的划尺糕，把粉放在蒸笼里划成一块块，或干或湿，或半干半湿。

奶奶徐淡英临走前还说，很想吃平湖的油爆鳝丝，于是我们又去买来了鳝鱼，但四处打听，当地没有人会划鳝丝。

平湖的徐斌叔叔说，红烧油爆鳝丝，家人都很喜欢，老人家都是自己划、自己烧的，在以前也算平湖一带待客的上等菜了。现在这菜普通得很，但要烧得好吃也不易。而且，现在都是用小黄鳝划丝，以前用中等规格的黄鳝划丝，小的太细烧不好，大的太粗不好看。

平湖有名的美食还有糟蛋、糟鱼、马铃瓜、杜瓜子、元青豆、猪油豆沙点心、新埭苗猪等。

浙北与浙南，早餐差别就很大。

浙北平湖的早餐一般是稀饭，还有烧饼、油条、方糕、馄饨等，讲究便捷、快速。

浙南庆元的传统早餐是捞蒸米饭，配上咸菜、蒸蛋、糟肉……再配米汤，讲究吃得饱、吃得早。

难以改变的还有乡音。

平湖的徐斌叔叔说，在过去住在平湖城关附近的本地人，管爸爸叫"爹爹"，管妈妈叫"姆妈"，管祖父外祖父叫"大大"，管祖母叫"亲妈"，管外祖母也叫"亲妈"或"亲亲"，在外对外祖父母称"外公""外婆"，对曾祖辈称"太太"，大概是为了表示祖孙亲近之意吧。

浙北平湖的陆虎威叔叔还用心描述了平湖"水乡一景"——水车和水车棚，也让我这个浙南人听得一愣一愣的，似乎见过，但印象中却总是模糊不清。

六

水乡一景

陆虎威

江南水乡，富饶而美丽。纵横交错的河流，大大小小的河泊，星罗棋布的池塘，养育和滋润了这一方土地。

在这一方土地上，有一件物事在不太遥远的历史中，对这一方土地的兴旺发展起到了不可磨灭的作用。

稍稍有点年纪的人，在记忆里还能搜寻到遍及江南水乡的它——水车和水车棚。

在那个年代里，它也是江南水乡特有的一道风景。

水车和水车棚大都建在河边或池塘边，圆形，四周几根木柱子，木柱子上架有木条，往上斜着伸向中间固定，上面盖着稻草，可遮风雨，中间有木制的直径3米多的大齿轮转盘，大转盘安装连接在水车棚中间的一根木柱上，转盘下面是木制地轴，地轴则连接着水车，大转盘转动，通过地轴带动水车，水就会从小河、池塘里被提上来，哗哗地流进小水渠，用以灌溉农田。

驱动转盘的一般都是老黄牛，它们戴着眼罩，永远迈着不紧不慢的步子，水就在它们不紧不慢的脚步声中流进饥渴的田野里。

水车棚也是孩童们割草时休息玩耍的地方，孩童们会躺在大转盘上天南地北地说一些自己感兴趣的事儿，也会在大转盘上美美地睡上一大觉，直至夕阳西下时才拎着草篮子回家。

在夏天，水车棚又成了人们纳凉的好去处，人们或躺或卧在大转盘上面，田野上阵阵凉风吹来，身心舒畅，尽可呼呼大睡。

水车棚自然而然地成了看瓜人的值班房，夏日，看瓜人看瓜防贼，有着它的一份功劳。

水车棚见证了时代的变迁。随着社会的进步，农村的面貌日新月异，机械化的到来，让柴油抽水机替代了水车棚里的水车。之后，电力灌溉全面实现，水车棚也消失在历史的长河里。田野小河边的水车棚在作为江南水乡的一道风景留存了一段时间后，又慢慢地消失了，留在了人们的记忆之中。

水车棚，你在江南水乡的富饶中辉煌，你又在江南水乡的辉煌中成为历史。

　　水车棚，你是数代人的生活记忆，你是数代人创造的属于江南水乡的一个标志。

　　水车棚，你就是你，你就是描写江南水乡时那一道永远也抹不去的风景。

写于 2020 年 6 月 28 日

郑琪的档案事

一

浙北，一马平川，河道交错。

浙南，一眼群山，层层叠叠。

"洋"，一直是浙南庆元乡村方言里最为常用的一个口头语，特别适合女子，语境也极为丰富，时褒时贬，抑或两者有之，主要有时髦、舶来之意。朴实的乡间女人常常还会加一个字，使之成为"真洋"，与之相对应的还有"土""真土"。

奶奶徐淡英，无疑是"洋"的，而且是"真洋"。

那成套系列的专门走进杭州当时最好的活佛照相馆拍的结婚照，虽然只有书本那么大，却固定了奶奶的一袭洁白的婚纱、爷爷的那双白手套，还有那略施粉彩的黑白彩照，以及村里人都知道的奶奶的卷发、旗袍、戒指等，这些都足以证明，在那个年代里，她定然是"真洋"的，也定然会让山里的姐妹们羡慕到嫉妒。

竹口，是奶奶徐淡英回到庆元的第一站。据说，她曾在这里工作过短短半年——继续从事她来庆元之前的职业。

竹口是闽江上游的浙南闽北的水运重镇，宋元以来烧造龙泉窑的集散地，如今却成了著名的铅笔小镇。

金榜题名之时，离开乡村，定然是举村欢庆的。反之，当满身落魄、重返乡村种地避难之时，定然是阻力重重的，尽管这里是爷爷郑琪的祖居地，但牵涉的不仅仅是田地山之利益。

出村易，返村难。中华人民共和国成立之初，爷爷郑琪一家因返回乡村受阻，故而举家寄居在庆元县城。

二

从 2022 年 8 月 16 日晚开始，我着手整理由庆元县档案馆提供的爷爷郑琪的档案，并按时间顺序进行了排列和梳理。准确地说，这些基本上是奶奶徐淡英以"徐梦月"之名工作、生活之时，在平湖与嘉善留下的民国教育档案。

那时，他们还没有到回到庆元，而是在浙北的江南水乡工作、生活。

8 月 17 日，我恰巧去嘉善出差，吃到了与奶奶临走前念念不忘的平湖方糕口味相近的嘉善切片糕，是用糯米做成的，片状的，干干的，粉粉的，甜甜的。

这种糕过去在庆元乡下也有，不过要大一些，如两个火柴盒大小，扁扁的，平平的，外面包着一层粉红色的纸，上面还印有字，只有在过年时才能吃到。奶奶徐淡英也给我吃过，很甜，但有一股久存后的霉味——因此我一向不太喜欢吃她的东西。

庆元、平湖、嘉善是爷爷郑琪一家人曾工作、生活过的三个地方，尽管已经过去了七八十年，但三地的方位仍然不变，人口数量的差距依然很大，庆元县如今仍是全省 26 个重点帮扶县之一。

如今，用百度搜索很是方便，什么信息都有，整理罗列如下：

庆元县，位于浙江省西南部，北与龙泉市、景宁畲族自治县接壤；东西、南面与福建省寿宁县、松溪县、政和县交界。县政府驻地松源街道，距丽水市 210 千米，距浙江省省会杭州市 532 千米，总面积 1898 平方千米。庆元地属浙西南中山区，有溪谷、盆地、丘陵、低山、中山等多种地貌，气候属亚热带季风区，温暖湿润，四季分明；截至 2019 年，庆元县辖 3 个街道、6 个镇、10 个乡。根据第七次人口普查数据，截至 2020 年 11 月 1 日零时，庆元县常住人口为 142551 人。

平湖市，是浙江省辖县级市，由嘉兴市代管。全市陆地面积 554.4 平方千米，海域面积 1070 平方千米，海岸线长 27 千米，下辖 6 镇、3 街道。平湖属江南古陆外缘杭州湾凹陷，为一冲积平原。境内地势平坦，平均海拔 2.8 米，除东南沿海有呈带状分布的 20 座低丘和 11 座岛礁共 4.89 平方千米外，余为大片平原。根据第七次人口普查数据，截至 2020 年 11 月 1 日零时，平湖市常住人口为 671326 人。

嘉善县，位于嘉兴市东北部、苏浙沪两省一市交会处，境域轮廓呈田字形，东邻上海市青浦、金山两区，南连平湖市、嘉兴市南湖区，西接嘉兴市秀洲区，北靠江苏省苏州市吴江区和上海市青浦区。地处长三角城市群核心区域。全县总面积 506.59 平方千米，其中水域占 14.29%。境内水网交织，物产丰饶。民风淳朴，素以鱼米之乡、丝绸之府、文化之邦名扬天下。根据第七次人口普查数据，截至 2020 年 11 月 1 日零时，嘉善县常住人口为 648160 人。

三

关于浙北平湖、嘉善的水乡事，在浙南大山庆元乡村终老的奶奶徐淡英提得极少。

我只记得她曾说过，她在平湖长大，家住的小楼临河而建，站在自家二楼廊道上，能用绳吊着竹提篮，向河道上经过的小船买东西。

这么神奇的小楼，我们当时听了，都不太相信，竟然会有这么好玩的地方？后来从电视上见到，才知道那是真的。

在平湖城里，那个叫游桥汇的地方，我在 2008 年 3 月尚在丽水工作之时，曾经陪着出生在平湖的父亲郑祖平及母亲周丽云一起去过。

2008 年 3 月 22 日平湖寻访（后排左起周大彬、周丽云、郑祖平）

那也是父亲郑祖平在 60 年后再一次回到他的出生地，或许也是最后一次，如今他已经 74 岁，是个整天乐呵呵钓鱼的乡村老头。在他们兄弟的脑海中，几乎没有对"外婆家"的记忆。

父亲郑祖平是木匠，也是地道的农民。想不到，他出生那年，还曾在嘉善的"生生照相馆"里拍过一张照片。一个光着身子的大胖小子，照片一直挂在爷爷家的老房子里，在那木板壁墙的木相框里——这也是能相随爷爷奶奶一生、数得出来的留存至今的实物。

在这张小小的黑白照片背后，写有"祖平诞生二周月纪念，民国三十七年（1948 年）一月二十二日，嘉善"等字样，那定然是爷爷郑琪写的。

若按这个时间来推算，父亲应该出生在 1947 年 11 月 23 日，但在奶奶参与续修的《郑氏宗谱》和父亲的身份证上，却显示其生于 1948 年 6 月 23 日。那时出生记的都是阴

郑祖平来到出生地——平湖市游桥汇 8 号徐淡英旧居（摄于 2008 年 3 月 22 日）

历日期，还会记生肖——只是从我这代开始，便很少有人保留着使用阴历的习惯了，只有春节除外。

如今使用的身份证上的名字与日期，阴历与阳历乱用、错用，在 20 世纪 90 年代刚刚推行身份证时，在农村里是很常见的。

如此看来，难道"1947 年 11 月 23 日"是父亲郑祖平出生的日子？在那个特殊年代，这么多孩子，已过去这么多年，奶奶他们记错了，也不奇怪。

就连我的生日，说是在 1975 年 9 月 1 日（阴历七月廿六），但也一定是不准确的。因为我问过母亲，我是哪天出生的。她说，不记得了，只记得比村里的某某晚一个星期。但在我的身份证上，出生日期写的是 1976 年 7 月 26 日，据说档案里写的还是 1977 年呢。

这也挺有趣。怪不得，算命总是算不准啊，原来是生辰报错了啊！人活着，哪天生日，并不重要，但文字重要，档案重要。

城市与乡村，阴历与阳历，周岁与虚岁，民国与现在，真是说不清、

道不明，这便是中国特有的文化。

平湖的徐斌叔叔很细心，2022 年 8 月 19 日，他在显微镜下观察仅有的几张老照片时，发现我父亲这张照片是光着身子的，为此认为在黑白照片背后写着的、被我认为是"民国三十七年一月二十二日，嘉善"中的"一月"，系因书写过快被误认，实际应该是"八月"，为此，他认为我父亲的生日应该是"1948 年 6 月 23 日"。他特地指出，这张光身子照，只有在 8 月份才有可能拍摄，我也认同这一点，于是又恢复了原来的时间排序。

在此，我必须重申：父亲郑祖平的生日是 1948 年 6 月 23 日，宗谱与奶奶都没记错，是我看错了。

要还原真相，实在是太难了，致敬所有的史学考证者。反复考证，真是太有趣了。

四

能存下来的、保存得好好的纸上的字，都是重要且珍贵的。时间长河总是向前，向前，无情地流啊流。

18 页纸，薄薄的，有印刷的，有手书的，有图片形式的，有文字形式的，特别感谢庆元县档案馆能珍藏这么多年，还扫描成电子版。它们静静地等着，等到某一天遇到某一人时，又会奇迹般地活过来，站起来。

打印，排序，辨识，奶奶徐淡英的足迹也渐渐清晰起来了，准确地说，应该是奶奶"徐梦月"。

28 张档案收藏在庆元县档案馆里，其中有 4 幅是照片，其他的皆是字表。有 23 份是奶奶"徐梦月"的，有 5 份是爷爷郑琪的。

经整理，我基本理出了她从 1945 年 12 月 9 日至 1948 年 9 月 28 日，从"徐淡英"到"徐梦月"，从平湖县新埭、永丰、当湖再到嘉善县魏塘镇的教育履历，以及职务、薪金、住址等，并根据档案内容，准确整理出此前奶奶求学的时间与学校——这是我们这些亲人几乎不曾了解的也最为好奇的内容。

五

档案上显示，奶奶"徐梦月"是平湖城里人，家住游桥汇8号，距离"老县政府"约400米，她还是一位老师，在1949年春来庆元之前，已有11年教龄。她曾分别在平湖、嘉善、庆元三地的5所学校里当过老师。

第一所学校：17岁开始，在平湖县新埭镇中心民国学校任教3年。学校于1935年设立，学生85人，教师2人，校长徐守民。（浙江省平湖市教育委员会：《浙江省平湖市教育组织、学校沿革资料（1949年5月—1999年6月）》，1999年9月出版，第349页）

第二所学校：24岁后，在平湖县永丰镇第六保国民学校工作2年。

第三所学校：26岁时，调到平湖县当湖镇第二中心国民学校，在这期间结婚生子。到1949年6月，学校有学生590人，教职工21人，校长陆毓琳。（浙江省平湖市教育委员会：《浙江省平湖市教育组织、学校沿革资料（1949年5月—1999年6月）》，1999年9月出版，第266页）

第四所学校：27岁时，在嘉善县魏塘镇第三中心国民学校科任教员；

第五所学校：28岁时，1949年春，在庆元县竹口中心学校工作约半年。

……

1949年后，在浙南庆元，奶奶"徐梦月"的生活切换成了一种完全不同的乡村生活。

从这些档案时间来看，似乎是他俩在平湖相识并确定恋爱关系之后，才有了这批档案的。有意思的是，第一份档案上的团员证上的名字是"徐瑞珍"，时间是1945年12月9日，这时爷爷已经来到平湖了。

从第二份档案开始，也就是1946年2月1日由平湖永丰学校校长李立华发放的聘书上，奶奶的名字就是"徐梦月"了，并且一直沿用到去庆元之前——显然，这是他们共同喜欢的名字，也是他们爱情的见证。

"梦月"——这分明便是爷爷与奶奶爱情故事之真实写照。这又是什么样的人生际遇呢？是因为一次培训？一次宴会？一次视察？总之，他们在平湖相遇并相恋了，先生了一女儿，后来又生了一个大胖小子。

在奶奶的档案里，还有两份由县长签发的嘉奖令。

一份是在 1946 年 6 月由平湖县县长钟树仁签发的，是给永丰镇第六保教员徐梦月的"平湖县政府训令"，训令中评价她"态度大方，管教认真，能用故事法及问题法教学，亦见得宜"，并将考评成绩列为甲等，同时，上面还写明了嘉奖的依据是"本府督学郑琪本学期视导该校结果"。

另一份是在 1948 年 9 月 28 日由嘉善县县长何国祥签发的"嘉善县政府训令"，是嘉奖给魏塘县第三中心国民学校徐梦月的，嘉奖理由是视导人员报告其"教导有方"。有趣的是，就在当月，爷爷郑琪刚调至嘉善任科长。

此外，这些档案还见证了奶奶徐梦月类似于现在职称晋升的全过程——从 1946 年平湖县政府下发的小学教员"乙种登记证"，到 1946 年 12 月浙江省教育厅下发的小学教员"甲种登记证"，再到 1947 年 6 月浙江省教育厅下发的"高级级任"小学教员检定合格证书。

一位是县督学，一位是小学教师，这样一系列档案证书，足见爷爷郑琪对奶奶"徐梦月"在工作上的提携与帮助。或许这在民国时期，压根算不上什么。

如今看来，这些证书对于了解民国时期浙江省的教育评价体系及教师的认定和薪酬，还是具有史料价值的，是难得的教育个案史料。

六

在抗日战争时期，曾在庆元县政府教育科担任督学的爷爷郑琪与当时的县长吴醒耶一起借着民国三十三年（1944年）浙江"教育年"之东风，使庆元县31个乡（镇）县在一年间新增了51所学校，开创了现代教育的新纪元。

他们都是热心教育事业的人。

督学与科长，这是两个教育线上的行政职务，在民国时期有什么区别？我曾问过很多教育线的人，都没能搞明白。

如今，依据档案图片和履历，以及爷爷郑琪的文章，多少有点明白了。

特别是那张摄于1948年6月17日的在嘉善的一次会议的合影，上面标注有"郑科长"字样的就是爷爷郑琪，坐在正中，督学们则坐在边上，严格按行政级别落座，至今仍是如此——这也是爷爷仅存的两张工作合影之一。

或许"督学"在行政级别上，是低于"教育科科长"的。我猜想，一个是管学业的，一个是管教育的，这里的科长也许类似于现在分管教育的副县长，也不知道这样理解是否准确。

爷爷郑琪的另一张工作合影是摄于1947年9月14日的"平湖县政府职员合影"，当年的平湖县政府职员总共只有41人。

来平湖才18个月、任平湖督学的爷爷郑琪，就站在最后一排右二——这很符合新同事的身份，也符合我所了解的爷爷的性格。

在这张"平湖县政府职员合影"照片后面，还留有一排小字："时于三十六年（1947年）九月十四日，去钟故县长逝世十九日，风雨同舟，不堪回首，江苏吴藻芬识"等字样。

在这字里行间，似乎在记录着一件地方上的重大事件，这里的"钟故县长逝世"难道是指曾于1945年9月至1946年1月任庆元县县长、又在

1946年2月6日任平湖县县长的钟树仁吗？推算亡故时间约在1947年8月27日。

据《平湖县志》记载，钟树仁县长的继任者是吴寿彭，到任时间为1947年9月1日，这在时间上也是高度吻合的。

这期间又发生了什么大事？这位此前曾在奶奶的档案材料中多次出现签章，又是爷爷郑琪自庆元跟随着去平湖的"县长钟树仁"是个怎样的人？难道正是因为这位"钟故县长逝世"，他们才去了邻近的嘉善县？这照片是在平湖拍的吗？

庆元、平湖两地的县志都显示：钟树仁，广西苍梧人，民国三十五年（1946年）2月6日从庆元县调任平湖。他在庆元县任县长的时间（1945年9月—1946年1月）非常短，在平湖任职也仅有半年。

这个"江苏吴藻芬"指的是曾与江苏江阴县（今江苏省江阴市）南沙乡吴仲昆、吴仲峨等人发起并组建"柏林庵音乐社"，又在1953年改称"柏林庵丝竹社"的那个吴藻芬吗？

档案显示，爷爷郑琪于1948年8月请辞职，去了平湖邻近的嘉善县，到了9月，32岁的爷爷郑琪就由平湖县政府督学转任嘉善县政府科长。

这张黑白合影照中的41人，在他们的背后又有多少故事？又有几人知呢？

七

持续罕见的高温，又快到周末了，2022年8月19日，周五，我基本理清了爷爷他们的档案，但仍存在诸多问号，这是一个没完没了的、欲罢不能的过程，非常有趣。

夜里，浙江音乐学院杜如松先生传来了由他学生黄凯俊用男高音试唱的那首《庆元县立简易师范附属国民实验小学校歌》，8月20日，我的侄女、庆元县实验小学六年级学生郑凯月也用钢琴弹奏起这首老校歌。这几天，郑凯月才知道，她读了六年、即将毕业的实验小学，竟然曾有一首自己太公写的校歌。

高亢，洪亮，民国味十足，让我不由得联想起那个时代的人与事来，那可是民族抗战最艰难的战争时代……

斯人已逝，唯国长存，一声长叹。

郑琪的木匠事

一

1949 年 5 月 17 日，浙南大山里的庆元县解放了，比浙北的平湖、嘉善的解放时间仅仅晚了 6 天。自此，新中国的美好篇章徐徐展开。

生命，是需要一种韧度的。唯有自如地适应苦难与富贵、青菜与鱼肉、低谷与高位等之间的切换，方能生活得更好。

爷爷郑琪也具备这样独特的生命活力。他自小在农村长大，上山下田，动手能力强，流过汗，吃过苦，又进城求学，读过书，见过世面，这样的生命，活力与韧性兼具。

中华人民共和国成立后，没有受到为难的爷爷郑琪，做出了自己的选择，他选择回到乡村，成为一名整天为一家老小的生计奔波的乡村木匠。

浙北市民"徐梦月"，成了浙南村民"徐淡英"。

1948 年出生在浙北平湖县城的我的父亲郑祖平，便是见证者之一。

他说，出村容易，返村困难。1949 年后，一家人一开始租住在庆元县城里，你爷爷郑琪天天上山砍柴，将松木劈成柴，再整扎成捆，摆在街上卖。之后几年，他在庆元后田街上织布卖。

1960年，爷爷郑琪加入庆元手工业社，后来又去龙泉塔石支农。1961年下放，回到黄真乡双沈村，后来成为木匠，为一家老小的生计操劳。

在那艰难困苦的岁月，因生活所迫，他们不得不将自己的亲生骨肉送人，还接二连三地送，但这至少要比饿死强吧。事实证明，被送走的后代如今都好好的，子孙满堂。

真是难以想象，那个从浙南庆元乡下走出去的爷爷郑琪，历仕督学、科长后，绕了一大圈，又从浙北平湖、嘉善带着"徐梦月"回来了，又成为乡间大家熟悉的"郑胜熙"。大起大落，成为普通人，该如何面对曾经的学生与同事？他不忧不惧，坦然面对。

爷爷郑琪来自典型的浙南乡村里的书香世家，但他的下一代——七个儿子，三个女儿，只有最小的郑祖本成为读书人，其他皆是目不识丁的农民。

郑祖本叔叔说，1981年他去读大学时，写回家的每一封信，对有错误的字句，爷爷都会用红笔标好，与回信一起寄给他。

这样的结局，皆是时代使然，无人能幸免。爷爷郑琪生前看得很透，曾经对我们说过自己的看法，说时总是很淡然的样子。

他说过，铜钿（钱）不必多，多了也没什么用，只要努力，在哪里都有饭吃。

小时候，母亲周丽云就常常用爷爷郑琪的话教导我们："你爷爷说……"真不知道要重复多少遍，足见爷爷郑琪对一个乡村媳妇的影响之深远。

二

父亲郑祖平从 16 岁起跟爷爷学木工。那是 1964 年，爷爷 48 岁。待学成后，父子齐上阵。

爷爷郑琪的木匠师傅是邻近村姚村村的李士傲。

父亲郑祖平说，他没见过那位师傅，但经常听爷爷提起，是一位技术高超、为人和善的乡里名匠。他的拿手绝活是做乡村里技术难度最大且最常用的四方桌，又叫八仙桌，曲面榫卯结构，经他上手，紧实到令人惊叹。姚村村的周方明说，村里人都知道，李士傲的心算很厉害，建一栋房子需要多少木料、石土方，都计算得清清楚楚——他甚至没读过多少书。

那是 1961 年，45 岁的爷爷郑琪在庆元黄田镇葛田村试着跟李士傲学木工，仅学了两天，就开始学弹墨线，学画梁下方的"丈杆"——一根相当于房屋图样的、长长的方形条木。爷爷郑琪的姐姐嫁到了葛田村，后来他的两个女儿也嫁到了葛田村，还真是和葛田村有缘。

父亲郑祖平青年时的照片

黄田镇姚村村有两大姓，李家出木匠，蔡家是戏迷。

蔡家人喜欢地方花灯戏。过年时，自发结团，轮流到家家户户唱戏、送吉祥。早上送帖子，晚上来唱，家家都要准备一个红包。

在庆元黄田镇的朱黄村、姚村、中济一带流行的花灯戏，经典的曲目有"补缸""卖花线"等，一直到 1980 年左右才不再流行。现在乡间仍然有人会唱，但到过年时已无人结队上门演唱了。

姚村李家出了李继文、李士傲等名

木匠，近十人，技艺代代相传。龙泉市的南大桥（又叫济川桥）和龙庆桥，早期都是木拱廊桥，就是由李继文、李辉古父子主修的，村子里人人都知道。据说，李辉吉年轻，脑子好用，修桥时还是个领头的。

姚村名木匠李继文、李继富是兄弟俩，李士傲是李继富的上门女婿，是陈边村人。

姚村村的李继文、李辉吉、李如恒、李学荣四代都是木匠。李如恒与李学荣父子的经历，与爷爷郑琪他们父子如出一辙。李学荣82岁了，依然精神矍铄，天天搓麻将。

姚村村的周方明说，当年李家的房子是最漂亮、最牢固、设计最科学的。一共有三进，每进都有东西厢和大堂、后堂、双天井，厢厢有门、有天窗，大门辟邪，后门东开。室内雕刻着四大名著内容，人物栩栩如生。这个建筑非常了得，在庆元县说它是第二，没人敢说第一。可惜大家不知道保护，加上年久失修及后人新建利用，只剩一两间快要倒塌的破屋了。现存还有第一进的左厢房是老房，但后人已在龙泉定居，无法打理、维护了。

姚村村有一座新修建的复兴桥，始于清中叶，原为木拱廊桥，后被洪水冲毁，于1976年重新建成石拱桥，上面的木构廊屋是后加的，由李继文的后人李学荣等人及当地村民捐资加建，落成时间是2004年11月30日。

我没听说爷爷郑琪营造过新的木拱廊桥，但他们父子在20世纪80年代主修过黄田镇上济村的济川廊桥，这桥早已是省级文物保护单位。主修济川廊桥大概是在1980年前后，当时桥屋被过往车辆撞击倾斜，由村民鲍业吉等人筹款重修，底下部分未动，主要是下瓦、修廊屋、换烂柱。木匠每天的工资为1.8元，他们在村民家中轮流吃饭，木工总费用不到1000元。

在浙南乡间的木匠往往都是一专多能的，只要有人来请，木匠自认为能接下这活儿的，都会去做。

修桥修路，建庙建祠，造社造殿——这是浙南山区里永不过时的乡间传统公益。

地处浙南闽北的庆元、龙泉一带，森林资源丰富，历史悠久，虽处深山，但山洞里有平地，外界干扰又少，适合安居。但总人口少，读书人自然也就少了，能记记写写的更少，存留给后人的史料一向不多。

爷爷郑琪所在的黄田镇双沈村，始建于北宋建隆年间（960—963年），村里的天真寺始建于1004年，1944年经爷爷郑琪之手改建成学校，是十里八乡的文化始萌地，古迹至今仍然存在，火灾隐患突出，2022年8月1日险毁于火灾。

有寺必有村，这也成为双沈村唯一可查的源起。

如今的庆元，是全世界著名的木拱廊桥之乡。

三

在浙南乡村，木匠主要分成大木作、小木作和寿木作三种。

最后一类寿木作，就是做棺材的，因为2000年左右普及火化，匠人在乡间失业，早已无用武之地。

在浙南闽北的乡间，木匠一般被称为"老司"，大木作主要指建大屋的，小木作主要是指制作家具类的。

爷爷郑琪是造屋的大木作。他从劈、刨、锯的基本功学起，天天跟在李士傲"老司"身后，往返于各乡村，建屋、造板壁，不亦乐乎，有滋有味。

浙南闽北间庆元一带的普通农家木屋很有特色，冬暖夏凉，四面泥墙，顶上椽瓦，梁柱支撑，板壁隔间，一般为两层，大约1990年前后，木屋逐步被砖混结构取代，目前基本绝迹。

"自力更生，以技养人。学上一门手艺，一定不会饿肚子。"这是爷爷郑琪经常对我们说的。在乡间，有手艺，会做木工活，不仅管吃管住，还有工资，且受人尊敬。当然，手艺也不太好学，不仅天天早出晚归，一般人吃不了这苦，而且脑子也要好使。

父亲郑祖平说，李士傲"老叫"真是个好心人，见我们家经济困难，人又多，不但不收学费，还总是照顾他，把一身的技术都传给了你爷爷，我们都很感激他，但从未见过他。

爷爷郑琪读过书，见过世面，能说会写，就是手上力气小了点，但学起木工来，那是绝对没问题的，上手非常快，仅仅两年多，他就学成单干，同时还不忘记拉上他的大儿子——我的父亲郑祖平一起干木工活儿。

就这样，父亲郑祖平也成为一名木匠，他除了能造人屋，还有一个绝活，那就是在分单干时，给家家户户做谷风扇。他说，绝技在吹风的分领处，秘不示人。他还说，建屋难处之一在于稍曲形的屋顶，要中间微低，两头微翘，这样设计，落水才动听。

父亲郑祖平说，建屋要打一层"口"字形泥墙，再立柱，也有打好两层再立柱的。下面一楼泥墙高9尺6寸（打8板泥墙，每一板高1尺2寸），泥墙基一楼宽1尺8寸，渐渐缩至1尺6寸，二楼上部又渐渐缩至1尺4寸。打泥墙也是一门技术活，讲究中正，需与木匠配合，且在打泥墙时，对泥墙上密密麻麻、层层叠叠的如碗口大小的窠臼，每一个都要用木杵竖向夯打7次以上，来来回回，泥实墙正，方能百年不倒。

乡间的大木作，计酬方式也非常特别，竟然是以一根一根柱计工的，真是闻所未闻。一般1根柱子算六七个工，三植的房屋一般是15柱，早期大木作每天的工资是1.8元，后来涨到2.5元。

在乡间，爷爷郑琪慢慢地成为一方木匠之核心人物，四里八乡的散户木工常常会聚在爷爷周围，大家一起干活，一起养家。

在1980年分包到户之前，村里算是集体生产队，因为爷爷郑琪不善于种稻，村里就同意他去各村做木工活，一个月要交给生产队40元，这得足足出勤 25 天。

父亲郑祖平还说，那时大家最开心的事，莫过于在夜间休工之后，围坐在你爷爷边上，听他讲各种各样的故事，大家听得一愣一愣的。那是这位"四只眼"木匠爷爷的高光时刻。

在那没有电灯的夜晚，大家围坐在一起，听爷爷郑琪一天讲一集"铜皮铁骨"的故事。到深夜，各自睡觉，第二天又早起开工，如此日复一日。

对此，父亲郑祖平记忆犹新。他说，你爷爷的学生多，认识的人也多，那几年经常有学生从县城里来看他，想让他再去工作，可他就是不去，也不知道是为什么。他去世那年，也不见有什么特别之处，与邻居家的大爷大妈没有任何区别。他生前总是叮嘱我们，人每年都要坚持有所建树，小

郑琪、郑祖平父子在 1976 年任"主墨"师傅，建造了黄田镇垟垄村周祖勋家的房屋（郑祖平 摄）

到每年为家里添一只碗，大到建栋房子。即便是平日上山，绝不能空手而归，哪怕顺手带根柴火回来，也能让家里有柴火烧。

四

郑琪、郑祖平这对木匠父子从此行走在浙南乡间，一户接一户，一天又一天，慢慢地，家境有所好转，这才将原本租住在庆元县城的妻儿们一同接到双沈村。爷爷48岁那年，也就是1964年5月18日（阴历四月初七），他最小的儿了郑祖本山生了 "祖本"，有生于本家之意。

爷爷郑琪将祖宅一分为二。人奶奶吴承聪与半潮来的奶奶徐淡英，一北一南，生活在同一个屋檐下。爷爷郑琪同奶奶徐淡英一直生活在一起，而大奶奶吴承聪自始至终独自生活，也把三个孩子拉扯大了，这又是怎样的故事呢？

一个男人，两个女人，还有九个孩子，还有持续入门的儿媳妇，这里面的故事，真是难以言说。不过，后辈们个个白手起家，成家立业，那主要是因为他们遇到了一个好时代。

对于大奶奶吴承聪，我接触得少，但每每回家，母亲周丽云都会叮嘱我去看望她。母亲还常对我说，都是亲人，要一视同仁，亲人不怕多，她也特别不容易，更要尊敬。

乡邻都知道，爷爷是个读书人，本性善良又好说话。因此爷爷郑琪做木匠时，总有不给他工资的，拖欠的，或者拿不回来的。临近年关时，都是奶奶徐淡英出马，先礼后兵，要说要骂，她都行的。

还有，爷爷郑琪喜欢搓麻将，小打小闹的那种，我估计，他应该就是民国时期在庆元学会的，但奶奶徐淡英却非常讨厌他搓麻将，主要是担心他染上赌瘾，因此常常会四处找人。据说有一次，在邻近上沈村里，爷爷正在搓麻将,她冲上前去,把桌子掀了个底朝天,把其他打麻将的人臭骂了一通,从此以后,再也没有人敢找爷爷搓麻将了,他只能安心看书了。即便到了晚年,我也常见奶奶徐淡英四处找爷爷回家吃饭。吃得极其简单,一两个菜,从未见他们倒过饭菜,吃完饭后,碗如洗过一般干净。

这是一个时代的印记,是农家的持家兴业之道。我是慢慢读懂的。

爷爷郑琪和奶奶徐淡英是如此的不一般。在浙南乡村里,一个有两个老婆的男人免不了成为他人背后闲谈的话题,他们真是那个时代的"网红"。

45 岁,对于爷爷郑琪来说,已到人生中点,还有许多种可能,但他坚持回到乡村,从一位书生到地方官员,又转型为乡间木匠,这不仅需要勇气与智慧,更需要能说服自己和家人的本领,同时,还要有能面对诸多异样的眼光与非议的强大内心。试问,又有几人能做到?

爷爷郑琪做到了,他在乡村平静终老,走得那么安静、安详,见证了两个不同的时代,走完了他简单又平凡的一生。

回望爷爷郑琪这一生,在民国时期出生,在抗战时期求学,在解放战争时期到达人生的顶峰,又在中华人民共和国成立之后回归乡野,成为一名普通的木匠,这样大起大落的人生,真是精彩又平凡。

在我看来,他的后半生远比他的前半生更加难能可贵,更有生命的活力,也更令人敬仰——一言以蔽之,爷爷郑琪仅仅是中国传统读书人中极为普通的一员,古往今来,生生不息,从未缺席。

五

人生没有如果,只有好好活着,笑着,向前,再向前。

对了,村里那栋百年老屋,就快要塌了,那是一种自然的、缓慢的坍塌,我得抓紧拍照，给它留个影。

对了，还有爷爷和父亲建造的老屋，我也得抓紧去拍照留念了……

对了，我们竟然都不记得奶奶的生日，得抓紧去墓碑前看看……

对了，还有那始于 2017 年 1 月 27 日除夕在郑氏祠堂举办的读书活动，不能停……

郑琪的官场事

一

2022年8月29日，周一，已经入土整整25年的爷爷又令我失眠了。

此前三天，我们一家去了扬州，送女儿郑紫瑞上大学——扬州大学广陵学院，学的是服装与服饰设计专业。

我曾问过她："知道太公的名字吗？"

"知道啊，郑琪。"她回答道。

这回答令我惊讶，她看似在群里一声不吭，原来一直在实时跟进并关注。

这也是不错的教育样本，齐家，治国，平天下。

自从庆元县档案馆主动找上门来以后，我持续整理，历经失眠，疲惫不堪，心中有点急躁。说句大实话，我也挺想画上一个句号的，显然，这是一次没完没了又无法了结的寻访。

我深知自己之秉性。特别是在经历了扬州三日之行后，在游过瘦西湖，逛过东关街，进过博物馆，以及享受了各种美食之后，我睡得好，心静如水，似乎要放过自己了。

可是爷爷的事，我还是难以放下心头。难道是 25 年前的那场约定一语成谶?

8 月 29 日，平湖的徐斌叔叔拿着派出所开具的一纸户籍证明走进平湖市档案馆，并有了新发现。

"今天去档案馆，只拿到你奶奶的一张档案。因无法证明你爷爷与你奶奶的关系，又涉及政府官员档案，所以不能调看你爷爷的档案。派出所还给了两个方案：一是拉出庆元你爷爷和你爸的户籍资料，由你爸委托我调档；二是由庆元档案馆出面调档。你爷爷的档案还有五六张。"

这个消息令我久久难以入眠，那点刚平复的好奇心与兴奋感又出现了。

这真是一种难以言说的感受，又复杂，又有趣。

我又向庆元档案馆馆长王丽青和练正学求助，他们总是有求必应，令我感动不已。

8 月 30 日夜里，我找出那张大红色的荣誉证书，那是 1997 年 5 月 16 日发放的，上面写着"周大彬同志在黄田镇小第二届青年教师教学比武中荣获数学组一等奖"。

1996 年从龙泉师范学校毕业后，我被分配到黄田镇上济辅导小学，这是我在一年见习期将满时拿到的第一张奖状，正遇上爷爷过世，当天我还特意将这荣誉证书摆放在他墓前，祭奠过，默念过……我特地查了一下，那天是周五，早上比赛，下午去上坟，爷爷离世是在三天前，一切历历在目。

说来也有点奇怪，此后，我屡屡得奖，频频发表文章，在十五年里，从乡下调到庆元县城，又转到丽水，2011 年进了杭州，发展远超预期，难道真有爷爷护佑?

二

向前，向前，只管向前，那意想不到的美好，早早就在路边等着我了。

8 月 30 日下午，我走进杭州市曙光路 73 号的浙江图书馆，三楼是地方文献资料室，我想试一试、找一找，或许会有新发现。

面对如山之书，我来来回回，发现了《申报嘉兴史料（第一辑）》（1937—1949）（嘉兴市档案馆、嘉兴市档案学会合编，香港新世纪出版社 1993 年版），书中就有此前我想要找的平湖县县长钟树仁的报道资料。

真是令人兴奋，令人舒坦，此前藏在心中的谜团，一下子解开了——爷爷郑琪 31 岁时那张摄于 1947 年 9 月 14 日的"平湖县政府职员合影"背后的故事，正在缓缓展开。

平湖新任县长定期履新

平湖新任县长钟树仁氏，将定于本月二十六日由杭州到平履新，连日县府各科室正准备结束办理移交手续，会计室刻正核算各项账册，以便移交，昨县党部及临参会，特设宴为前任关县长饯行。

1946 年 1 月 16 日

［《申报嘉兴史料（第一辑）》第 181 页］

平湖县钟县长病逝

本县县长钟树仁，突于二十六日下午八时十五分染疫病逝世，二十八日大殓。

1947 年 8 月 29 日

［《申报嘉兴史料（第一辑）》第 323 页］

平湖召开会议研讨县长死因

钟故县长致死病因，省方及民众均纷纷猜疑，要求诊治医师卫生院长张子平、奚可阶、潘思齐等公开答复征象。前日张子平突散发通知单，邀请各界解释，旋即收回不开。三十日下午，县府乃召集各科室主管会议，纷向张子平提出质询，情况殊烈，对张子平答复之记录，有待专家之鉴定与法律之制裁。

1947 年 9 月 2 日

［《申报嘉兴史料（第一辑）》第 324 页］

新任平湖县长十五日抵平接事

新任本县县长范文治，五日随同吴专员万视察来平，范氏此行，专系吊唁钟故县长，午后返禾。范氏定本月十五日来平接篆视事。

1947 年 9 月 8 日

［《申报嘉兴史料（第一辑）》第 326 页］

钟故县长追悼会二十九日举行

钟故县长治丧委员会九日召开会议，决定二十九日在南门外体育场举行追悼大会。

1947 年 9 月 12 日

［《申报嘉兴史料（第一辑）》第 328 页］

平湖新任县长即将上任

平湖新任本县县长范文治，本定十五日来平莅任，现已改至下月一日履新。

1947 年 9 月 13 日

［《申报嘉兴史料（第一辑）》第 328 页］

平湖新任县长上任

本县新任县长范文治于二十四日下午由桐经禾莅任，二十五日晨举行交接典礼。

1947 年 9 月 28 日

［《申报嘉兴史料（第一辑）》第 334 页］

平湖召开钟埭县长追悼会

平湖钟埭县长治丧委员会于九月二十九日下午在公共体育场举行大祭典礼及追悼会，出席各界首长及民众三万余人，仪式肃穆隆重。三十日晨，灵柩由平运乍安葬，民众数万，掩泪相别。

1947 年 10 月 2 日

［《申报嘉兴史料（第一辑）》第 336 页］

三

短短 8 则报道，真实地记录了钟树仁县长自浙南庆元调到浙北平湖又暴病身亡的全过程，读来不解之处颇多，但也真切地描摹出了民国时期一个县长的葬礼的场景。

这时，我才明白了"平湖县政府职员合影"上方那一行小字背后的深意。

"风雨同舟，不堪回首。"31 岁的爷爷郑琪是见证人之一。

这张照片的拍摄时间就在新县长范文治即将到任之时。

照片上头的题字中的"吴藻芬"，原是平湖县府的主任秘书，也是于 1947 年 9 月 1 日创刊出版的《当湖日报》的发行人［《申报嘉兴史料（第一辑）》第 322 页］。

在浙江图书馆查资料时，我还意外地发现，1945 年 8 月，吴藻芬还是庆元县立简易师范学校的校长，也是爷爷郑琪在庆元时的同事，又一同随钟树仁县长调往平湖。

当年师范学校设在庆元孔庙，有学生 201 人，教职员 13 人，设 5 个班，经费 122220 元。这一时期，因抗战原因，省立湘湖师范学校、省立临时联合师范学校、慈溪锦堂乡村师范学校等省立师范学校迁入丽水地区，名师云集，师范生人数骤增，丽水地区共有 3 所省立师范学校、8 所简易师范学校，在校生 3046 名，教职员 282 名。（浙江省丽水地区教育委员会编：《浙江省丽水地区教育简志》，上海文化出版社 1990 年版，第 59—60 页）

至于钟树仁县长到底是怎么死的——猝死？被毒死？未曾查到。

平湖县于六月二十六日晨，城厢闹市中心庆元兴祥银楼被劫后，于二十八日下午，西门外婆桥至孟家桥遭匪劫，三十余人，均手持武器，且有轻机枪二挺……

平湖县司法处，顷受理县公民直接上书蒋主席，控告前任关县长，十区专员朱希等贪污，并涉及司法范围案。

去年大利剧场枪杀警长宋林江血案，凶手金根昌（自卫大队勤务员）昨经平湖县军法处审讯终结，以被告犯罪时未满十八岁，减处徒刑七年，剥夺公权七年。

平湖县地价标准，业经土地评价委员会会议商讨决定共分六等，基地八折计算，城区一等房屋每间三百万元，二等二百万元，三等一百五十万元，四等一百万元，五等五十万元，六等四十万元。

［《申报嘉兴史料（第一辑）》第 207 页、第 218 页、第 223 页］

这就是《申报》中记录的 1946 年的浙北平湖，也是抗战胜利后的浙北平湖，更是爷爷、奶奶和县长们生活的浙北平湖。

此时的浙北嘉兴、平湖一带，风雨飘摇，赌风盛行，征兵征粮，物价飞涨。到 1948 年初，摆渡到南湖烟雨楼，需要一二十万元。1948 年 5 月，海宁开秤收茧，每担两千三百万元。

浙北，如此动荡不安，退回浙南大山，亦不失为明智之举。

四

"当年，他是跟一位县长一起调去平湖嘉善的，那位县长还常来我们家。"不仅姑姑郑少华经常这么说，几乎所有亲戚和乡民都是这么传的，至于这位县长姓什么，长什么样，都不得而知。

爷爷郑琪在民国期间曾先后在庆元、平湖、嘉善三地工作，与三位县长共事过，一位是吴山明的父亲、庆元县县长吴醒耶，一位是来自广西苍梧的平湖县县长钟树仁，另外一位是嘉善县县长，其名不得而知。

其中，爷爷郑琪跟随钟树仁县长的时间最长，且又随之跨庆元、平湖两地，钟县长还曾经为奶奶"徐梦月"发过嘉奖书，足见他们的关系是非同一般的，既是领导与下属，又是同事，更是挚友。

这位从广西苍梧到浙南庆元，再到浙北平湖，奔走数千里，最终客死平湖的钟树仁县长，形象仍然非常模糊。不知其几岁，不知其长什么样，更不知其为什么会来庆元与平湖任县长……诸多问题，我都挺想了解的，动力又来了。

8月31日上午，我联系到了钟树仁县长老家广西壮族自治区苍梧县政协文史委的刘桂明先生，试图满足自己强烈的好奇心。

有幸，还有文字存在。

平湖的徐斌叔叔转来了2021年5月7日发表在"平湖在线"网站上的一篇文章，不知作者姓名，但亦见钟树仁县长之精神。

〔平湖·故事〕公务员如何度过目前困境

民国三十五年的时候，公务员们入不敷出，很多人的生活陷入困境，为此，当时的平湖县长钟树仁在二月的一次周一的例会上对全体公务员提出了自己认为值得注意的事项，大致如下：

本年禄米制度取消后，公务员的生活愈发艰苦，政府当局虽增加待遇，然较之物价的疯狂上涨，以致大都市中工人和四行职员相继发生怠工，要求改善待遇，酿成了社会的不安和激荡。但政府人员身负重责，当然不能以工人般的怠工来要求改善待遇，那么如何渡过难关呢？以下各点本人以为值得注意。

（一）量入为出。公务员经济收入有限，以目前固定的收入来应付疯狂上涨的物价已感困难，所以今后必须量入为出，节衣缩食，维持最低生活的支出，并须极度充制物质欲望，以收入作支出的标准，才能度过困境。

（二）戒除嗜好。嗜好者指一般性的嗜好而言，如赌博烟毒等早经政府悬为厉禁，吾等更绝对不应染此嗜好。这里我讲的嗜好是具有普遍性的，如抽卷烟、饮酒、坐茶馆等，均非人生所必需的。即以纸烟一项的用费，如每月累积起来，如以此无谓开支移作正用，那对个人的经济生活一定有莫大帮助。再说消遣性的小赌博，亦会引起不良行为而影响生活，我们必须完全戒除。

（三）减少应酬。在虚伪浮靡的社会风气中，一般人都以应酬敷衍来保持人与人之间的联系，非特不经济，抑且增加精神上的痛苦。我以为人与人之间的联系，除了礼貌上的应酬之外，应以"诚"待人，这样必能取得对方的谅解，而事实上不必以虚伪的应酬来达到应酬的目的。

（四）尽忠职守。其一，公务员处困苦环境中易有精神散漫、纪律废弛的现象，更有受外界物质引诱而失职贪污情事。吾人际此务须警惕自励，发扬正气，守住岗位，不放弃职守，要在工作上求得安慰。其二，以读书寻求娱乐，正当娱乐是人生所必需的，公务员在公余应在书本中寻求快乐，孜孜不倦览群书，使工作和身心两得其益。其三，以守法为本位，在今法治社会里，公务员如无守法精神，则怎样去领导人民改造风气？是以我们必须养成守法的习惯，才能尽忠职守。

（五）注重修养。公务员风气败坏后，失却人民信仰，是以地位日低，甚至有"有官必贪，无吏不污"这种歪曲偏激之论，使我们深感痛心，注意无谓的摩擦，要自尊自爱自重，表现出高尚的人格、伟大的风度，注重自身的修养，克服环境，改造环境。

（六）刻苦自励。今后复兴建国工作的困苦，更千百倍于抗战工作，吾辈当刻苦自励地向着建国复兴大道上勇往迈进。

以上各点是公务员对目前的困境应持的态度，要节俭朴实、自尊自重、尽忠职守、刻苦自励，对诸位将有相当帮助，特提示各位，盼深切体会。

现在读来，钟县长的这番讲话还是很有启发意义啊。

五

好事多磨，只需稍稍闪过放弃的念头，便会错过永远的美好。

8月31日上午，庆元县档案馆的练正学先生传来从平湖市档案馆调来的7份爷爷郑琪的档案，加上之前奶奶的那1份，总共有8份。

其中有1份是爷爷郑琪手书的请辞书，引起了我的注意，时间是1947年9月14日——正是"平湖县政府职员合影"拍摄之日。

这厢钟树仁县长突然死亡，尚未安葬，那厢新任县长即将上任，爷爷郑琪在合影当天便递交了督学的请辞书：

签　呈

卅六年九月十四日

职以庸才，供职年余，毫无成绩表现，自愧奚似？兹拟他就，请赐准辞去督学职务，实为德便。

谨呈

科长金

主任秘书吴

兼县长吴

职：郑琪

这是爷爷郑琪的亲笔信，很珍贵。

红色竖线信笺上，手书，小楷，竖写。在最后签名的底下，还有一方小小的签名印章，朱文，大篆，令人眼前一亮。

中国美术学院的钱伟强先生是国内书法理论界的行家，我特意向他求教。

"这种印章是典型的古玺印。你爷爷这方印章算是古玺印刻法中比较经典的一种类型。"

"首先，从字体上来讲，里面完好地融汇了大篆和甲骨文的字形结构，又将之变化得比较整饬。'郑琪'两个字的主体部分，用的都是大篆字法，而边上的王字旁和右耳旁，又用了点甲骨文的结体，左右完美融合，既变又不变。"

"其次，这个印刻得蛮好的。从它的线条就能看出刀功不俗，有可能是名家所刻，可惜没有边款，无法证实到底是谁刻的。"

"最后，它的构思布局安排得很巧妙。比如，它中间的空白部分，就留得特别好，有呼应关系。右边那个右耳旁，它上面稍微紧凑一点，下面空间留白多一点。而与之相对应的左边的王字旁，它下面紧凑一点，上面空得多一点，如此一紧一松，一左一右，一上一下，两两相呼应，构思巧妙，足见匠心。"

"你爷爷的书法气息文雅，用笔老拙，结构内工整而外舒张，颇有书卷气。体势似从欧（阳询）体出，森严颀长，绝俗而出。从书法中可见其为人。"

钱伟强先生如是说。

如此匠心独具，此印今又何在？说来惭愧，后人目不识珠，恐早已遗失。

见字如面。爷爷郑琪这封亲笔信，无疑也是民国时期浙北平湖县政府一位教育督学的"标准体"请辞书，亦见当时读书人、为政者的基本素养和审美情趣。

信的左侧上方，一个黑黑的"准"字，便结束了爷爷郑琪在平湖县政府任督学的工作经历。

不久后的1948年2月，离职令下发，爷爷郑琪赴任嘉善县政府科长。[嘉善县教育志编纂委员会编：《嘉善县教育志（1430—1989）》，1992年6月，第33页]

从此，他们离开了平湖租住的游桥汇10号，开启了人生的下一站——住进了嘉善县城内学西大街2号。1948年9月，爷爷郑琪正式转任嘉善县政府科长。不久，他们在平湖有了第一个爱情结晶。

平湖与嘉善，两城相邻，有着"金平湖""银嘉善"之说，相距不过20千米左右。

这一天，我久久不能平静。"立志，勤学，改过，责善。"吾辈亦当自强不息，自力更生。

郑琪的身后事

找寻继续。

2022年9月20日，周一。下午，我拿着庆元黄田派出所开具的一纸证明，走进杭州市档案馆，找寻爷爷郑琪就读浙江省立杭州师范学校的足迹。

过世25年后，爷爷郑琪的户籍档案一时难觅。

杭州市档案馆之行一无所获。于是，我又联系了杭州师范大学档案馆，结果仍无所获。

几天后，回到老家，我在宗谱里找到了刚刚离世的同村陈良远先生写的一首赞诗——这是在爷爷郑琪走后能找到的唯一的对他的评价。

郑公胜熙先生赞

琪公文章通古今，培养人才有信心。

修改古寺兴学校，为国为民建奇功。

国制共和新社会，公学仲子尽其忠。

世代相传英才出，千古流芳美名传。

陈良远先生葬在生前自己选中的墓地里，他特意选在了爷爷郑琪坟墓的下首方，相距四五米，紧挨着。他曾是乡间难得的"笔杆子"。

浙南庆元，浙北嘉善，两地相距 530 多千米，借助 2002 年 4 月实施的山海协作工程，开启了"山海之恋"。

2018 年初，浙江省委省政府出台《关于深入实施山海协作工程促进区域协调发展的若干意见》，山海协作工程升级版由此展开，庆元县与长兴、嘉善、海曙三地扎实推进山海协作各项工作，取得了明显成效。

在这 20 年里，庆元县主要领导对接互访交流 30 余次，带动梦天集团、湖羊养殖等产业合作项目落地庆元；作为浙江首个跨省、跨县域三地共建的"飞地"产业园，嘉善—庆元—九寨沟"消薄飞地"产业园于 2020 年 11 月顺利开园，实现返利 1770 万元，惠及 130 个村；嘉善—庆元山海协作生态旅游文化产业园项目成功招商引资，土地政策处理及清表工作顺利完成；三个县区共帮扶庆元县援建资金 2600 多万元，实施群众增收、乡村振兴和社会事业合作项目 50 余个；开展县、部门乡镇、村企多级联动机制，与三地签署 50 余项合作协议；组织劳动力培训、教育活动、医疗互派、文化走亲等山海协作社会事业合作活动，参加人员达 4000 余人次；农产品消费帮扶金额共计近 3000 万元。（资源源自庆元县山海协作工作领导小组办公室）

到 2018 年，地处浙西南的庆元县，有 7 万多名外出经商务工人员，仅在嘉善、平湖地区的就有 2 万多人。（《庆元将办事窗口"开到"嘉兴全力打造"飞地"审批新服务》，《浙江日报》，2018 年 10 月 31 日）

这一场"山海之恋"，曾经在嘉善工作过的爷爷郑琪和奶奶徐淡英知道吗？当年"山海之恋"的主角虽已长眠青山，却因为山海协作工程而引发一场找寻。

另，2023 年清明期间，我无意间找到了爷爷郑琪在 1995 年 3 月 15 日写给当时就读龙泉师范学校的我的亲笔信，照录如下。

世舜：

你3月6日的信我已看到了。可是你写的字，真是令人费解。比如"淮"与"谁"就辨不清楚。三点水与言字旁，应该特别注意，"请"与"清"也无法认清。这真真让人伤脑筋！以后你宁愿写慢一点，写清楚是很要紧的！你在来信中写道："我现在只要平时有时间就去画室……""画室"这两个字我就读不懂，是不是"图画教室"？希望下次来信说明。去"画室"看上去还很重要，要经过任课老师提名，教导处批准。写信的目的，是要自己说明白事，并让对方明白，才有意义，否则你越说，人家越不明白，这不是徒然吗？

对于称呼，你也未写明白：我们长辈叫"世尧""东红"时，应该直呼其名，而你是弟弟，对他俩应称"哥哥""姊姊"。因你们是同胞兄弟，称呼时名字都不必提。如果对叔伯兄弟或表兄弟，那就可以写名字再加称呼，如称"方泉兄""冬梅姊"，对弟弟就可直呼其名。又若写信给同学，不论同学的年龄比你大或小，都应一律称"学兄"，绝不能因年纪比你小就写"学弟"，因为"学弟"是老师对学生的客气称呼，这是很要紧的。平时口头上叫自己或朋友的名字是不要紧的，如拿笔写信，就要注意了，否则会被人家笑话的，你懂吗？

爷爷郑琪的来信

今年你家种的灰树花还算不错，可望丰收。世尧的修理业务颇受顾客欢迎，生意还不错，所惜资本不多，买零件又要从杭州进货，去一趟又不容易，如就近配货，进货价高，收入便减少了，又不值当，所以赚不了多少钱。希望将来他能慢慢发展，前途是光明的。东红多半在庆元，预备开杂货店，到底怎样做，她还未决定，以后再说。家里自祖父母以下都很好，望你好好学习，无需记挂家里，此祷！

又及：画板木架已做好，胶压板还需要买，如有需要，望即来信。

祖父手启

1995 年 3 月 15 日

郑琪（郑胜熙）生平

1 岁，1916 年 11 月 19 日，生于庆元双沈村；

20 岁，1936 年，与邻村的吴承聪结婚；

21 岁，1937 年 7 月，女儿郑少华出生；

22 岁，1938 年，母亲阙娇娥去世，终年 48 岁；

25 岁，1941 年 3 月，女儿郑影华出生；

25 岁，1941 年，毕业于浙江省立临时联合师范学校；

28 岁，1944 年，任庆元县政府教育科督学；

29 岁，1945 年 3 月—1945 年 8 月，任庆元县政府教育科科长；

29 岁，1945 年 7 月，儿子郑祖华出生；

29 岁，1945 年 8 月，抗战胜利，调往平湖县工作；

30 岁，1946 年 2 月，任平湖县教育督学；

31 岁，1947 年 1 月，与平湖徐淡英结婚；

31 岁，1947 年 9 月 14 日，辞去平湖县教育督学职务；

32 岁，1948 年 2 月，任嘉善县教育科科长；

32 岁，1948 年 6 月 23 日，儿子郑祖平出生；

32 岁，1948 年 9 月，转任嘉善县政府科长；

33 岁，1949 年春，回到庆元县，夫妻到竹口学校工作；

35 岁，1951 年 11 月 2 日，参加庆元手工业社，学织布和木工，儿子郑祖元出生；

37 岁，1953 年，父亲郑先礼去世，享年 62 岁；

38 岁，1954 年 3 月 15 日，儿子李国淼出生（送人）；

39 岁，1955 年 9 月，儿子许庄水出生（送人）；

42 岁，1958 年 9 月 21 日，儿子郑祖庆出生；

45 岁，1961 年，在庆元黄真乡学习木工；

48 岁，1964 年 5 月 18 日，儿子郑祖本出生；

81 岁，1997 年 5 月 13 日，离世。

徐淡英（徐梦月、徐瑞珍）生平

1 岁，1921 年 1 月 13 日，生于平湖城内游桥汇；

13 岁，1934 年 8 月，在平湖县私立镜心中学读书；

15 岁，1936 年 7 月，从平湖县私立镜心中学毕业；

17 岁，1938 年 2 月，受聘于平湖县新埭镇中心民国学校，任教员；

20 岁，1941 年 1 月，离开平湖县新埭镇中心民国学校；

24 岁，1945 年 12 月 9 日，加入浙江支团部；

24 岁，1945 年 8 月 1 日—1946 年 1 月 31 日，受聘于平湖县永丰镇第六保国民学校，任教员，周课时 960 分；

25 岁，1946 年 2 月 1 日—1946 年 7 月 31 日，受聘于平湖县永丰镇第六保国民学校，任教员，周课时 960 分；

25 岁，1946 年 2 月 28 日，三位同学为其出具一份入学证明；

25 岁，1946 年 6 月，受聘于平湖县永丰镇第六保国民学校，任教员，兼任教导主任（1946 年 2 月—1946 年 7 月），周课时三十三节，960 分，薪水 70 元；

25 岁，1946 年 8 月，获平湖县小学教员暑期讲习班结业证明书；

25 岁，1946 年 9 月，获平湖县政府"代用教员"乙种登记证；

25 岁，1946 年 12 月，获浙江省教育厅与平湖县"高级级任教员"甲种登记证书；

25 岁，1946 年 12 月，任平湖县永丰镇第六保国民学校"中级级任教员"，兼任"团艺缝纫等农事家事指导"（1946 年 8 月—1947 年 1 月）；

26 岁，1947 年 1 月 26 日，与平湖县教育督学郑琪在杭州活佛照相馆拍婚纱照；

26 岁，1947 年 2 月 1 日，收到平湖县当湖镇中心国民学校科任教师（1946 年第二学期）聘书；

26 岁，1947 年 3 月 11 日，收到平湖县当湖镇第二中心国民学校教员聘书，月薪 80 元，周课时 900 分；

26 岁，1947 年 5 月 12 日，参加平湖县第七届运动大会；

26 岁，1947 年 6 月 6 日，收到浙江省教育厅小学"高级级任教员"四年检定合格证书；

26 岁，1947 年 6 月，收到平湖县当湖镇第二中心国民学校教员（至 1947 年 7 月）聘书；

26 岁，1947 年 8 月，收到平湖县当湖镇第二中心国民学校教员（第一学期）科任教员聘书；

27 岁，1948 年 1 月，收到平湖县当湖镇第二中心国民学校教员（1947年 8 月—1948 年 1 月）科任教员聘书；

27 岁，1948 年 3 月 1 日，收到嘉善县魏塘镇第三中心国民学校科任教员聘书，月薪 80 元；

27 岁，1948 年 6 月 23 日，儿子郑祖平出生；

27 岁，1948 年 8 月，收到嘉善县魏塘镇第三中心国民学校科任教员兼任研究主任聘书；

27 岁，1948 年 9 月 28 日，获嘉善县政府嘉奖；

28 岁，1949 年春，回到庆元县；

30 岁，1951 年 10 月，儿子郑祖元出生；

33 岁，1954 年 3 月，儿子李国森出生（送人）；

34 岁，1955 年 9 月，儿子许庄水出生（送人）；

37 岁，1958 年 9 月，儿子郑祖庆出生；

43 岁，1964 年 4 月，儿子郑祖本出生；

86 岁，2007 年 3 月 25 日，离世。

郑琪的外一篇

爷爷郑琪的档案寻访记，原本至此收尾。不承想，2022年10月10日一大早，婶婶陈小玉主动通过微信联系我，并给我发了如下一段话："我这次国庆节回去，从家里带回你叔叔打印的你有关爷爷的回忆手稿，用两天空闲时间，逐字逐句读了一遍，字里行间流露出来的家国情怀，以及对长辈的真挚情感深深地打动了我，感动着我，同时也触发了我内心深处出诸多尘封已久、即将被淡忘的些许回忆，我决定利用闲暇的时间将它整理出来，看看对你的稿件是否有补益？"我欣喜无比，立马联系婶婶，沟通确认约稿，婶婶用了不到10天时间，于10月18日就给我发来初稿。婶婶以儿媳的视角撰稿，使爷爷奶奶的形象更加丰满生动，甚是难得，遂以外一篇单独成篇。

我的公公和婆婆

陈小玉

我的公公郑琪

一、公公乘坐"11 路车"亲自上门说媒

记得那是 1986 年秋季某一个节假日的上午，具体日期我已记不太清楚了，只记得那天秋高气爽，风和日丽。在我跟祖本相识相恋近两年的时候，公公来到我家，一上午都在和我父母聊天，拉家常，而且大多数时候是公公在说，具体聊了哪些话，我不记得了，只记得那天上午，是我自认识公公以来听到和见到公公最能聊且聊得最开心的一次，聊天的过程中，还时不时能传来开心的笑声（除了那一次，我好像从来没看到过公公在人前事后说过那么多话，并笑得那么开怀）。因为知道那天公公是来提亲的，我和祖本自然不好意思陪着他们聊。

在午餐时，大家吃得正欢，公公开口说："亲家母、亲家公，我家祖本和你家小玉，两人情投意合，我提议，我们就好事简办，我也不请什么媒人来说媒了，今天就亲自上门正式向你们提亲，把他们的亲事给定下来，也方便他们日后往来，你们如果没意见的话，我就以茶代酒，敬你们一杯。"（因为公公滴酒不沾）我父母向来好说话，且心地善良，为人诚恳，更主要的是，见我俩确实情意相投，且祖本人品相貌皆不错，自是欣然应允。就这样，父母没要一分彩礼，也没提任何条件，我俩的亲事就定了。

饭后一杯茶的工夫，公公提出要回去了，我父母挽留他住一晚上，或是晚饭后再回去，公公的回答我记忆犹新，他说："七十不留宿，八十不过村。"细细算来，那年公公刚好 70 岁。父亲问他怎么回去，他说：我坐 11 路车来，还坐 11 路车回（双沈村跟曹岭村同属黄田镇，相隔大约四五千米的路程，以前交通很不方便）。大家一头雾水，公公补充说，我

用两条腿走着来，走着回，这两条腿不就是 11 路车吗？大家恍然大悟，又是一阵大笑……

公公走后，父母让我和祖本去小梅镇上买来一些糖粒，挨家分给邻居们。事后，因为嫁女没要一分彩礼的事，父母听了不少闲话。婆婆听到后却对我说："我自有'自的道理'，不要彩礼怎么了？要了彩礼的，我可以说儿媳是'买'来的，不疼也行；不要彩礼的，我才会真心疼。"事实倒也确如婆婆所说，在她的六个儿媳里边，她的确算得上最疼我这个小媳妇。不过，在我婚后育儿的过程中，婆婆的这个所谓的"自的道理"，却曾让我一度"无言以对"……

二、公公的来信：亲切地称我"小玉女儿"

定亲后不久，祖本在工作上遇到了一点挫折，因为当时交通不便，通信不发达，日常的异地沟通都靠书信往来，我怕公公婆婆担心，便给他们去信，以宽慰二老之心。没过几日，我便收到了公公的亲笔来信，公公来信对我的称呼让我此生难忘——"小玉女儿"，信件具体的内容我记不清了，大致意思是对我表达谢意，其中的关爱之情令我动容，记得那封信我是哭着看完的。当时我在商业系统门市部上班，同事看到后以为我出什么事了，几位要好的同事看了我的信，都感动得一塌糊涂。只可惜搬家频繁，再加上当时太年轻，不知道珍惜，竟没把这封珍贵的家书保存下来。前几年，周大彬不知从哪里得知他爷爷曾给我写过一封称我为"女儿"的家书，曾让我找寻过，可是怎么也没找到。这真是此生莫大的憾事。

三、公公让我帮他剪指甲

仔细回想，其实我跟公公的交流并不算多。我和祖本在庆元县城上班，平时只在节假日回家，况且双方父母都健在，往年的节假日本就不多，还要两处均摊，所以回去的次数也很有限。记忆中，公公基本上都是坐在书桌前看书，看累了，就放下书本，远眺窗外对面的绿水青山。公公和婆婆分别住在相邻的两间，两间房之间互通。回去探亲时，我很少去公公房间陪他聊天，许是公公平时给人的感觉是不太爱说话的，所以我每次回去都是礼节性地进去跟他打个招呼，然后就到婆婆房间里陪婆婆聊天，或是陪婆婆在厨房忙乎。记得有一次，公公叫我，我应声而入，公公用他那颤巍巍的手拿着一把小剪刀，轻声对我说，你帮我剪一下指甲。只记得当时我既激动又忐忑，激动的是有点受宠若惊，忐忑的是怕剪不好，毕竟长这么大，我还真没为哪位老人剪过指甲，更何况是平时就接触不多的公公。我小心翼翼地为公公剪了指甲，那天好像气温不高，我却剪出了一身的汗，只记得剪好后，公公摸了摸指甲，微笑着对我点点头，以示满意。

四、公公帮我整理乡村故事

20世纪90年代，庆元县文联给我们派任务（我是县文联的一名文学青年），每人至少写一篇有关庆元县各城乡村镇的传说。这就要求我们必须收集资料，走访有阅历的老人或是名人，我自然而然地想到了公公。

公公很认真地给我讲了我们老家一带流传甚广的"姑嫂庙"的故事，我边听边做笔记，准备第二天回庆元后再慢慢整理。不承想，第二天午饭前，公公唤我，我应声入内，公公用颤巍巍的手递给我几页写满字的纸，对我说："这是我给你整理出来的'姑嫂庙'的传说，给你拿去参考。"这是我怎么也没想到的。我惊喜而激动地双手接过，对公公连声说了好几句感恩感谢的话语。只可惜，后来发现这一传说故事之前已有人撰写过并在庆元相关刊物刊登发表过，因而未被采用。更遗憾的是，这篇珍贵的手稿与之前那封珍贵的家书一样未曾找到，现在想来真是后悔。

五、公公人生足迹的回忆

因为跟公公生活在一起的时间很有限，所以我对公公的回忆也很有限。这里仅凭婆婆生前的零碎叙述和祖本的回忆，捕捉公公的一些人生足迹。

公公是在 1949 年带着妻（婆婆）儿（大哥祖平）回到庆元的，当时一家三口租住在府后街官井附近的张家屋。1950 年时，公公无端入狱。起因是公公有一支用子弹壳做烟嘴的长烟杆，被村里别有用心的人给告发了。公公被发配到遥远的东北去服刑，东北刚好是解放区，他们在复查的过程中，确认当时的教育科科长（督学）是不具备配枪资格的，再加上确实查无实据，公公服刑半年左右就被释放回来了。那时婆婆才 29 岁，初来庆元，人生地不熟，丈夫无端被判刑入狱，她孤身一人带着个两三岁的孩子，先不说精神压力有多大，单说养家糊口，就是个天大的难题了。婆婆当时的处境有多艰难，可想而知。那段历史，婆婆反复跟我们念叨过多遍，所以我印象深刻。婆婆就靠勤劳的双手为人绣钮洞、做盘扣，硬挺过来了。好不容易熬到公公无罪释放归来，却不承想，公公因一时苦闷无法排解，迷恋上了搓麻将而日夜不着家，接二连三的打击和刺激，让婆婆患上了心口疼的毛病。在求医无方的情况下，一位老中医建议婆婆吸烟试试，不承想，这一试，竟有很大的缓解作用，吸着吸着，婆婆便与烟结上了一辈子的缘。

到 20 世纪 50 年代末，公公进了龙泉的手工业社工作。这期间，公公学会了纺布（庆元土话叫"织布"），掌握了简单的木工手艺。

1960 年，因龙泉县塔石地区有很多人外出打工，大批农田荒芜，庆元派出一批人员支援龙泉农业，公公也是支援队伍中的一员，于是公公带着一家大小五口人迁往龙泉，据说公公的"大木作"手艺就是在这期间结识了一位名师而习得的。一年后，支援结束，公公也被下放，回到老家下沈村。这次回家，真正开启了公公的木匠生涯……也是从这之后，公公才在老家下沈村定居下来，直到终老。

我的婆婆徐淡英

一、婆婆给我的第一印象——开明

婆婆给我的印象是开明的。这得从我跟祖本相识相恋开始说起。当年丽云大嫂（周大彬母亲）有事来到县城，发现我跟祖本的恋情后，便火急火燎地跑去找公公婆婆，让他们抓紧时间来庆元阻止我们。因为祖本身高一米八，而我才身高一米五，差距不是一点点。丽云大嫂向来是个心直口快的热心人，出发点也是为郑家着想，事后我俩妯娌还经常将这事当作笑谈，公公婆婆听到后，却从来没有半句嫌弃之意，婆婆当场回丽云嫂子说，祖本他自己同意就好，人高人矮有什么关系，又不能当饭吃。祖本也不是三岁小孩了，他有自己的择偶标准。我清楚地记得，当时我俩都是二十来岁，双方择偶的第一标准就是"孝敬父母"，许是姻缘天注定，许是这共同的第一标准，成就了我们这一对到哪儿都是那么显眼和"不般配"的夫妻。写到此处，我突然灵光一闪：我俩的体型搭配不正是公公婆婆的翻版吗？或许，婆婆当时那么"义正词严"地回怼大嫂，正是出于此意吧。但当时婆婆对此事的态度，确实给我留下了开明的印象。

二、婆婆是有文化的

在我们结婚后不久，婆婆曾在我们家住过一段时光。那段时光，在我的记忆中是非常和谐美好的。当时我们新婚不久，尚未生子，没有育儿的艰辛和过多生活琐事的干扰，当时的关系用"一尘不染"的和谐亲密来形容最为贴切。我和祖本相约共同报读了自修大学。我报汉语言文学专业，祖本报工商管理专业。婆婆是个有文化的人，爱看书，更偏爱看历史书籍和武侠小说。在我的印象中，她上知天文、下知地理。那段时间，每天夜晚，

111

我们三人围坐在日杂公司宿舍的那间厨房兼餐厅的小方桌（饭桌）旁，各看各的书，看腻了，看累了，我往往会打破沉默，给他们讲个笑话，或是来点小游戏之类的，解解乏，放松放松。那个时候，笑声弥漫，满屋欢欣，婆婆还曾赐我一个昵称"小黄蓉"。每到这时，我便会天真地在心里想，天下哪有那么难处的婆媳关系呢？

三、婆婆给我讲她的育儿故事

闲暇时，婆婆很喜欢给我讲故事。有她年轻时的故事，有她艰辛磨难的故事，也有她开心得意的育儿故事，但现在想来，最让我觉得有趣的，还是她给我讲的有关祖本小时候的两个小故事。

故事一：祖本四五岁时，婆婆带着他去离家约十几千米的曹岭村（就是我娘家所在地）一家唯一的国营餐馆吃光面。那时的光面1角钱一碗。那时的小孩哪有现在的小孩幸福，现在如果1角钱掉在地上，估计很少有人愿意去捡，而那时1角钱的光面却不是想吃就能吃的。所谓的"光面"，顾名思义就是清水面，没有任何的辅料，只是当时餐馆里烧面的火力大、油水调料多点。当年的小孩也没什么东西可吃，一说到光面，没有人不馋得流口水的。当时算来应该是1967年、1968年左右，交通不便，十几千米的路程，只有四五岁的小祖本哪能坚持走完？一路嚷嚷着要妈妈抱。婆婆趁他不注意时，往前边路上丢了一颗小糖粒并惊呼，哇，前面有颗糖。小祖本一听，往前跑了几步，果然"捡"到一颗糖，顿时精神大振，劲头十足，满心欢喜地吃着糖一路领先前行，一路"捡"糖吃，靠几颗糖粒的诱惑，乖乖地自己走了个来回。这个事听来好笑，却尽显婆婆的智慧。

故事二：家里养了一只老母鸡，基本上每天能生一个蛋。但有几天，明明听见母鸡生蛋的邀功鸣叫声，婆婆去捡蛋时，却没看见鸡蛋。婆婆好生奇怪，百思不得其解。有一天，一听到母鸡的邀功鸣叫声，她立马躲到楼梯后观看，只见小祖本轻手轻脚地走到鸡窝旁，捡起鸡蛋就想敲开吸吮。婆婆立马现身，告诉他："这是生鸡蛋，不能吃，要等妈妈煮熟了给你吃。"小祖本说："它还很热，是熟的，不是生的。"我听完笑出了眼泪，笑疼了肚子。

四、婆婆带孙小插曲

　　1989年10月中旬，儿子郑翔出生了。我休完产假回单位上班之后，婆婆过来为我们带了几个月的孩子。在婆婆为我带小孩的几个月时间里，我们婆媳之间发生了一些不太愉快的事。记得有一次，我下班回家，看到才几个月的儿子从鼻翼两侧往下，两腮至下巴，全是通红通红的，还似有微肿，除此之外，眼眶也红肿，似刚哭过，我小心翼翼地问婆婆："妈，怎么了？"婆婆果断回我："饿了，要吃奶了。"我没多想，抱过翔儿，回房喂奶，在房间里，边喂边仔细观察，并用手轻抚翔儿脑壳，心里暗自

徐淡英（前中）与郑祖本（后中）、陈小玉（左）、郑翔（右）
一家合影

揣测，头上并无包鼓起，估计是不小心摔倒或是碰到哪里，这也是小孩成长过程中不可避免的事，并无大碍，也就没怎么放在心上。

过了没多久，一个嫂子对我说："我今天去你家，刚好碰到你妈给翔翔嘴边涂抹牙膏，一涂上去就被翔翔舔吃了，再涂上去又被翔翔舔吃了，翔翔吃得满脸通红，一边舔一边哭，你知道这是为什么吗？"我的心一紧，急忙问："为什么？"嫂嫂说："妈给翔翔吃了小天椒，我已经碰到两次了。"我一听，急得心都要跳出来了，妈怎么可以这样？我家阳台上种了几盆花花草草的，其中有一盆红色的小天椒（我们叫"上天椒"），特别辣，五六个月大的娃，看到红色的植物花果，肯定非常欢喜，便会伸手去抓，估计婆婆的本意也并非让他吃，可是娃儿知道个啥，抓到什么都往嘴里塞……上次肯定也是如此，我既心急又心疼，可一想到婆婆的脾气，又不知如何跟她开口，如果直说，又怕牵连了嫂子，思量再三后，我只能默默地把那盆上天椒搬走。婆婆看到也未多言，大家心知肚明，此事就此作罢。

婆婆爱看书，也爱看电视，我们家当时条件不太好，只有一个12英寸的黑白电视机，婆婆常常把翔儿放在沙发靠扶手的一端，一只脚脱鞋放在沙发外侧挡住翔儿看电视，手上还拿着书，在电视剧插播广告的时段就看书。她看书时，还一手拿书，一手拿着放大镜（因为老花眼，那个能放大好几倍的放大镜，婆婆是从不离身的）。记得有一次，我在厨房做饭，听到翔儿"嗯嗯嗯"的哭闹声，伸头一看，正好看到翔儿趴在沙发上用手在够地上的拖鞋，而婆婆一手放下放大镜，弯腰用另一只手捡起地上那只她未穿的拖鞋，顺手递给翔儿，翔儿顺势就往嘴里塞，这一系列动作叙述起来有点长，可完成的过程就在瞬间，我惊得目瞪口呆，急奔过去，一把夺过翔儿手中的拖鞋："妈，你怎么可以给他吃拖鞋？"婆婆不紧不慢地说："有什么关系？人家黄泥都吃。"我更急了："妈，那是人家当药时才会用的呀！"她放下手中的书，怒怼我："不管怎么喂养，我家个个又高又大，你家个个矮小！"这话呛得我一句话也说不出，只能憋着一肚子气回厨房做饭。事实确是如此，我有什么话可说。我家姐弟几人，男的身高不超一米六五，我满打满算一米五……事后，记得有一次，不知是谁（应该是关系挺亲密的）夸郑翔长得挺高，我曾调侃说："我家郑翔幸亏吃了奶奶的拖鞋。"大家一阵大笑，此处的叙述，只为"复活""纸上的故人"，并无任何怨情恨意，当时确实气得不轻，但现在想来，除了好笑，还是好笑。

婆婆总共帮我带了几个月儿子，我记不清了，但可以肯定没有超过半年。后来实因公公不适应兄嫂们的照顾，加上兄嫂们对婆婆未曾帮他们带过小孩而独为我带姓颇有微词，婆婆不得已，返回老家继续照顾公公。

五、婆婆的生活琐事和生活习惯

婆婆的一生是节俭的一生，她每次来我家，家里有什么家什坏了、破了，她总能给我修好、补好，每次购物拎回来的塑料袋，她总是给你缠绕成一小团统一放在一个袋子里，下次需要用到时，倒也确实方便。记得在婆婆离世后的头几年，我还能时常用到婆婆收拾起来的袋子。这几年，自己也当了奶奶，也时常会像婆婆那样，给儿孙们修修补补，收拾塑料袋子，每当此时，想到逝去的婆婆，心里总是暖暖的，怀念、敬畏之情油然而生。

婆婆的爱好挺多。她爱看电视、爱看书；她还爱抽烟、爱喝白糖茶。她的烟瘾真大，一天至少能抽两包，以至于她每次来我家小住一段时间后，即使回去了一两个月，她的房间烟味还是很重，久久不能消散，再加上祖本烟瘾也很重，与婆婆相比，有过之而无不及，以至于那几年我的体检报告上竟然出现了"建议戒烟"的忠告，成了一段笑话。婆婆很爱喝白糖茶，人家买白糖是一斤两斤地买，婆婆买白糖是一桶一桶地买，她的床头长年放着一只能装十几二十斤白糖的红色塑料桶和一个老式热水瓶，床头柜上也长年放着一只军绿色的老式搪瓷茶杯，茶杯里放着一把小铁勺，每天早晨一醒来，婆婆做的第一件事就是打点白糖放入茶杯，倒上热水，搅拌均匀，美美地喝上一杯白糖水，不管喝没喝完，每次口渴时，她都会加上白糖和热水续着喝……日日、月月、年年如是。婆婆对我说，她一年能喝掉上百斤白糖。我还清晰地记得，婆婆离世时，那只塑料桶里，起码还有三分之二桶白糖……按理说，婆婆这两大习惯都不是好习惯，可是在 2006 年婆婆患病去医院检查时，肺部和血糖均很正常，是不是大大颠覆了现代人的养生观？

婆婆的生活起居与年轻人很相似。她的起居时间用现代名作家路遥的一本自传体小说《早晨从中午开始》来形容是最贴切不过了。婆婆每天夜晚一边看书或看电视，一边抽着烟，基本上都是 12 点以后甚至第二天凌晨一两点才入睡，而起床往往是第二天 11 点以后。有时我下班后回家做好午餐喊她起床，她才起来。

六、陪婆婆二度回娘家——平湖

具体的时间我不记得了，估算一下，应该是在 1994 年、1995 年间的一个初春时节。那是我陪着婆婆二度回到她的娘家平湖。婆婆晕车，一坐车就呕吐不止。凡是坐车那天，她不但粒米不进，还滴水不沾。她的理论是，没东西吃进去，就没东西可吐出来。可我劝她多少吃点，不吃东西，会把胆汁都吐出来的。婆婆是个脾气倔强的人，自己认定的事，不管别人怎么劝也听不进去。一路上她坐在大巴车窗边，窗玻璃拉开了半掌宽，初春时节，天气本就比较寒凉，从打开的窗户透进来的凉风冻得邻座和后边的乘客怨声载道，我自己亦是冻得难耐，却不得不低声下气一再求告，他们看到婆婆确实痛苦不堪的样子，只能各自找出围巾、衣服之类的保暖物件"自救"了。在平湖的几天里，由表兄陆虎威一路陪伴，我们走访了当时所有尚健在的亲人（可惜外公、外婆已不在了）。回来时，还带回了很多亲人们馈赠的特产和衣物。记得当时，为了减轻婆婆的这种乘车之苦，我们来回途中都在杭州住宿，以作缓冲。回程住了两晚，头一晚，我问她："妈，你坐车这么辛苦，也难得出来，我明天带你去杭州游玩一天，你想去哪玩？"她让我猜，我把所有我能想到杭州有名的好玩之地都猜了个遍，也没猜出她想去玩的地方竟是杭州动物园。第二天如她所愿，我带她去了动物园，她在动物园里游玩的那开心劲，真是活脱脱的一个"老小孩"。我还清楚地记得，当我们在猴园游玩时，突然一只猴子紧挨着从婆婆的头顶越过，婆婆本能地用手往头上一挡，不小心把眼镜给蹭掉在地上，幸好眼镜完好无损，回过神来后，婆婆自己也笑个不停，我更是捧腹大笑，蹲坐在地上久久不能起来……游完动物园出来，时间还早，我还带她去了住宿处边上的一个批发市场（记不清具体的名称了），买了一些拖鞋、围裙之类的日用品。回到家时，婆婆要把去平湖的费用给我，我始终不肯收。因婆婆早就说过，只要陪她去平湖，所有费用她都会出。我还清楚地记得婆婆对我说，这次是她跟公公离开平湖后，玩得最开心的一次。

七、婆婆晚年的两次重病

1997 年，公公离世，婆婆的身心都受到了极大的打击。在我记忆中，公公的一日三餐都是婆婆一手照料的，每天的早餐，她都会端到公公的房间。但我从来没听过婆婆好言好语地对公公说过话，那语气听起来都是极不耐烦和充满怨气的。不承想，公公走了，婆婆也重重地病倒了，这是我当时一直不太理解的。后来，才听老人们说，老伴老伴，就是要老来有伴，人老了之后，走了一个，另外一个往往也会紧跟着走的。因为他们已经成为相互依靠和相互支撑的连体了，缺了一半，那是什么感受？现在想来，就很能理解了。当时重病的婆婆具体有哪些症状我已记不清了，但是，我清楚地记得，婆婆起、坐都十分困难，每次起来或坐下都至少要三五分钟，还不愿让人搀扶，得她自己慢慢地用手辅助支撑来完成。那段时间，我们将她接到了家里，祖本带着她四处求医，还跑过隔壁龙泉市寻访过一位知名老中医。我则每天上班前给她煎好药让她服用，每次上下班都是跑着上下楼梯的，因为那时我们住在四楼，生怕婆婆有事不方便，那段时日，我们的心几乎都是提着的。

2005 年的元旦，我们最后一次搬家，搬到现在居住的房子，这房子独门独户，上下两层，楼下的房间不用爬楼梯，正好适合婆婆住。我们一搬进来，就把婆婆接了过来，可惜好景不长，2006 年的一天，婆婆再次生病了，而且这次真的病得不轻，是肝的问题，祖本特地找了多年的好友——庆元县人民医院的权威医生看诊（院长毛昌方是祖本的同学，他劝了我们一个多小时，不停地发烟，还以他妻子也是因肝癌病逝为例子做我的工作），医生看了片子后直接对祖本说，这个年龄了，不用做任何的干预治疗了，想吃啥，想做啥，都随老人家愿就好，那年婆婆虚岁 86 岁。当时，和我们一起陪她去医院的还有小哥祖庆。

在祖本和医生单独商谈婆婆病症时，我和祖庆陪着婆婆在医院二楼门诊部与住院部连接的过道里等待闲聊，婆婆用半开玩笑半当真的口气对我说："我估计就是因为前段时间吃了你给我炖的石蛙消化不了，才会肚子胀得不舒服。"其实，当时除了婆婆本人，我们都知道了婆婆的病情，为了不让她起疑心，我乐于接受她的嗔怪指责，连声接应："可能还真是因为这个……"婆婆的病是 2006 年 10 月份查出来的，她是在 2007 年 3 月 15 日（阴历二月初七）走的。这段时日，我和祖本每个周末都回去照顾，当时我们还没买车，每次从县城到老家双沈村，一整个冬天我们都冒着严寒骑摩托车来回。我母亲时常叮嘱我，你婆婆这辈子着实不容易，又没个亲生女儿，你回去可要贴心点，把她当亲妈对待，常给她洗洗头、洗洗脚、擦擦身子……记得 2006 年的年夜饭前，我让祖本帮忙，给婆婆仔细轻柔从头到脚地擦洗了两遍身子。我从没见过婆婆流眼泪，那一次，我感觉到婆婆动容了，婆婆哽咽着对我说：图，我自打娘胎里出来后，除了出生时接生婆给我洗的第一次身子，就是今天你给我洗的第二次身子。听了此话，我的眼眶也湿了……擦洗完毕，我给她换上了她自己早两年就备好的一套绣花寿衣，婆婆之前交代过我，要在"去"之前先穿过，去那边后才不会被人家抢走。年夜饭的时候，婆婆听从了我的劝说，坐在藤椅上，由祖本和祖庆搀扶着坐上了饭桌。那天，婆婆的精神特别的好，与我紧挨着坐，我给她剥了虾，夹了不少的菜，她基本上都吃了。席间，她说："我问过一个先生，他说我今年这'跳'要是能过去，明年五月还有一个'跳'。"我赶紧接口："今年过去了，明年就没'跳'了，哪有那么多的'跳'？这'跳'来'跳'去，哪有那么多力气！"她被我逗得咯咯大笑，接口说："就你和祖庆最能逗我乐。"记得，这是婆婆生病以来最开心的一天。

八、婆婆的病中念想和嘱托

重病后期，正如大彬所说，婆婆心心念念想吃做姑娘时吃过的食物。记得那是2006年的年末时节，婆婆对我和祖本说，她想吃黄鳝丝，想起儿时平湖的红烧油爆鳝丝，巴不得现在就能吃上。我立马打电话拜托单位的同事给我带一些，因是年末时节，红白喜事特别多，黄鳝丝早早就被订购一空，同事在菜场对老板苦苦哀求据实以告，才购得半斤黄鳝丝，马不停蹄地跑去车站搭车出来……婆婆在念想的当天，就吃上了爆炒黄鳝丝。那一次的爆炒黄鳝丝，虽然没有达到她儿时那么纯正的"平湖味道"，但婆婆看起来还是挺享受的。见她喜欢吃，祖本一连好几天一大早去菜场找，最后在一个摊位发现一点，祖本一再求他，老板听说情况后，没收钱送了一点。我以同样的方法烹制，她却极不高兴，说一点味道也没有，我自己尝过后，又让祖本尝，他说挺好啊。可是，婆婆却极不开心地嘟哝着。我当时觉得挺委屈的，可后来我们仔细一想，可能是因为婆婆的味觉丧失了，心里的滋味真是无以言表……婆婆的念想还有醉虾和糟蛋。醉虾也一样，冬天没有那种虾，祖本找到一家温州海鲜店，跟老板说了情况后，老板说从大虾里挑选小虾来替代，两个人挑了十多条，老板也不肯收钱。婆婆还有一个未能如愿的念想——"臭豆腐"。我们也曾经千方百计地从庆元、丽水买来好几次，可是尝后发现都不是她想要的那种纯正的"平湖味道"。这一念想，我们没能让她在临终前如愿以偿，到现在想来，心里真是惭愧和后悔。我想，当时我们怎么就没想着让人从平湖寄过来呢？难道是当时快递业还没兴起？可能是这原因吧，但愿是吧，这样，我心里至少能得到些许安慰。

婆婆临终前一个多月的时候，正是春节期间。她嘱托我，给她买一块好看亮丽的头（丝）巾，缝上几朵漂亮的头花，等她"走"的时候让我给她带上，她说，你要把我打扮得漂漂亮亮的，我才好去找你爸……写到这里，我不自觉地哽咽了，眼眶湿了。收到她的这个嘱托，回到庆元后的第一天，我就把方巾和头花买好了，在第二个周末回去时，问她是否喜欢。她开心地对我一笑，说好看。可是，虽然东西买了，但我迟迟不忍心动手去缝制，心里总有一种说不清道不明的感觉，让我往后拖。说来也怪，好像是冥冥之中早有安排，在婆婆离世的头一天（确切地说是当天），我动手给婆婆把那头巾缝制好了。据祖本说，那天我还给婆婆擦洗过身子，是从脚洗到头的，洗完头，第二天，婆婆就走了。那天是周六，婆婆是周日的凌晨走的。我给婆婆细心地梳了头，并遵照她所托，给她披上了漂亮的头巾……

婆婆就这样走完了她的一生，她的一生是艰辛坎坷的，她的一生是坚强不屈的，她一生节俭，一生操劳，她那柔弱的身躯承受了伟岸男子难以承受的苦痛，她那脆弱的心灵承载了大海难以承载的苦难，在那个特殊的年代，她就像一株饱经风霜的幼苗，坚强地、努力地生长着，直到大地干裂。回想婆婆的一生，窥探她强大的内心，我觉得一切言语都显得那么的苍白无力，唯有心底升腾起的那股痛楚的怀念和深切的敬畏是那么的真切，那么的强烈。

写于 2022 年 10 月 21 日

城乡事・下

——晚清民国龙泉"沈妹儿"司法档案寻访记

写在开头

这是故事，更是史实。

这是探访，更是学习。

这是一段从晚清到民国，再到2019年，跨越120年的浙南山区的史实故事之片段。

瓯江边，瓷产地，浙南龙泉东部，有两个极为普通的小山村，名字都叫"坑口村"，一个在道太乡，一个在安仁镇，前者现在仍叫"坑口"，后者现已改称"沈庄村"，都名不见经传。

美妙，总在不期然间遇见。

2019年3月14日，我因奔丧从杭州返乡。3月15日中午时分，经过龙泉市人民广场地下室时，我意外地发现一堆破破烂烂的古书，烈日下，因翻到古书上有"龙泉县法院"字样，疑似流散民间的《龙泉晚清民国司法档案》，遂分两次花700元悉数买下，这就有了后来被我称为"六妹遗书"的晚清民国乡间司法档案与乡村读本，其中，品相相对完好、能识读的有7册。后来，在实地探访中，从"六妹"后人那里又发现尚有3册遗存。

2019 年 4 月 13 日，龙泉市安仁镇沈庄村（陈化诚 摄 ）

这 10 册"六妹遗书"主要分成乡间读书、司法档案、流水账本、戏文读本、残破契约记录等 5 类手抄本。

若从时间来看，它们主要集中在清光绪廿五年（1899 年）到民国三十六年（1947 年），前后跨度 48 年，差不多记录和见证了浙南山区龙泉乡间两代人的学习、生活轨迹。

"沈妹儿""沈六妹""沈农儿""沈永祥""三犬"……这是一群生活在浙南山区的普通百姓，处于中国社会底层，看似可有可无，又不可或缺，零零碎碎，断断续续，亦农亦商，亦商亦学，有着属于自己的生命轨迹。

在我看来，他们与我那些世代栖居在浙南山区庆元地区的祖辈和亲友们似乎没有什么两样。这样的"坑口村"，在中国不计其数。

我，也是主角之一——整理，解读，查找，恢复，探访。

从巧遇，到探访，如考古，似破案，实是学习、追溯、回味，更是敬畏。

这是一条时间纵线，从晚清到民国，再到如今：1899 年，1907 年，1931 年，1934 年，1935 年，1937 年，1947 年，1948 年，再加上 2019 年。这是不可多得的 9 个时间节点，特别是对浙南山区而言，能以手抄书的方式，相对完整地存留下来，可遇而不可求。

这是"大杂烩"，更是取自八百里滔滔瓯江不同河段上的 9 个小水滴，放大，再放大，再连接成串，从蒙学读书，到购置田地，再到官司缠身，接着开菰（菇）行，走进新中国，一路风尘仆仆，风风雨雨，起起落落，这是一个民族家族生命和文化的传承，生生不息，代代相传，更是浙南瓯江流域文明中不可多得的缩影与见证，而"六妹"无疑是极具代表性的"主角"。

在"六妹遗书"中，有 1931 年《案簿》，这是目前除各地档案馆藏品之外，首次在民间发现的"民国司法档案"。这虽算不上是严格意义上的《龙泉晚清民国司法档案》，却也是不可多得的民间版，甚至可能是孤本。

特别令人欣喜和难能可贵的是，《案簿》还能将坑口村和沈氏家族与 1.7 万卷《龙泉晚清民国司法档案》有机联系起来，使得《龙泉晚清民国司法档案》回归到真实而博大的社会生活本源和根基中。

特别是当我们试着将"六妹遗书"置放于《龙泉晚清民国司法档案》和浙南龙泉瓯江源头文化带上，重新打量和审视时，它似乎瞬间"复活"了，有厚度，有长度，有深度，更有温度，有气场，有活力。这赋予了"六妹遗书"不可多得的独特性、拓展性、丰富性和可能性。值得庆幸的是，它至今仍"活"得好好的。这也是当初我下定决心整理、探访并出版与"沈氏遗书"相关的故事的初衷。

"处州十县好龙泉。"龙泉这座国家历史文化名城，不仅有青瓷文化和宝剑文化，更有《龙泉晚清民国司法档案》，一市独拥"文化三宝"，绝无仅有。

为此，我需要探访和记录的，不仅仅是坑口村和"六妹遗书"，还有龙泉窑文化与《龙泉晚清民国司法档案》，以及浙南瓯江两岸的风土人情，这些都是瓯江流域不可多得的文化瑰宝。既然同在一片土地上，它们定然会存在某种无法割裂的联系，或多或少，或明或暗，或古或今，所有这些旧文化生态链，都值得关注。

关于合适的名称，在持续的摇摆中，我先拟称"沈氏遗书"，又想到"坑口遗书"，最后确定叫"六妹遗书"，觉得很合适。

"六妹"是谁？这并不重要。细细思来，"六妹"这个在乡间极为普遍的昵称，独具浙南乡村气息与温度，土味十足，不可代替。

因此，"六妹"不仅仅是"遗书"主角，更是瓯江流域文明中一个极为特殊的浙南文化符号。甚至可以毫不夸张地说，若是你读不懂乡间"六妹"，就难以深刻而准确地理解真实的浙南乡村文化。

"少年功（攻）书要用心，三寸洋毫值千金。少年不功（攻）老来悔，莫怨思来莫怨亲。"这是龙泉市安仁镇坑口村沈家"六妹"在1934年留下的家训，至今读来仍然意味深长，极具教育启示作用。

我除了用文字努力固定已逝或将逝的各种片段，还试图还原真实，努力为他人研究浙南瓯江流域文化带及从晚清到民国时期浙南龙泉乡间的教育、司法、家风等提供参考。

特别需要感谢的是，当年的"六妹"和沈家人都有随手抄写的习惯，也正是因为这个良好的习惯，方能定格住那些无法从头再来的一切，还能为今人留下一笔不可多得的宝贵财富。为此，我也常常扪心自问：能给将来留下点什么？

"艺游学将是未来很长一段时间解构传统教育的新型教育方式和生活方式。博物馆、自然空间、游走、阅读将是推倒学校围墙的一种紧密联合体，教育的革命即将开始。"中国美术学院的何鸿先生这样说。

周末，在城里待久了，我决定试着走出浙江图书馆，重回生我养我的浙南乡村，开启另一种全新的游学生活模式。

慎终追远，传承文明，告慰先人，义不容辞。实因水平有限，惶恐不安，敬请指正和包容。

最后，需要说明的是，"六妹遗书"出版时系按编年先后时间轴线来编排，主要是为了方便阅读和理解，这与我当初整理时按个人喜好排列前后顺序有所不同，请大家在阅读时给予关注和理解。

听闻，独拥"文化二宝"的龙泉启动实施"文旅兴市"战略。

欣喜，龙泉已有一座（晚清民国）司法档案博物馆。

期待，能有更多人游学龙泉，关注（晚清民国）司法档案。

发现始末

奔　丧

2019 年 3 月 13 日，晚 7 时许，我的姑父沈正平先生在庆元老家突然离世。后听闻，此前两天，其还在县城里日行万步，常占微信运动榜首。

不想，如今微信运动步数永远归零，他的生命时针停摆在 87 岁上。

慎终追远。姑父，庆元黄田葛田村人，高瘦少语，少引人关注，生亦然，去亦然。这也如其排行第二的女儿沈美芬在微信朋友圈中所言的那样——

"我侄女是这样描述她爷爷的：这个 87 岁的精致小老头，从没见过他胡子拉碴，衬衫下摆是一定要塞进裤腰里的，皮鞋总是锃亮的，身体硬朗，走路还带风；喜欢养花，喜欢旅游，还会抽点小烟，工作了大半辈子，退休后游弋四方，用脚步丈量着祖国山河；坚持锻炼，经常在微信运动中抢占封面，还会在朋友圈里晒成绩；每次去看他，他都会给我们泡茶，拿好吃的放在小茶几上叫我们吃；经常会给我打电话，问我身体好不好，让我有事要跟家里说，不要报喜不报忧，让我常回家。"

"可是，猝不及防，这个可亲可敬的老人，终究被病魔带走，繁华终究落尽。爷爷家再没爷爷。"

高寿，健康，虽突然，但后辈心中早有准备，略有宽慰，哀而不伤。

敬死如生。飘零的我，若是不回，难以安心，且庆元老家父母皆已年过七旬，多年飘零在外，一有理由，皆应回乡。巧的是，年前还有一天的加班可调休。

2019年3月14日，周四早上，启程。11点07分从杭州东站乘高铁出发，12点59分到丽水，票价104.5元，再搭乘私家顺风车，花80元到达庆元黄田高速出口，一路顺风。

回乡的理由充足，是奔丧，"送终"成了最无法回避的理由。曾经的长辈，一个又一个悄然离去，生命轮回，死亡的脚步逐渐逼近。

生命，总是在迎来送往中，方才日渐清晰，这便是归途。

短暂人生，惜时如金。

瓷 市

如今的我，每每从杭州返乡，总爱邀上庆元廊桥博物馆的陈化诚先生，两人一组，见缝插针式地访瓷，这是必须的，也是我们所乐意的。此次亦如是。

2019年3月15日清晨，天气晴好，我从老家庆元县黄田镇双沈村与哥哥郑世尧一起出发，上高速，约半小时车程，到龙泉城区。

龙泉，以剑瓷闻名。在龙泉市政府大楼正对面的人民广场地下室里，有一个浙闽古玩交易市场。随着互联网的兴起，实体店开开关关，一年设两次交流会，原定开市时间是2019年3月16日至17日，但此地向来有个约俗，那就是提前一天开市，提前一天结束。

不想，此行能被我遇上。

坐贾行商。商家在水泥地上置一塑料布，上面搁置各种各样瓷片，残残破破，包含各地的各种窑口，当然是以龙泉窑为主，虽是大杂烩，却也不失为学习、开眼界的好机会。

一块龙泉窑老瓷片，按成色，当面议价，上好的也就三五十元，或一两百元，当然，还有整箱一个价，打包带走的。

事实上，这个市场的存在，一方面促进了龙泉窑文化的交流，另一方面也在无形中导致诸多龙泉窑古窑址屡屡被盗掘。前一个晚上窑址被盗失窃，过个三五天准能在某个市摊上见到其踪影，这也是常有的事。

提起近代龙泉，有一位喜爱青瓷的县长需要引起关注，他的名字叫徐渊若，曾写过一本书，叫《哥窑与弟窑》。

根据他的记述，地处南方的龙泉窑再次吸引全世界的眼光，是在1900年前后。这与北边敦煌遗书现世差不多在同一时期，皆在中日甲午战争（1894年）后，是国贫民弱、饱受欺凌的综合产物。

我喜爱青瓷，但却不收藏，既因手头拮据，又细品过当年赵明诚与李清照夫妇一路失宝之痛，故暗下决心，尽量不投陷于其中，只是观赏学习，以免日后也要落下割舍心痛之苦患。

在我看来，各色瓷片，离开窑址，皆如迷途的孩子，除非身上带有纪年和特别文字的，有几块代表性的即可。

只为饱眼福，恰巧回家，又第一次遇见交流会，我便想去体验一下，不应错过！

不想此行却结下了一段美缘。

卖的人多，买的人少，暖阳当空，春寒料峭。

长我两岁的哥哥虽不善言辞，却总是将就着我，每每回来，皆是我的驾驶员，陪我东转西逛，极其耐心，其实他并不懂瓷。

八百里瓯江，龙泉处其源头。饮食文化，安仁鱼头、紫苏土豆饼、茶丰泥鳅等，皆很有地方特色，不讲究外形、色调，口味偏咸又略辣，入味下饭。

到饭点，来碗粉皮（米面），爽口，鲜嫩，再配一小碟糟萝卜和花生米，快捷简洁，向来为我所青睐。

不过，街边的普通食店里是很少会用到龙泉青瓷的，一般会用广东白瓷，轻便又便宜是主因。当下，一只白瓷吃饭小碗，超市里差不多售价四五元，而差不多大的龙泉青瓷碗要六七元。因而，看重实惠又生性爱洁的山里人，在外地常会用白瓷碗，较少用龙泉青瓷。当然，龙泉城里人则偏爱用龙泉青瓷。

不过，有一个事实倒也不用怀疑，那就是在当下浙南龙泉一带，不论走进谁家，都会有三五件龙泉青瓷，或完好，或有瑕疵，或盘或碗，或瓶或罐，或日用，或摆设。

龙泉窑手艺千年来主要以师徒形式传承。近年来，虽有学校培训，但仍然离不开师承。糟萝卜这样的咸菜，是浙南龙泉特色传统美食，也是民间智慧。过去山区里食物不易保存，老百姓们总是想着各种法子来存管，这样就有了一种无名无姓的发明创造。

我们两个人，来两碗粉皮，合一只烧饼，共 16 元。

吃饱后，又返回地下室，在交流会上走走逛逛，长长见识。

浙西南山区，瓯江与闽江源头的好山、好水、好空气成就一瓷，地道的极品，总是难以复制的。

巧 遇

下午，约 1 时许。饭后，仍返回到操场大小的地下室里转悠，也不知为什么，就是单纯喜欢。

无意间发现一褐色的浅敞口竹篓里盛有几册书，横七竖八，又黄又黑，又破又烂。

2019 年 3 月 15 日，在龙泉发现"沈妹儿"
司法档案

事实上，浙南山区地广人稀，又偏远，能文会武、具有影响力的文人学派并不多见，我也就毫无目的地翻翻。头顶上的太阳晒得人头皮发烫，我索性脱下棉黑外衣，如伞一样撑顶在头上，继续看，继续翻。

突然，眼中扫到"龙泉县法院"字样，黑字竖排，手写体字样，这些信息立即与脑中存储对上了号，我心中窃喜，难道是……

接着又翻回封面，细细打量，皱巴巴，黑乎乎，破破烂烂，十六开，线装，墨字，竖写有三排，自右向左，清晰可见，"沈妹儿立""民国二十年（1931 年）十一月""案簿"。

翻至书背面，后半部分严重损毁，不敢强行撕开。内页有竖条红线，上有小楷字，其中有"龙泉县法院"字样，落款为"沈妹儿""沈六妹"，呈并排状，边上还有落款时间。另外还翻到"沈永祥"字样。

此书十有八九是大名鼎鼎的龙泉民国司法档案，我在心里暗自判断——但怎么可能出现在这里？

问号一大串，兴趣也被点燃了。因为，此前我曾读到过龙泉市档案馆研究整理过晚清民国司法档案并持续出版过数量惊人的丛书的新闻。此外，我还曾在另一本书中读到有关清末龙泉青瓷仿古高手廖献忠官司缠身的轶事，也来自这批司法档案。虽然我在此前对司法档案从未有过深入的关注，但也深知其独特性与重要性。

"类似的书还有吗？"我想到此处，一边问摊主，一边又小心翼翼，低头翻找起来，可惜未再发现相关高度疑似的司法档案。

不过，我发现另一本封面更旧、更黑，有无数虫食孔，差不多 32 开的小册子，封面上依稀写着"光绪乙亥廿五年沈妹儿抄录"字样，也是小楷，字迹工整。翻开，内部字迹亦是如此工整流畅，但不知道其具体写了些什么。

"沈妹儿"是谁？两册旧书上皆有其名字，显然有关联性，如果要买，应该也要一起买下，再一起给龙泉市档案馆，与原有的司法档案一起集中起来研究。若是这样，定是一件锦上添花的大好事。

"多少钱？"我用龙泉方言问。

"200 元。"

"这么贵！便宜点，100 元吧？"

"不行。"

讨价未果，我佯装离开，去别处转转。既然堆放得如此杂乱，估计他们也不知道这就是著名的司法档案，否则，一定早就藏起来坐地起价了。

"这旧书是什么？有用吗？你在太阳底下，站站蹲蹲，翻翻看看，人家早就知道你想要，不会便宜的。"哥哥郑世尧说。他做过多年生意，毕竟精通商道。我做了极其简单的解释。

"200 元，如有用，还不买下来，又不是很多钱。"他再次鼓励我。他与我从小一起长大，向来了解我。

对，先买下再说。若明知是珍品却没有留下，那真会成为历史罪人，那就太遗憾了。

我立即返回，在成交前，又向商贩讨要了另一本品相完好的旧书，封面从右至左写着"叶茂源记""民国三十六年（1947 年）立""开用支脚簿"的册子。

"你知道这本书是什么？"付完现金后，我问商家。

"不知道。"

"我告诉你，这可是龙泉民国司法档案，非常重要，在档案馆里已经有很多了。我买下来，就是要捐给档案馆的。虽然我不是龙泉人，而是庆元人。"我说着，还有些兴奋。

离开后，我出了地下室，立即电话联系龙泉市图书馆馆长朱显军先生，托其帮我联系龙泉市档案馆，以便立即赠送，并在微信上发去图样。

事后，我查找通话记录，通话时间为 2019 年 3 月 15 日下午 1 点 24 分。

对此，朱显军先生事后坦言，尽管其馆也会收藏地方文献，但其更赞同应送往龙泉市档案馆，那样更合适。

为人当讲义利之辨。于国家民族有利，当然是要义字当头，捐赠给档案馆，以补充其完整性，意义重大，这也算是为龙泉文化做点贡献。其相当珍贵，而在我手中，作为孤本，发挥不了作用，体现不了价值，更难以保存。

毕竟，我还是读书人，又曾是位老师，现今又是联谊报社的记者，当然要为国家、为社会着想。

我的想法，就这么简单，自始至终。

记　录

今日亲历，明天历史。以我之视角，一有空就在手机上如实随手记录，这是我多年形成的习惯。

据官方网站公布：2019 年，龙泉市户籍人口 28.93 万人，比上年增长 0.27%，其中男性人口 14.86 万人，女性人口 14.07 万人。

下午，我去拜访在为龙泉瓷娘讲座时认识的省级工艺大师陈少青和拙匠主人章王美，并随章王美去龙泉近郊炉田村考察其在村里购置的庭院，还走访了程惠平先生的壶世界，2000多把，各式各样。

如今，城里人喜欢往近郊跑，程惠平先生就在瓯江边租了一幢房子，一年租金约为1万元，租期20年。

其实，此行有交流会的消息，就是陈少青提供给我的。当天早上，她还带我去走访了龙泉当地的民间收藏家和仿古青瓷爱好者潘爱和先生。

在他处，我第一次见到一根长10.5厘米、口径约1厘米，青黄色，类似于竹节状的元明龙泉窑毛笔管。此外，还有一块长8.2厘米、宽5厘米、最厚处约为2.1厘米的龙泉窑砚台。毛笔管，我是第一次见，在书上好像也没有过记载。

陈少青等人是我2018年应杭州龙泉经济社会发展促进会邀请，在龙泉妇联"美丽瓷娘"公益讲座时认识的，她们都是龙泉青瓷各个行业的女精英。从她们那里，我学到了很多现代青瓷知识，但凡我有什么专业知识方面的疑问，她们从来不拒绝，我甚是感激。

我是个知无不言、言无不尽、毫无深藏的坦荡之人。当时，对于在地摊上发现疑似的龙泉民国司法档案之事，毫不掩饰，更乐意分享，备感喜乐，同时，亦深感这实为日常爱听讲学习之成效，方能有如此慧眼，而备感庆幸。

那次讲座系龙泉市妇联副主席胡小红牵线搭桥，她也是位热心人，淳朴真诚，闻知后立即赶来炉田。傍晚时分，她很快联系上龙泉市档案局魏晓霞局长。

夜回，宿住黄田象鼻沟老家，这是我返乡回家一贯的坚持。

"物件在龙泉发现，说明或许还有散佚的，希望在您行程安排合适的时候，能否组织个捐赠仪式，可以宣传发动一下。"想不到，魏晓霞局长竟如此重视，当夜她在微信中如是说。她说，这是第一次在民间发现散落的司法档案，非常重要。

"各类契约是研究司法档案的一个重要内容，陈述晚清民国期间人们的法律观念及民主意识与社会变迁之间的一些互动过程，研究起来很有趣。"

"您与其有缘，应该加入这项研究。"

"本地人看场景，看民俗，看人物，看特定事件，更有便捷性。"

"您说得非常正确，不掌握话语权是被动的，龙泉司法档案要有自己的老中青研究队伍。"

当晚，魏晓霞局长通过微信，与我聊了很多。她还提出约请，希望第二天能见个面。

我爽快地答应了。原本，我就与庆元陈化诚先生约好，在第二天的周六再去龙泉访瓷的。我们约好再去交流会上看看，长长知识。如今，每每回家乡，皆会提前约上陈化诚先生，一起去各窑址访瓷，再各自做些随笔记录。

深夜，我又上网了解了一些新信息，这《龙泉晚清民国司法档案》实在太震撼人心了，简直就是一座庞大无比的图书馆。

"龙泉市档案馆拥有民国档案 2.4 万卷，数量居全省县级馆之首，其中 1.7 万卷是民国司法档案。时间自咸丰元年（1851 年）起至中华人民共和国成立止，共 17333 件卷宗，88 万余页，为国内目前发现的保存最完整、数量最庞大的民国时期基层法律档案文书。"

"档案清晰地记录了中国法律制度和司法实践从传统到近代变革的完整过程；也记录了近代地方社会结构、经济形态、家庭婚姻、民众观念等方面的变迁，实际涉及民众生活的几乎所有内容，是研究中国法制史、社会史、近代化进程的珍贵史料。"

这天，是 2019 年 3 月 15 日，周五，天气晴好。这天于我而言，确实是神奇又非常值得记录的一天。

访瓷,想不到也会有如此意外的收获,实在是太美妙了。3月16日一大早,兴奋之余,便开始记录。

已逝的姑父沈正平先生的老家在浙南庆元黄田镇葛田村,这一带的丧葬习俗很有特色,不仅稳固性强,而且也传承下很多古老的东西,尽管为百姓日用而不知。

姑父走后是要挑吉日的,先在冰棺里停尸三夜,安安静静,除内亲以外,无外人来扰。到第四天,才开始敲锣打鼓,唱闹一个晚上,第五天去火化,上山埋葬,葬礼结束当晚,还要再唱闹一个晚上。当然,山里一般人家,时间会短很多,一般也就在两天里结束。这当然得要看故人是否家属多,且出息又孝顺,以及是否刚好遇上有吉日。

初 读

人,终有这样的一天,尽量哀而不伤。

在购得古籍的夜晚,我有些激动,兴奋难眠。连夜,初读到手的三册书,小心翼翼,但凡因虫孔或粘连,揭开有困难的,一律不去触动,以免因非专业而损毁,造成不可挽回的损失。

在手机互联的时代,手书动笔的机会日益减少,毛笔字也能令人兴奋。在这三册书中,与"沈妹儿""沈六妹"相关的有两册,一册封面上书"光绪乙亥廿五年",应为1899年。

从粗略翻读的内容来看,这更像是一本儿童启蒙教科书,以"天文第一""地理第二"依次排列,涉及天文地理、飞禽走兽、色彩礼仪等,非常有意思。我想,难道这就是百年前浙西南山区乡村学生的"教材"?如果确系如此,对于浙南乡村来说,那将会有一定的研究价值和意义。

夜里,当我在翻阅时,无意中竟然发现里面还夹有一张比火柴盒要稍一大些、呈长方形、折叠状的浅黄色纸包，小心打开，发现里面是一张契约，上有"东乡坑口"地名字样。

我上网查找地图，在龙泉城区东部瓯江下游果然有一个村叫"坑口"。难道这些书就来自这个坑口村？"沈妹儿""沈六妹"的后人还在吗？

我怀着好奇，很想找寻答案。

而另一册写有"民国二十年（1931年）十一月"的"案簿"，我认为它极可能属于民国司法档案。尽管我从来没有见过龙泉档案馆馆藏的真容。

这两册书，前后跨度32年，从清末到民国，差不多相当于一个人从孩提到成人。能有如此关联，一同出现，实在是不可多得。

而那"买二送一"得来的另一册系"民国三十六年（1947年）立"，应为1947年，品相完好，记述内容为各种日常开支。只是我现在暂时还看不出这书与上面两本有什么直接联系。

越了解，越好奇，越难以入睡。余下未买回来的旧书，还有与此相关的吗？这些书又来自哪里呢？真是坑口村吗？售书者的家里还有吗？"沈妹儿"与"沈六妹"到底又是何关系？实在有太多太多的谜团有待去解了。

想着想着，我哪里还睡得着啊！

当晚，我下定决心，当务之急是趁交流会仍在举行，再去找到售主，把相关资料和余下的残破书全部收集起来，以免再有散佚。日后再慢慢做分析。

我在心里反复慨叹，今天能有如此奇遇，得益于平时的读书和积累；同时反复想起和体味到，中国美术学院何鸿先生在浙江图书馆做讲座时所提及的，他当年从杭州废品收购站里觅得"敦煌遗书"时的欣喜。

沈氏姑父才刚刚离世，访瓷却意外让我觅得沈家的"六妹遗书"，难道这是要为我打开另一片新天地？是天意，还是巧合？

这一等，便是整整120年，如此缘深，怎可辜负？天亮，立即再去龙泉。

再　购

2019年3月16日，周六，仍是晴天。

越了解，越关切，越焦急。如此丰厚的司法档案，与宝剑、青瓷文化，构成了不可多得的龙泉"文化三宝"。面对如此文化瑰宝，依据我过去对龙泉窑文化的了解，于浙西南龙泉而言，急需强大而专业的本土研究团队，这确实是一个非常迫切而义事关长远的大问题，急需引起关注。

早上醒来，7点20分，我还在床上，立即给熟识的龙泉市市长吴松平先生发微信留言并发图："早上好！吴兄，昨日下午因意外机缘在龙泉地摊上，发现三册高度疑似的龙泉民国司法档案，其中一册可能是清代蒙学教材，相当珍贵，我已购下，并联系龙泉市档案局，过几天捐给他们。昨天了解一些情况，个人感觉，司法档案文化应该提升至与青瓷宝剑并列的文化品牌，成立研究中心，破解人才瓶颈。可建宝剑、青瓷、司法档案三大研究中心，可去中学调集些语文老师来，每个研究中心有100人都不为过，绝对能叫响中国，发声世界，此事关龙泉文化千秋，供参考。考虑到您公务多，昨未敢打扰。见谅，祝安好。"

"太珍贵了！您这位文化名人的情怀和奉献令人感动。建议很好，我们认真研究。"吴松平市长很快有了回复，并约请小聚。因是周末，也不必去打扰了。

随后，我将同样内容转发至龙泉市人大常委会主任叶石玄仙先生微信，同样也得到回复。

虽为一家之言，只期望能引起更多关注，以助推龙泉"文化三宝"的大发展，这无关私利，但却关乎文化未来，不仅仅是浙南龙泉的未来。

这些年来，不知为何，越来越不喜欢轻易去烦忧他人。或许，同样也不喜欢他人来烦忧自己吧。

早上，等到从庆元县城赶来的陈化诚先生，我们俩急切地前往龙泉人民广场。第一件事，就是要找到当事人，将其余的书本全部购来。到市场前，我们商量了一下，决定先分开，由我单独去谈。

还好，全都在！如昨天一模一样，我松了口气。昨天，或许是太过激动，竟然没留意售主是长成什么的。瘦高，穿黑色图案上衣，头发中间呈扇凸状，染色，看起来年纪比我似乎要小一些。

"还有吗？与昨天买的相关的书。"我试着问。

"你昨天买走，他们都说太便宜了。"他说。

"不便宜了，又不是做生意，我说过了是要捐给龙泉档案馆的。"

"这批书，我记得很清楚，一本都没有卖过，放了很长时间了。除了这几天的，这些都来自同一个地方。"

"什么地方？坑口村吗？"我问。

"对，就是坑口村，你怎么知道？"

"我昨天翻了，发现了里面的记载。全部打包卖给我多少钱？200元吧？"我问道。

"那不行，这么多本呢。"

"那要多少？"

"500元吧。"他犹豫了一会儿，说出了口。

"好，就500元。"我立即加微信，并付了钱。

事后，手机短信显示：2019年3月16日10点42分，账户余额是264.01元。

哈哈，窘迫的日子，向来如此，高房价下房贷使然。

大城大涨，小城小涨，只涨不跌。城市化下的房价始涨，大约启动于2000年以后。到2019年4月，龙泉市水南桥头地块，每平方米房价约为1.2

万元，而在 2017 年是 8500 元。2014 年，我现居的杭州西湖区曲荷巷，每平方米约为 1.8 万元，到了现今的 2019 年 4 月，已经涨到近 5 万元。

"你是哪里人？这批老书从哪里收来的？什么时候拿来的？"我接着追问。

"我老家是安仁方向的，书确实是从坑口村来的，要搬拆迁，老房子拆掉了，是我收来的。就是没人要啊，全都在这里，一本也没少，我保证。"他倒是很坦诚。

他述说，微信上的昵称，就是他的名字。这时，我才知道，他叫季明明。

实在是太好了！就这样，所有的龙泉坑口"六妹遗书"全部到齐，真可谓尽善尽美。

午饭后，直奔龙泉市档案馆。此时，我才发现，从我发现"六妹遗书"的人民广场地下室到龙泉档案馆的直线距离，不足 200 米。

消　杀

遗失的孩子，终于到家了。

相距得并不远，却要等我这个庆元人，还足足等了 120 年，不得不令我感慨。

我和庆元廊桥博物馆的陈化诚先生来到龙泉市档案馆，受到了龙泉市档案局局长魏晓霞、该局专门从事司法档案研究整理的章亚鹏先生和闻讯赶到的龙泉市妇联副主席胡小红三人的热烈欢迎。我还特意要求大家，在门口合了张影，以作为留念。

这也是我第一次走进档案馆。

到家了。章亚鹏先生先对一堆"六妹遗书"进行了 40 分钟的臭氧消毒。

这些又破又脆、又黑又散的书籍被摆放在一楼桌上，我们一一打开，仔细观看，然后分类，再分别装袋，整整有 10 袋。

2019年3月16日，在龙泉市档案馆捐赠档案后合影（左起陈化诚、胡小红、周大彬、魏晓霞）

因是周末，专业人员都未上班，又没有专业设备，我们都不敢轻易下手，只能做个初步了解，分拣归类。

"若是我没有记错的话，我们馆藏里也存有与'沈妹儿''沈六妹'相关的司法档案卷宗，时间上有可能要晚一些。不过，还需要花时间去查找、核对。"章亚鹏先生说。

"这是第一次在民间发现，且与我们现存的非常不一样，到底有什么样的关系，有待慢慢研究。"魏晓霞局长说。

"民国时期的司法档案，因为距离现在不太远，部分公开还是有压力的，我们也遇到过几例。"

……

他们的这些话，令我感到很兴奋。

从孩提到中年，再到老年，如果都能存有相关的文字记录，那真是不可多得，实在是太不可思议了。

魏晓霞局长等人见我如此喜欢，纷纷表示，应先让我带回杭州，好好看看，有兴趣研究研究，说不定会有意想不到的收获，况且司法档案研究需要更多人来参与，可以等到以后找合适的机会捐赠给龙泉市档案馆。

这也在无意中激起我的兴趣，确实很想去了解，有冲动，有动力。

2019 年 3 月 16 日，龙泉市档案馆整理捐赠的"沈妹儿"司法档案

傍晚时分，我回到黄田镇葛田村。看着姑父的遗像，望着伤心茫然的姑姑，不免有些感慨。于是，发了段微信：

"今天是周末了！感动！感谢龙泉市档案局，感谢龙泉妇联，感谢庆元廊桥博物馆，特别感谢乐意卖给我档案的季先生。特别怀念感谢姑父，以这样独特而无法拒绝的方式，让我匆匆赶回来，注定要遇见这批档案。"

"姑姑，保重。生命如气泡，转瞬即逝。唉！活着，就已很好。"

感慨闪现，随手记录，发微信备忘，这是我的一个习惯。

此行由杭返乡，有多重巧合，一行多得，完成多桩心愿，确实，令我感到有些不可思议。

爱家乡，先知史。2019 年 3 月 16 日又恰巧是"濛洲小讲坛——石龙山史话"在庆元县城新华书店二楼开讲的第一讲，由陈化诚先生主讲"你所不知道的庆元瓷史"，这是由我个人倡导发起的公益讲座，并由我们庆元黄田双沈村的"朋来国学·天真崇学"基金提供定向支持，与庆元县委宣传部共同举办，由庆元县城新华书店承办，每月一期。

原本，我是不打算从杭州回庆元参加首讲的，不想，作为庆元人民之一的姑父，却以这样的方式让我回来，出现在庆元现场，真是天注定。

生活，总是如此奇妙。

坑　口

一生命，一缕烟，一堆灰。

这是我第二次在庆元县殡仪馆见证生命的美好，还有苍白无力。第一次是九年前吧，那是我的母亲，她的残灰是我亲手碾碎的，泪如雨下……

葛田，村口，桥前。殡葬车驶离前，我看到姑姑的手，伸得老长老长的……年老，孤独，不忍直视。

有人说，如果这个人在生前吃的药少，火化后的骨灰就白，反之就黑。这种说法在浙南一带乡间，流传得很广。

姑父的骨灰，真的很白。他生前确实健康，极少用药。

这天是 2019 年 3 月 17 日，早上，周日，仍是晴天，闽江源头的竹口，路边的油菜花才刚刚欢放过。

回到杭州了，从庆元到丽水，再到杭州，一路乘车，一路记录。我反复提醒自己，一定要记下，如此不一样的遇见。

我遇见了，在瓯江沿岸，一个叫坑口村的等待，这是一个长达 120 年的等待，不可错过。

一路上，我通过手机地图查找，发现这个坑口村就在瓯江边，是山水间一个极小极小的小山村。

八百里瓯江，那可是古时的黄金水道，也是龙泉大山对外运送龙泉青瓷的必经要道，不知见证了多少繁华与没落。

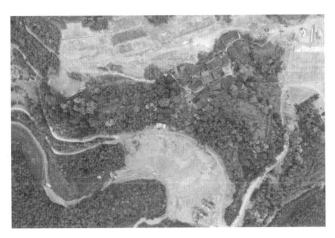

龙泉市道太乡坑口村俯瞰图

瓯江是龙泉的重要水道。元祐七年（1092 年），处州官民曾合力修治瓯江上游的险滩："毕合百六十有五滩，龙泉居其半，缙云亦五之一。 凡昔所难，尽成安流，舟昼夜行，无复激射覆溺之虞。"

此后，险滩成安流，"可筏可舟"，也造就了能集大成的龙泉窑的一个又一个新辉煌。

傍晚时分，回到杭州，我立即找来由丽水档案局编写、浙江人民出版社于 2017 年 8 月出版的《丽水大辞典》，其第 541 页上有这样的记述："[坑口村] 行政村，属龙泉市道太乡。距龙渊街道东 10 千米，紧水滩水库库尾东岸。辖坑口、樟树后、陈家林、粪桶丘、上严儿、外周畲、吴墩、夏岭头、里周畲 9 个自然村，9 个村民小组。村委会驻坑口，处林烊溪注入龙泉溪出口处，故名。2013 年，有 109 户，416 人。耕地 435 亩。人均收入 9305 元。1951 年为邻河乡第五行政村，1961 年改称坑口大队。1984 年 5 月改称坑口行政村，属雁川乡。1992 年改属道太乡。村内鲤鱼寨有'处州第一寨'之称，上严儿古窑址林立，共有 16 处龙泉青瓷古窑址。产木材等。"

龙泉市道太乡坑口村

滴 舟

"上严儿"是龙泉市道太乡坑口村的下属自然村，那可是一个鼎鼎有名、相当有故事的地方，因为浙江省博物馆镇馆之宝——宋末元初的龙泉窑粉青舟形砚滴，1954年4月就在这里出土。

当地人都称之为"滴舟"。其发现过程有一段鲜为外人所知的细节。对于发现"镇馆之宝"的前后经过，"掌上龙泉"微信公众号曾于2019年1月8日以文配图的形式刊发了由龙泉金少芬采写的《滴舟出土记》，详细记述了发现者——道太乡坑口村的何招弟与丈夫何根树发现"滴舟"的过程，当天，龙泉新闻网节选了部分内容进行报道（http://lqnews.zjol.com.cn/lqnews/system/2019/01/08/031388501.shtml）。

围观！来看看浙江省博物馆镇馆之宝在龙泉的"传奇身世"

浙江省博物馆镇馆之宝"滴舟""诞生"于宋末元初，代表着龙泉青瓷鼎盛时期的巅峰水平，是海内外公认的龙泉青瓷杰出代表。

如此高价值的器物，却有着"传奇的身世"。这是一份60多年前的缘分——龙泉农家养女何招弟，意外地"出土"了这镇馆之宝。

"滴舟"——省博物馆镇馆之宝

种类：弟窑青瓷

颜色：粉青色

尺寸：长 16.2 厘米 × 宽 6.5 厘米 × 高 9.1 厘米

年代：宋末元初

舟中有男女乘客及身着蓑衣的船夫，船舱中空可储水，前有小孔可注水。某个能工巧匠将当年日夜观察的江上来往的船，捏成了一只几百年后出土的"滴舟"。

透过"滴舟"，时光仿佛回归到南宋末年，可以看到遍布上严儿村的座座龙窑及熊熊燃烧的窑火；看见一件件青瓷器带着火的痕迹、土的味道和玉的光泽，被窑工们装上箩筐，挑往五里外的坑口及源口的瓯江边水运码头，流向更遥远的地方。

何招弟是个弃婴，至今尚不知亲生父母是谁。养父何某是上严儿村（属龙泉市道太乡坑口村）人，与妻婚后几年都未曾生育。一次，他来到龙泉城里办事，看到街边有一个女婴躺在箩筐里哭，心生怜悯，又想到膝下无儿无女，就把她抱回了家，取名何招弟，意为招弟添丁。何招弟从小懂事又勤劳，洗衣、做饭、砍柴、打猪草样样能干。

"为那只船儿的事，有人来采访你了！"当老伴对躺在病床、插着鼻饲管的何招弟说这话时，床上的那双眼睛在不停地转动着，何招弟正躺在病床上。她与它之间到底有着怎样的故事？

初　遇

春花烂漫时节

与"滴舟"的不解之缘

1954 年 4 月，某个春雨后的清晨，16 岁的何招弟像往常一样吃过早饭，就挎上篮子、带上菜刀去挖黄花草了。

村边有一个叫坑潭的地方，潭背的田坎上，是一堵倒塌多年的老泥磡，磡内长了一片黄花草。她发现后，很高兴，拿起菜刀就撬起了草根。

在连根拔起一株黄花草的瞬间，何招弟忽然发现了一个像碗底一样的东西埋在土里。受好奇心的驱动，她拿起菜刀就往深处挖，将土挖得松动后，用力把那个东西拔了出来。

只听"咚"的轻轻一声，似乎有一种掉了扣子的感觉，何招弟连忙翻转仔细一看，原来是一只小小的瓷船，只是一边已断了一点船栏的头。

何招弟来到水边，把小船小心翼翼地清洗了出来。姑娘长这么大，经常在田间、山里摘猪草、采茶叶，见惯了满地裸露的瓷片与窑钵，但却从未见过如此青翠欲滴、小巧可爱的完整瓷器。

看着小船里有好几个小人，船舱中空可储水，前有小孔可注水，何招弟越看越喜欢。她如获至宝，把它当成宝贝玩具拿回了家。

那时她爷爷尚健在，他说："你这个东西好像是以前财主人家孩子的玩具！"

她娘拿过小船，里里外外打量了一番，说："我看这是一件以前的老物件，古货哎，赶快藏起来，不能告诉别人！"于是，她娘去卧室找出了一个红布袋，把小船包裹得严严实实，放入了箱底。

分　离
"滴舟"成为国宝
与何招弟渐行渐远

第二年下半年，17岁的何招弟到了该谈婚论嫁的年纪。何招弟的姑姑嫁的是一个在龙泉做木头生意的温州人，住在上西街，与何根树的父亲家离得很近，两家关系处得不错。

19岁的何根树是家中独子，在姑姑的极力撮合下，两人顺利地确定了恋爱关系。

何根树初次去何家登门拜访的时候，何招弟就神秘兮兮地给他看了一眼她捡来的宝贝。

后来，何招弟和母亲进城去何根树家回访。恰逢何家对面一户张姓人家有喜事，很是热闹。屋内一桌桌摆满了各种婚嫁用品，还有瓷器用品，看得何招弟心生羡慕，满眼欢喜。

"我家也有个粉粉绿绿的青瓷小船，是我自己摘黄花草时捡来的，比她的那个东西还要好看！"何招弟指着那些好看的东西兴奋地对旁人说。

说者无心，听者有意。何招弟的话被一旁的老李听到了，他是从事文化市场管理工作的，判定这是文物。

老李马上来到了上严儿村，对她父亲说："你家私藏国宝，这是违法的，应上交给政府！"

父亲说："这事我真不清楚，你等她娘俩回家再问问吧！"夜幕降临后，娘俩回到了家。

老李非常严肃地对娘俩说："赶紧交出你们的宝贝，跟我回龙泉，上交给政府！不然这就是窝藏国宝，是犯法的！"

娘俩吓得战战兢兢。母亲只得对老李说："今天来回走得实在太累，你也累了，就在家住一夜，明天早上我们跟你去政府上交吧！"

次日一大早，娘俩抱着小船跟着老李，来到县文化市场管理处。

当时的龙泉县文化管理处就设在现在的龙泉大酒店所在地，与政府只有几步之遥。老李拿过小船，从管理处的后门快步走进了县政府，政府大门的横杠把娘俩拦在了外面。

何母一五一十对门卫说清了缘由，不一会就看到一个工作人员走出来传话："你们放心，东西政府已收到，感谢你们为政府做出了贡献。今天你们先回家，过几天政府会给你们一点补偿的！"

娘俩怅然若失地回到了家。过了些日子，何母从一个在雁川乡上班的亲戚那里领到了 68 元钱。

第二年，18 岁的何招弟正式嫁给了何根树。母亲用补偿款为何招弟置办了一些陪嫁品。婚后的何招弟嫁夫随夫，在龙泉谋了一份工作，过上了生儿育女、油盐柴米的安稳日子。那只小船似乎与他们的生活渐行渐远。

再　遇

难舍"滴舟"

二赴省博终相见

随着时间的推移，到了 20 世纪 80 年代后，报纸和杂志上不时会出现一些关于"滴舟"的故事，但版本众多，说法不一。何根树是有点文化的人，退休后赋闲在家，时常会看一些报纸。

一次，他在《温州晚报》上读到一则"滴舟"故事，其中文物出土地、年份、人物等写得完全与事实不符，他心里不是滋味，马上动笔给报社写了一封信，陈述事实……

2005 年某天，一位相交多年的老友对何根树夫妇说，他刚从杭州回来，游览了省博物馆，看到何招弟捡来的"滴舟"了。

夫妻俩听说后，何招弟显得异常兴奋，每天念叨着什么时候能亲自去看一眼她的"滴舟"。

何根树最懂老妻，他从林业局开了一份介绍信，带着何招弟奔赴省城，来到了省博物馆。

时机不巧，当时"滴舟"送到外国展览去了，夫妻俩败兴而归。

到了第二年，他们再次出发，终于见到了牵挂大半生的宝贝，完成了夙愿。

省博物馆领导很客气，问他们有何要求，何根树夫妇说，我们现在都有工资，经济上不需要，只求和"滴舟"合一张影。省博物馆人员很高兴地给他们拍了好几张照片。

此行他们才得知，"滴舟"的收藏证书放在温州，因为当年提交文物时，龙泉属温州管辖。

这是龙泉老人与省博物馆镇馆之宝"滴舟"间的真实故事，亦是老人这一生的牵挂！

除上述文章外，还配有相关图片。其中有两张照片的内容很有意思，一张是何招弟读到 2000 年 2 月 12 日《温州晚报》第 8 版刊发的由蔡钢铁写的《元代龙泉窑船形砚滴》一文后，于 2000 年 2 月 22 日用蓝色圆珠笔在笔记本上写下的情况说明：

我看到《温州晚报》2000 年 2 月 12 日第 8 版刊登的关于龙泉宝船形砚滴的报道后，特别高兴。我痛心的是，我未将出土的经过及珍贵文物取走的情况向新闻界反映，记者拿不到第一手之（资）料，报道有缺（出）入，误差大。

据该报报道，1956 年秋，温州专区文物管理委员会派员赶赴龙泉县调查，征集文物时，在上严儿一农民家发现了这件珍贵文物，即以重价征得，这段报道有缺（出）入。当时（1956 年秋）温州文物管理委员会有一个人到上严儿来过，与我家人见过面。取这件宝物的人还在世，70 岁左右。

其次，出土文物地点不附（符），误差大，根本不是从村头一火泥堆的地表卜挖出来，更不是用锄头刨着了它的底部。船底朝上、船面朝下是对的，说明未被刨破。还有一点说明，我是用菜刀键（挖）来的，靠船边一栏杆柱顶上面一粒破碎了一点。

何招弟

2000 年 2 月 22 日

153

另一张照片是上面分别盖有"龙泉市林业局"和"龙泉市博物馆"公章的证明：

证　明

浙江省文物博物馆：

兹有我局道太林产公司退休职工何根树、何招弟夫妻二人前往杭州旅游，现前来你馆观赏何招弟在一九五四年在挖野菜时挖掘、一九五五年被你馆收藏的一只元代时龙泉窑船形砚滴。情况属实，请贵馆给予接洽，方便为感。

特此证明。

龙泉市林业局

2005 年 4 月 19 日

在这张纸上的下方还有手书：

以上情况属实，若贵馆的这件滴舟还陈列在展柜里，请允许他们夫妻俩参观，了却他们的心愿。非常感谢！

龙泉市博物馆 2005 年 4 月 19 日

办公室电话：879××××× 879××××× -3230

东　区

道太乡坑口村窑址属于龙泉窑东片区，是除龙泉窑以大窑为中心的南片区以外的另一片重点古瓷地。

由北京艺术博物馆编著、中国华侨出版社 2015 年 9 月出版的《中国龙泉窑》"前言"第 3—4 页中有这样的记述：

"龙泉东区窑址包括龙泉市以东的龙渊、安仁、道太 3 个乡镇 24 个行政村以及龙泉市以东的云和县境内的一组窑场，共有窑址 218 处，其中龙泉市境内 208 处，又分为安福、源口、安仁口、大白岸、山石坑、坑口等片区，各自分布着十几处到几十处窑址。"

"龙泉东区的诸窑址因为分布在沿瓯江的两岸，是重要的水陆通道，自中华人民共和国成立以来，为配合基本建设工程，多次进行过考古发掘。特别是 1979—1982 年间，为配合紧水滩水电站工程，浙江省文物考古研究所、中国社会科学院考古研究所、故宫博物院、中国历史博物馆、上海博物馆等多家单位组成联合考古队，对东区窑址进行了全面的调查和重点发掘，以后又对丽水市吕步坑窑址和云和县横山周遗址进行了考古发掘。"

"龙泉东区以烧制民间用瓷为主，最兴旺的时期是南宋、元代到明代初期，产品大量用于外销，质量较粗糙，器形较单调，以碗、盘类器物为主，元代时十分流行戳印花装饰，在产品的胎釉特征、烧成和装烧工艺及产品质量上都与南区窑场有一定的差别。"

元代的舟形砚滴作为现存龙泉窑的极品，又是文房用品，非古时一般农家所用，出土在坑口村，如今的晚清民国"六妹遗书"又出自这里，难道两者之间一脉相承？如果真是这样，那么"六妹"定然是书香门第、文化望族的后人。

这地名"上严儿"，与遗书上的"沈妹儿"，读来怎么都有些神似呢？

坑口村是个什么样的村庄呢？村里有姓沈的吗？我下定决心，将来定然要去走访，寻找遗迹。

我开始寻找坑口的图文资料，但极其有限，这也是浙南乡间的短板与特点。求助朋友圈，毕竟现在是万能朋友圈时代。2019 年 3 月 17 日 19 点 53 分，我在微信上发出"龙泉市，道太乡，坑口村。有认识的，快快举手"的信息，不承想，十五分钟后，来自龙泉、现居杭州的朋友周兆锋就主动联系我。他说，他就是坑口村人，而且他的哥哥周兆华还是村里的党支部书记，愿意提供一切了解便利。

真是踏破铁鞋无觅处，得来不费工夫！经过电话联系，我从周兆华口中得知：坑口村下属的吴墩自然村确有姓沈的，确实正在修建公路，与上严儿离得很近，村里流传着各种各样的民间传说，曾出过一个姓胡的大官等。

通过地图发现，龙泉市道太乡坑口村分居瓯江两岸，而吴墩自然村处于瓯江右岸，处在无路可通的群山死胡同里边。

我想，改日定当要去实地走走。周兆锋表示，愿意同行，并希望能对山村文化进行一次深入挖掘，并提供各种便利和支持。

龙泉市档案局的章亚鹏先生也特意交代我，要注意了解对方是否有族谱和古迹，届时，他将一同前往探访，再做个口述史。

缘　分

遇见"六妹"，是福气，是缘分，值得珍惜。

随着了解的深入，我越发感到这些"六妹遗书"是不可多得、极其重要也极其宝贵的，不仅因其距今有120年历史，而且还有准确纪年时间节点，更重要的是，它就如同一座桥梁，将无数极其珍贵的《龙泉晚清民国司法档案》延伸到了一个叫坑口的小山村里。它不仅扩展其外延价值，而且对于了解瓯江源头晚清民国的乡村教育和家风，于现今都有着不可替代的作用和传承意义。

正当我下定决心要开始利用工作之余，记录并还原"六妹遗书"相对完整的时间链时，却意外发现当天在龙泉或许是因为太过于高兴，竟然忘记摄录现场图片。

但值得庆幸的是，当我在2019年3月18日早上翻阅那个第一手获得"六妹遗书"的季明明先生公开的朋友圈时，才惊讶地发现其已公开叫卖了数个月——2018年12月31日至2019年3月15日，他前后叫卖了7次，分别上传了"六妹遗书"的图片、照片和摆摊售卖视频。

2019年3月15日8点36分，他拍摄的一段视频正好完好地记录了当天遇到我之前开市摆摊时的位置和实况，这也显得特别珍贵。

而他第一次在朋友圈里叫卖"六妹遗书"时，晒出照片是在2018年12月31日17点08分，此前，再无记录。

因此，2018年12月31日，极有可能就是他从坑口村获得"六妹遗书"的第一时间。

"这些东西，不是我的，是龙泉人的。今天，你没开大价钱让给我，也算是你一功。"记得当天我在花了700元钱全部购齐"六妹遗书"后，曾对季明明这样说过。

"对。"当时，季明明回答我，"你这句话我会永远记在心里的。"

他还说："此前，我好像也翻到过有龙泉人民法院的字和印章，只是不知道有这么重要。""其实在平时，我也会去做公益。""欢迎到我家里玩。"

我对于季明明先生了解甚少，显然，他只是一位乡间收藏爱好者，常在乡间转悠，买进来、卖出去，以此谋生。说句大实话，我是打心眼里感激他的，特别感激他在我第二次返回时，没有狮子大开口，而能识大体，成我之美。

想不到，一个浙南山区龙泉的小商人，在骨子里，还能蕴含剑瓷之风，独具朴实、善良、热情之品质，而不仅仅唯钱至上，也讲究义利之辨，这也令我非常感动，刮目相看。

一地一城，一人一事，足见精神，这是留存在骨子里的。

遗书解读

晚清

1899 年

"六妹遗书"之一：《"沈妹儿"抄录读本》

一

家在庆元、龙泉交接地带，一边是瓯江，一边是闽江。我在龙泉师范学校读过三年书，又在庆元工作过七年，这方独特的山水生养了我，让我学会了庆元、龙泉两地方言，优势得天独厚。

我想，我要试一试，也应该试一试。我应试着用自己方式来解读家乡的这批"六妹遗书"。尽管其残破不堪，尽管它来自浙南山区龙泉一个极其偏远又毫不起眼的小山村。

或许是因为我曾有过从事过五年乡村小学教师的经历，对于教育始终有着别样的兴趣。为此，我特意将封面上题写的"光绪乙亥廿五年沈妹儿抄录"和"大方六……"缺字字样放在解读关注的首位。

这是一本小册子，封面残破，有虫蛀，烟烤，字迹破损，但可辨认，书宽 13.2 厘米，长 18.5 厘米，厚 0.5 厘米。向右翻，右侧留 2.5 厘米，打四孔装线，古称"四针眼装"。

资料表明，这种线装书起源于明代中叶，是从包背装演变而来的，有四针眼装和六针眼装两种，其优点是书本破旧以后可以重装。在起于南宋后期的包背装之前，还有蝴蝶装。线装书的出现，表明我国古代书籍装帧技术发展进入了最后阶段。

1899 年《"沈妹儿"抄录读本》

二

想要了解浙南一个乡村的历史，定然要将其置放于国家史中特定的时代及浙南龙泉地方万象中来审视和打量，或许会有不一样的视角与理解。

"光绪乙亥廿五年"即公元1899年，也是猪年，距离2019年已整整过去了120年。

1899年前后的中国，极其不平凡，跌宕起伏：甲午战争（1894年）、戊戌变法（1898年）、戊戌政变（1898年）、"庚子国变"（1900年）……

光绪帝，清朝第十一位皇帝，也是清军入关以来第九位皇帝，年号光绪，在位34年（1875—1908年），37岁驾崩。

1899年的前一年——1898年，中国发生"戊戌政变"，这是以慈禧太后为首的守旧派势力向以光绪皇帝为首的改良派势力发动的一场血腥政变。持续了百余日的戊戌变法宣告失败，戊戌六君子被杀，康有为、梁启超等逃往国外，光绪皇帝失去了人身自由，被软禁于中南海瀛台，而以慈禧太后为首的守旧派势力重新掌权。

1899年的后一年——1900年，发生"庚子国变"，清政府相信义和团能"刀枪不入"，便于同年5月向十一国宣战。

1898年，沙俄与清政府签订《中俄旅大租地条约》，根据条约规定，清政府将旅顺、大连地区租借给沙俄25年，同时沙俄获得在此设立租界的权利。1899年，中法签订了《中法互订广州湾租界条约》，把广州湾租借给法国，期限为99年。

不过，1899年是家喻户晓、流芳千古的文化名人出生的集中年。

这一年，瞿秋白、老舍、张大千、闻一多、聂荣臻等出生了，川端康成、欧内斯特·海明威等国外诸多名人亦于同年出生。这一年，考古界还发现了甲骨文。

三

事实上，根据徐渊若先生在《哥窑与弟窑》的记载，龙泉窑被重新发现并走向世界，其实也就是在"光绪二十年（1894 年）前后"，就是同抄录这本书是差不多时期。

综合记载和考古发掘，龙泉窑到明末和清代已经走向式微。从清末开始，仅存的龙泉窑也改烧"兰花碗"，主要集中在靠近福建浦城的龙泉八都一带。

1900 年前后，在龙泉的德国牧师弇德等外国人将龙泉窑瓷片带出国门，并结合著述的文章再次将龙泉窑推向国际，拉动了龙泉瓷的市场销量和价格，在龙泉当地掀起一股仿古之风。1920 年前后，龙泉窑在当地艺人廖献忠及诸多"兰花碗"艺人的推动和努力下，再次复苏，但主要集中城区宫头和八都地带。而"六妹遗书"所在的"东乡坑口"一带属于龙泉窑东区，尚未见有恢复龙泉窑生产的记述。

四

列强欺凌，国家飘摇，动荡不安。正是在这样的一个特别年代里，一个叫"沈妹儿"、另一个叫"沈六妹"的龙泉人，却在浙南偏隅一方的坑口村，或是某个雨天里，或是在繁星满空的夜里，独居于室，时而研墨，时而执笔，伏案抄录……如此书香家庭，这又是何等的安静、悠然、与众不同。

"沈妹儿""沈六妹"他们也一定想不到，在 120 年以后，我也独自在杭州曲荷巷里，在 2019 年 3 月 19 日这个春日暖阳的午后，细细翻阅他们当年抄录的小楷文字并拍照，这些大小约 1 厘米见方的繁体字，一笔一画，工工整整，独具古风，令人遐想无限。

这也是我第一次如此近距离深度接触古籍，此前特意请教了听讲座时认识的中国美术学院李爱红老师。她从事古籍修复多年，经验非常丰富。她说，完全可以放心打开，只要把手洗净即可，而不必套手套。因为，有了手套反而不好把控力度，特别是力道的轻重很难把握。另外，还要准备一根细针，遇到粘连处，轻轻挑开即可。

有了专家的指导，我算是心里有底了。的确，百年前，浅黄纸张的肌理条纹清晰可见，绝对货真价实，远远没有想象中那么娇贵，打开竟然会是如此顺利。

五

全书除去正文，在封面后留有空白的页背面上，还写有"沈农儿学"四字，字写得比正文略差些，而首页正面上，还书有"沈六妹读"四字，在书中间也另外题写有"六妹读"三字，字体工整，但明显与正文字体不一样。

此外，书中还夹有一张地契，长方形状，宽33厘米，长25厘米，保存完好，字迹清楚，但句子读起来不是特别通顺，底下落款为"沈农儿"，而在文中也提及有一段位于"坑口"的水田。

若是加上封面及尾页落款"光绪二十五年冬月，沈妹儿……"等字样，这本抄写于1899年冬的读本和地契中，先后出现过六次人名，共涉及三个人的名字，分别是"沈妹儿""沈六妹""沈农儿"。

显然，仅从字迹来看，"沈妹儿"的学养是最好，字也写得好，不太像一般的山区农民。

浙西南山区一带现今仍存在这样的方言口头起名习惯，即往往以其父母名字加上"儿"字后缀来称呼，人们习惯常会以"某某儿""某某囡"来称唤孩子们的名字。

为此，我初步判断，"沈妹儿"似乎是"沈妹"的儿子，而"沈六妹"

则可能是其排行第六的妹妹，这更像是一对兄妹，而"沈农儿"则有可能是另一个人。

这沈家三人，是父子、兄妹、夫妻，还是？他们彼此之间到底有怎样的联系，还有待于考证。

"沈六妹"若是位女子，若是生活在清朝末年，这样一位地处浙西南山区的女子还能读书习字，那真是罕见，绝非出于普通的农民家庭。

有趣的是，人名中一个"妹"字，是乡间谐音记录，更是龙泉乡俗的具现，在龙泉方言人名中的"妹"，实际上是父母对儿子的昵称。

六

虽未到过龙泉市道太乡坑口村，但"六妹遗书"出现的地方位于山区，又紧邻瓯江，常年多雨，潮湿且白蚁多，纸质书本能在农家里保存上百年，也着实不易，虽外表有水浸污渍、蛀孔破损，但内容基本完好。

该读本的封面，也有类似的烟熏火燎痕迹，估计是被塞在伙房的某个角落里，保存下来的可能性反而比较大，烟熏防虫，又干燥，这也是一家最天然的安全存放地。

不过，山区房子外围泥墙，内竖木头，极易因用火不慎而发生火灾，特别是在那没有电灯的年代里，火烛使用频繁。

厨房与灶台不仅是维系全家老小性命的地方，更是全家最温暖而柔软的地方。对这几册书，百年来始终不离不弃，使之终得以幸存，这也足见浙南山区普通百姓对知识文化的敬重。其实，如此默默无闻的传承与坚守，由来已久。

七

这册简朴古书，虽封面残破，但正文中，除缺少个别字外，基本保存完整，清晰可辨，按六字一句，两句成一竖列，每页 12 句，一面六列，共 72 字，皆竖排，清一色的手书，均匀，协调。

全书内容，按门类分章，每章标题成一列，共有 24 章，内容（不含标题）共有 486 句，3912 字，24 大类，罗列如下：

"天文第一" 共 6 句，36 字；

"地理第二" 共 26 句，156 字；

"人物第三" 共 50 句，300 字；

"时令第四" 共 34 句，204 字；

"人事第五" 共 66 句，396 字；

"身体第六" 共 22 句，132 字；

"病症第七" 共 16 句，96 字；

"词讼第八" 共 64 句，384 字；

"衣服第九" 共 26 句，156 字；

"宫室第十" 共 30 句，180 字；

"饮食第十一" 共 18 句，108 字；

"器用第十二" 共 56 句，336 字；

"工匠第十三" 共 6 句，36 字；

"军器第十四" 共 12 句，72 字；

"首饰第十五" 共 10 句，60 字；

"船器第十六" 共 18 句，108 字；

"法具第十七" 共 18 句，108 字；

"花木第十八" 共 32 句，192 字；

"蔬菜第十九" 共 8 句，48 字；

"杂卖第二十" 共 18 句，108 字；

"颜色第二十一" 共 12 句，72 字；

"鸟兽第二十二"共 50 句，180 字；

"药名第二十三"共 30 句，300 字；

"丧礼第二十四"共 24 句，144 字。

才过去 120 年，同样是在龙泉乡村，孩子们读书的内容已今非昔比了，其中仅"宫室""杂卖""船器""法具"等分类方法，就早已退出历史舞台，也极少用到这些词语。至于书本中的内容，我读起来似懂非懂。

八

学到用时方恨少，一本书里所涉及的知识实在是太丰富了，毕竟我学识过浅，唯有不断向别人求教，查找资料。这也是一次非常好的学习机会，也非常有趣。

就是在此次，我才深切体会到，自己在浙江图书馆听讲九年和在杭州国画院读书四年，以及由此结识的各类学者专家，早已成为我不可多得的好老师，而且他们都为人谦和，有求必应，能随时给予帮助。

"这个书不错的，是个乡村识字词语读本。这本我没有见过，同类的书见过。这是手写的，还有刻印的。"浙江图书馆古籍部主任陈谊这样说，"因为这类书籍都是当时最普遍的，所以有很多当时流行的词汇或者新名词。有民俗学、语言学等价值。"

关于人名与字迹，2019 年 3 月 19 日晚，中国美术学院书法学博士钱伟强先生根据照片比对，也认为应属于三种字迹。他认为："'六妹读'与正义的字不一样，应该不是一个人写的。""字可能是年龄比较小的人写的。"

龙泉市档案局章亚鹏先生也认为，"六妹读"特像是初学写字的人书写的。

这个抄录乡村识字读本的"沈妹儿"到底是谁？与"沈六妹""沈农儿"

又是什么关系？这沈氏三人之间，又是怎样相互关联的？诸多谜团，有待慢慢解开。

正文从"天文第一 天地风云雷雨 乾坤日月阴阳 星头河汉烟露 雨薄雪霰水霜 霖露虹霞闪电 云霄宇宙穹苍"，到"地理第二 田园沟渠水圳……"，至结尾"谨劝年少书生 须宜勤学早知"，全文手抄，且无标点。

瓯江畔，群山里，书声响。那是在 120 年前……国难当头，发人深省，让我联想。

不难想象，只要凭借这 3912 个常用字，按需组合排列，就能勾画出一幅又一幅的生活场景来，从衣食住行，到生老病死，涉及方方面面，各行各业，有血有肉，清晰准确，这无疑就是生活在晚清 1899 年前后中国百姓的真实生活镜像图，几乎就是这一时代的"百科全书"和"生活花名册"，这对于深入了解晚清国人的真实生活教育等场景，皆是不可多得的记述资料；同时，对于帮助今人创作拍摄这一时期的影视剧等，亦是不可多得的宝贵资料和参照原图，这对于研究当时的真实生活有着非常重要的意义。

九

无独有偶。2019 年 3 月 21 日晚上，庆元吴修荣先生在收藏的古籍里发现一册手抄本，不论是内容还是排序等，都与 1899 年的《"沈妹儿"抄录读本》非常相似。

据吴修荣回忆，这是他十多年前从庆元县与龙泉交界的黄田、竹口一带拆迁的古村落里收购来的。

由此不难看出，这很有可能就是晚清时期在浙南庆元、龙泉一带乡村里盛行的手抄本读本，边抄边学，边学边抄，有些类似于教科书。

这样一来，距今 120 年的晚清人学什么，怎么学，逐渐变得清晰起来，这也是很值得固定下来的，特别是随着岁月的流逝，其价值必将不断增加显现。

就在我解读之际，远在龙泉市档案局的章亚鹏先生也就"六妹遗书"中所提及的人物信息，从《龙泉晚清民国司法档案》中开始查找相关线索，并陆续传来令人振奋的消息：

"'沈妹儿'有两个案子，其中有个案子，跟你是同一个案子。"

"其中写到'沈妹儿'有近 60 岁。"

"我看过的两个案件，'沈妹儿'都胜诉了。"

"当年，餐费只需一毛钱，打个官司要付三百六十元。"

……

相当有趣，还待慢慢解读。

十

在我看来，这本与沈家司法档案同存的古籍，不仅有着"光绪廿五年（1899 年）冬月"的明确纪年，而且能追踪到其来自坑口村，这样的一册识字读本，对于晚清的中国乡村教育和浙南山区教育的研究都有着非同寻常的意义。

我试着走进浙江图书馆查找资料，了解这一特殊时期的教育背景。

杭州的傅国涌先生着力研究近代教育，在他的《新学记：中国现代教育起源八讲》（东方出版社 2018 年版）中，就有不少记载，其在第 19 页中写道："1899 年生于杭州的程天放是江西新建县（今江西省南昌市新建区）人，6 岁入私塾，读的是'三百千'，然后从'四书'读起。1886年生于浙江余姚乡村的蒋梦麟，幼时进家塾，开蒙读物就是《三字经》。"

在第 39 页中记载："甲午战争以后，普通学堂发展快速，从 1895 年到 1889 年创办了 100 多所学堂，普通学堂占了 84 所，遍及 17 省。"

在第 25 页中记载："方便记诵的蒙学读物，主要是为了儿童开蒙识字，即使在科举被废除之后，在很长的时间里，仍然是从城市到乡村，尤其是乡村儿童的主要教材。"

他认为，中国现代教育在中国的起源是在 19 世纪末到 20 世纪上半叶大约半个多世纪中完成的，转换成合乎常识的现代知识系统。

十一

就这一时期，有关浙南山区龙泉的晚清民国教育，相关记述并不太好找，且以县城为主，能提及乡村的更是寥寥无几，仅能从只言片语中依稀勾画出当年教育的模样。

由中国人民政治协商会议浙江省龙泉县委员会文史资料研究委员会编写的《龙泉文史资料（第五辑）》（1986 年 10 月出版）第 108 页记载：

"晚清时，（龙泉）县署衙门专设有教谕署，掌管全县教育事宜。辛亥革命后，废除旧制，教育部通令各省转饬各县公署，设立劝学所，总揽教育行政。"

"本县劝学所创建于民国元年（1912 年），地点在东升街文丹阁，首任所长是李为麟。此人出身本县书香门第，又是本县民国第一任知事李为蛟之胞兄，并曾一起东渡日本留过学。劝学所除由所长综理一切外，另有叶焕文、练滚华二人担任劝学员，其职责是处理所内公文核阅，有时也前往乡区视察、督导初等小学教育等事宜。此外还配置雇员二人，勤工一人。迨至民国十二年（1923 年），劝学所奉令改为县教育局。再以后又改局称科。但无论是教育局或教育科，其人员配备，除局长（或科长）统管全盘教育行政外，并置有督学及教育指导员、科员、事务员若干名。"

其第 83 页记述，民国二年（1913 年）7 月 31 日，浙江省民政长通饬各县知事，一律"壬子学"新学制，旧学堂一概改称学校。龙泉也是从那时起办起了县立高等小学校（原剑川学堂改）和部分初等小学校，并逐步推广到乡间。

由《中国西街》编写组编写的《中国西街》（浙江人民出版社 2018 年版）第 155-158 页记载，清光绪三十四年（1908 年），剑川学堂遂改名为龙泉县立高等小学，首任校长是翁望甫（曾留学日本师范学校）。民国十三年（1924 年）改名为龙泉县立完全小学，校长项应铨，校址迁县政府隔壁"土地祠"（荷花塘原公安局旧址）。民国十六年 (1927 年)，又改名为龙泉县立剑川小学，校长季剑。民国二十年（1931 年）复名龙泉县立高等小学，校长季大培，后由督学宋士杰兼。民国二十八年（1939 年），改名为龙泉县城区中心小学。民国二十九年（1940 年）改名为东升四平两镇联立中心国民学校。民国三十六年（1947 年）改名为中正镇中心国民学校。新中国成立后由人民政府接管，初名升平镇中心小学。1951 年迁荷花塘附近，改名为龙泉县立中心小学。1992 年 9 月被命名为龙泉市实验小学。

1907 年
"六妹遗书"之二：《田山簿》

一

最近，因身体不适，内心也有犹豫，停歇几日，到 2019 年 3 月 31 日，又整理思路，重新上路。

对于古籍，甚至其他一切，我都是门外汉，一时兴起，加之好奇，对这堆"六妹遗书"有点兴趣，也就是玩玩。

先查看，品相好的，有明确纪年的，先粗粗过一遍，然后再回过头来，来来回回，边看边记，将零零碎碎的文字信息给拼接起来，以期能还原出一个晚清至民国"沈氏家族"的真实生活轨迹和环境来。

这个过程特别有意思，时常惊喜连连。

在"六妹遗书"里，品相完好、未零散又有纪年的，也就这几本。另外，还有单张的契书多份，可惜皆残破严重。其中较早的落款"道光廿三年十二月"，也就是 1843 年。这是鸦片战争结束后一年，也是中国近代史开端。此外，还有类似学写契书的练习本字样，以及砖瓦窑契书，等等。

先易后难，先把确定的信息完整地理完，尔后，再来收拾那些残缺破碎的，能收集多少是多少，毕竟能力有限。如此，来来回回，由浅入深，由点及面，这只是我的个人习惯，写作也是如此，先粗粗打框架，然后再细化，这主要是性格使然。

二

这册古籍封面无字，三孔线装，宽 19.6 厘米，长 13.1 厘米，后半部分虫蛀严重，千疮百孔，未敢强力揭开。

这本封面无题字的小本子，从内容来看，是"沈氏家族"的全部家当，也是其经济实力的象征，整整四面纸，真实记录了当年其购买的田山、屋宇、荒坪等。

因是自制的小本子，系三孔线装，封面又无题字，暂且将其称为《田山簿》。因为，在第一页上，记有"光绪三十三年受买田山屋宇……"等字样。

这一年，是 1907 年。

后面，一一竖列，有地名、租金、出售人等信息。如第一列，就写有"屋后土名某某……""计租壹硕伍斗""沈正中卖出 永远"等字样。

如此数列，整整有四面，估计沈家至少有三十多处田地房屋产，足见其经济实力非同一般，恐非一方乡绅莫属。

在"沈金生卖出 永远""沈光桂卖出 永远""周水生母卖出 永远""沈

马应卖出 永远"等一串长长的名字之后，涵盖了多少家庭的辛酸与无奈。尽管如此，生命至上，仍要好好地活下去，这才是硬道理。

何为"永远"？田？地？山？112 年已过，山地仍在，不知落入谁手。还好当年有此账本，却飘零到杭州，在我这样一个 1975 年出生、与他们沈家又毫不相关的庆元人手里，这才是另一种"永远"。

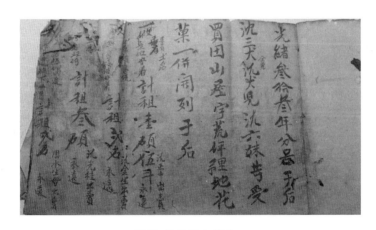

1905 年《田山簿》

三

"硕，在古语中同'石'，石在计量单位中读作 dan（四声），十斗为一石。"浙江图书馆古籍部的陈谊先生解释说。

提起这个"dan"，在浙南龙泉庆元一带，至今仍在农村里广为流行，相当于今天的 100 斤。比如，至今祖出时，还常用"一担谷"来计量，一般约定为 100 斤。

在我的记忆中，在 1980 年前的生产队里，乡村习惯用"一担谷"来衡量重量，用"一担秧"来衡量面积，这样的计量方法，至今仍然在乡间十分流行。

据我的父亲郑祖平介绍,庆元县黄田镇双沈村约定将"两担秧"面积算作一亩,但隔壁村又将"一担半秧"算作一亩,可见认定标准几乎村村不同。

当然,这只是乡间里大家共同约好而认定的一个通行标准,只是一个浮动的标准。因为,"秧苗"拔捆时,有大有小,而过去是以一块水田需要多少捆"秧苗"来估算一个田块的尺寸的,而不是用尺子来精准丈量的。

对于"计租壹硕伍斗",有着庆元地方史"活地图"之称的姚德泽先生也认为:"这是出租田亩面积的计量,即可得到田租稻谷 150 斤之面积之概念。此数就庆元来说,是'廿四把租'田之说也。"

四

翻看 1907 年的历史,血雨腥风,风雨飘摇:

1 月 13 日,张之洞捕拿刘静庵等人,日知会遭破坏。

1 月 14 日,《中国女报》在上海创刊。秋瑾任主编兼发行人。

2 月 13 日,康有为改称"保皇会"为"国民宪政会"。

3 月初,东南数省灾情严重,连续出现抢米风潮。

3 月 7 日,浙江余杭贫民捣毁米店。

3 月 8 日,《奏定女子小学堂章程》和《奏定女子师范学堂章程》公布,女子教育由此取得合法地位。

7 月 15 日,光复会的起义失败后,秋瑾被清廷杀害。

……

民 国
1913 年
"六妹遗书"之三：《报冤记》

这是 2019 年 4 月 13 日赴龙泉"东乡坑口"探访时，我在安仁镇沈庄村村民沈南坑家里发现的，是他女儿沈伟燕从废弃书堆里随手捡回家的三册书之一。

封面已经损毁，但在最后一页有"民国二春月柳会要尽写之笔"的落款，我判断这是一册成于 1913 年、由"柳会要"手抄的类似于戏本的册子。每页竖写，手抄书，七字一列，两列一竖排，每面九竖排列。

其以"自从盘古分开地，三皇五帝撑乾坤。话说西京十三省，单表加兴府内……"开头，用"自古好人多磨难，自有上天开眼睛，善有善报从古有，恶有恶报古未闻，此是一本报冤记，万古千秋做语文"结束，文中记述一个名叫柳孝文的人的故事。因文本现收藏在沈南坑家里，有部分残缺，未能一一深入细读。

这本类似于浙南乡间流行抄传的剧本，有故事情节，有教化作用，寓教于乐，应是乡间日常娱乐传诵的方式。

2019 年 4 月 13 日，寻访拆迁后的龙泉市安仁镇坑口（沈庄）村，在司法档案发现地，周大彬与沈南坑（左）合影

2019 年 4 月 13 日，寻访拆迁后的龙泉市安仁镇坑口（沈庄）村

孝敬、崇学，是乡间戏曲教化的主题。

正是在 1913 年，王国维在其所著的《宋元戏曲考》中首次将中国古典戏剧冠以"戏曲"之名，戏曲便成了中国古典戏剧的专称。

据《龙泉文史资料（第十辑）》（1990 年 2 月出版）第 4—6 页记载：

1912 年 11 月，县公署通令禁止妇女缠足，不许虐待妇女。

到 12 月底，龙泉人口共有 128416 人。

1913 年 5 月，县设立审（检）所，办理司法事宜。

7 月，全省各地讨袁、反袁兴起。

…………

在此之后 1919 年爆发的五四运动，将中国划分为两个完全不同的时代，它既是崭新时代的开端，也是一个没落时代的终结。

1931 年
"六妹遗书"之四：《案簿》

一

江河，缔造人类文明。

八百里瓯江，同样孕育着流域文明。在瓯江上游的龙泉溪，就有位于龙泉市区附近的牛门岗古文化遗址，人类活动遗迹距今已有 5000—6000 年。而在瓯江另一支流松阴溪上，也发现了遂昌好川文化遗址，距今约 3700—4200 年。这两人先人遗迹，皆属良渚文化范畴。

龙泉溪与松阴溪在莲都区古堰画乡处汇合，经青田，奔向温州，入海。千百年来，瓯江奔腾不息，感觉很漫长，然而，当时过境迁回过头来看看时，却又惊奇地发现，能定格下来的，又是极其稀少的。

过去的，想抓也抓不住。

仅仅才过去 88 年，当站在 2019 年 3 月 25 日这一时间节点上，回望那并不太遥远的 1931 年，即便是拿着放大镜，寻寻觅觅，那些有关龙泉的记忆和影子，却似乎什么也捞不到、觅不着。尽管，瓯江依在，仍然滔滔不绝。

试想，在 88 年后的将来，当人们回望今日瓯江两岸时，又会是怎样的空白呢？

二

历史，属于有心人，更是一种文化艺术记忆。

这册宽 14 厘米、长 23 厘米的线装书，皱巴巴的，黄中褪白，白中发黑，已经沉睡了整整 88 年，黄的底，红的竖线，手写的字，记载定格了曾经的风风雨雨、恩恩怨怨，定格在瓯江边那个叫"东乡坑口"的小村。

无法想象 88 年前的样子。

封面仍然是四眼线装，竖写，三列，手书，从右往左，依次写着"沈妹儿立""民国二十年（1931 年）十一月""案簿"。这哪里是书，分明就是一位沧桑的老人，等待着别样的人来读懂他的故事。

"沈妹儿"活着，"沈六妹"也活着，他俩还在肩并肩，并成排，署着名，打官司，而且还是接二连三地打。

早在晚清 1899 年，"沈妹儿"在抄录，"沈六妹"在读书，然而整过了 32 年之后，到了 1931 年，他们都还活得好好的，仍然在用墨水抄录着。

值得庆幸，好记性，不如烂笔头，立言不朽。不过，这一次，"沈妹儿"抄的是因纠纷而起官司的司法档案，一场又一场。

他们都是生活的有心人，特别是"沈妹儿"，字写得好，工工整整，有着扎实的功底，定然个好学之人，勤动笔，常记录。

是悲愤？是无奈？是气急？还是绝望？……

瓯江边，这样一群生活在中国最底层的普通百姓，情何以堪？

三

龙泉于民国十六年（1927 年）道废，直属浙江省政府。民国二十一年（1932 年）属浙江省第十二县政督察区，同年 10 月，改称第三特区。

这是一个水深火热的艰难时代，1931 年的中国同样是沉重而哀伤的，内战频频，外患连连，水灾连连。

在这一年，国民党对中央革命根据地进行多次"围剿"；7 月，全国 16 省遭洪灾，灾民 5000 万人以上，长江发生特大洪水，中下游淹死 14 万人；"九一八事变"爆发，成为日本帝国主义侵华的开端。

翻开历史记录，88 年前的龙泉正徐徐走来：

2 月，成立县农业税局，改组县农民协会为县农会，各乡设乡农会；

5月，县长林恒调离，何浩然继任；

5月，方志敏率领的赣东北红十军两次入闽，其部属曾来龙泉县竹垟乡、岩樟乡进行革命宣传活动；

10月，龙泉改良瓷业工厂，因经营管理不善，连年亏本，转为官督民办，由省建设厅租给通和公司杨祥泰接办，每年租金八百元，租约四年；

11月，丽龙长途电话分线架设完成，龙泉县开始有了长途电话；

11月，龙泉县律师季观周、蔡文汉、翁达凡、吴嘉善、丁宗相、聂象贤加入永嘉律师公会，为常驻龙泉开业会员；

12月，本年度地丁及山赋收入为27528元；

（中国人民政治协商会议浙江省龙泉县委员会文史资料研究委员会编：《龙泉文史资料（第十辑）》，1990年2月，第30—32页）

四

"人活一张脸，树活一张皮，人争一口气。"

我自小就在浙南的乡村里长大，又工作多年，从小就目睹过包括与父母有关的各种各样的纠纷，与邻里，与亲友，或因一株树、一根竹、一块田、一堵墙，挪过来一点，移过去一点，皆有可能成为激烈争执的起源与导火线，特别是在生活极其困苦的岁月里，这样的争执更是屡见不鲜，也更为尖锐激烈，甚至还有大打出手，酿成命案的，结成仇家的，屡见不鲜。

漫骂、拳头、血泪……国不安，家又岂能安？

"赢了官司，输了钱。"在浙南山区普通百姓心中，不论谁都能深谙其中的道理，除非万不得已，实在咽不下这口气，不然谁都不会去主动打官司，在乡间唯有通过"学已优则仕"，方能不受欺负，崇学观念由来已久，根深蒂固。

不难设想，若非极其重要，在1931年以来的无数个日夜里，"沈妹儿"和"沈六妹"他们也决不会挑灯夜书，抄抄录录，一笔一画，如实记录下这独属于自己的"案簿"，并且装订成册，小心翼翼保管好，作为永久保存，足见其分量，不同寻常。

只是他们也一定不曾想到，早上32年前的1899年的抄书、读书，到了1931年会派上大用场，这让他们能用笔抄录下与同村邻里之间打官司的点点滴滴，来来回回。

<h1 style="text-align:center">五</h1>

案情并不太复杂，"沈妹儿"和"沈六妹"联名向"龙泉县法院"状告同村的"沈永祥"，从姓氏来看，他们很有可能还是同姓同宗的亲友。

在诉状上，大致记载的"案情"是这样的：当年的被告"沈永祥"自毁大门大路，擅自搭建建筑，使"举民冠婚花轿丧祭棺木"不得出入通行，"对于大门不得出入"。

原告在诉状中称，祖上房屋坐落在"土名下处田塘地"，被"大兴土木""恃强建起粪池""桂木三株""猪栏木料已制就""不日又要建设"等。但因对方"势力勇猛""可怜未敢出阻""若出阻止，必要遭凶殴，难保性命，不得不请求"云云。

为此，作为原告的"沈妹儿"和"沈六妹"要求"沈永祥""将灶房左头折去（灶房原左头尖斜，今建造成方正，因此门路被堵）""粪池、猪栏不可建造，大门大路修复原状"等。

这官司，在今人看来，似乎也不是一件什么大不了的事，但这对于当时的"沈妹儿"和"沈六妹"来说，一定是件天大的事，特别是在乡村特有的"一定要争口气""不争气便会让别人嘲笑""要被人说没用"等特殊语境和氛围下，往往是芝麻一点儿大的事儿也有可能会被无限放大。

在乡间那特有的热情淳朴善良背后，向来不会缺少好事捣乱的闲言。当然，所有的这些始终都无法挡住顽强生命的前行脚步，也无法阻挡人们对美好生活的向往。

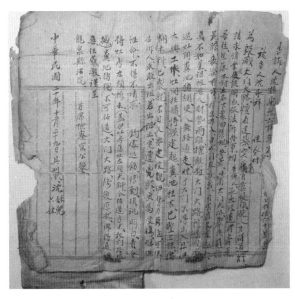

"沈妹儿"写于民国二十年（1931年）十二月二十九日的诉状

写诉状的日期是1931年12月29日，法院受理后，将审理时间定为1932年1月8日下午1时。

接下来，仍是不停地记录，抄写递交的诉状，来来回回，反反复复。其中在1932年1月30日，还有"书悉候令公安局派员矣，前往复勘核办可也"，落款为"县长何浩然示"的字样。

这场官司一直打到1932年8月22日，同样也有"县长何浩然示"字样。

六

在其背面，记述着的是另一起官司。

真是一波未平，一波又起。1932年4月29日，这两家又因佃权的纠纷，再起官司。这一次，"沈永祥"成了原告。因部分文字内容残破，难以辨认，只能依稀了解个大概。

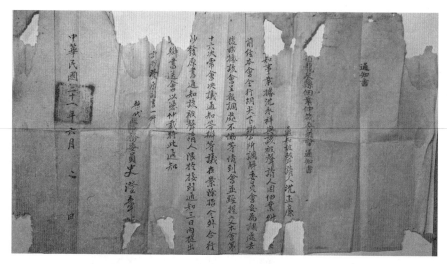

"龙泉县佃业仲裁委员会"于1932年6月2日下发的通知书

此外，就在这册书的夹纸缝中，还意外发现夹有一张由"龙泉县佃业仲裁委员会"于1932年6月2日下发的通知书。

于书纸夹缝中藏好，是人们常有的习惯，至今仍是如此。据了解，在整理《龙泉晚清民国司法档案》过程中，工作人员常常会发现书中夹着各种奇异的物件，还曾发现过两小包稻谷，这是当时的物证。

"从目前我看到的材料，这两人至少打了四场官司。"

"在这些人当中，沈永祥最年轻。"

"'沈妹儿'比'沈六妹'大十八岁左右。"

"'沈妹儿'可能是沈永祥的叔叔辈。"

"'沈六妹'本名叫沈正廉，是'沈妹儿'的胞弟。"

……

在龙泉的章亚鹏先生不断查找馆藏档案，搜集整理信息，慢慢使"沈氏"家庭成员清晰起来。

七

《龙泉文史资料（第十辑）》第33页、第34页记载：

1932年5月，原龙泉县政府公安局改为县公安局，设局长1人，局员3，巡官3人，警察44人。

1932年12月，龙泉县法院本年度受理刑事案件共300件，民事案件550件。

龙泉市档案局局长魏晓霞介绍说，由于《龙泉晚清民国司法档案》距今并不是特别久远，档案中涉及的具体人物的后人皆还在世上，毕竟是逝者为大，若是涉及特殊案件时，尽量会选择不公开，以尽最大努力尊重先人及其后辈们。

龙泉市档案馆拥有的晚清民国档案数量居全省县级馆之首。

2007年，龙泉司法档案在龙泉档案馆库房被发现，在包伟民教授及其学术团队、浙江省社科联系统、浙江省档案系统、浙江大学、龙泉市政府、中华书局等多方合作努力下，龙泉司法档案得到合理的开发和利用，《龙泉司法档案选编》第一辑（晚清时期）、第二辑（一九一二——一九二七）分别于2012年、2014年出版，2018年出版第三辑（一九二八——一九三七），出版三辑，共76册。第四辑（一九三八——一九四五）、第五辑（一九四六——一九四九）也将完成出版，预计共出版100册。

目前，有相关研究论文44篇，杜正贞副教授研究专著一部。

这样的一本来自龙泉东乡坑口村的"案簿"，分量格外沉，意义也格外重大，无疑是这一特殊时期中国普通百姓的生活缩影。

八

2019年3月15日，当我遇见"六妹遗书"时，一直就认为其是散落于乡间的"龙泉民国司法档案"文本。

然而，就在三天后的 2019 年 3 月 18 日晚上，龙泉市档案局魏晓霞局长依据发现的局部照片认为："经鉴定，这应是'沈妹儿'自抄或请人帮忙摘抄的关于诉讼内容的手抄件，用以记录事情始末，不是民国司法档案。"

"作为诉讼案件延伸到具体对象的印证及反映家族传承的历史，还是挺好的资料。"

"司法档案是公检法的案卷文书，其唯一性跟账本一个性质，认为要做个记录的，记一笔，至少有些文化水平。"

专业确认，毋庸置疑。

显然，虽然这不是严格意义上的《龙泉晚清民国司法档案》，但其分量和作用在我个人看来仍然不可小觑，这至少也算是不可多得的龙泉民间版的"民国司法档案"。

尽管只有薄薄的一小册，但其存放条件之恶劣、经历的风雨等，都绝非居在龙泉档案馆里的"同龄者"们所能体味和比拟的，这毕竟是在龙泉民间的首次发现。

这在我看来犹如一座桥梁，将《龙泉晚清民国司法档案》从档案馆藏连接到了龙泉"东乡坑口"，不仅有司法，还有教育、学风、乡俗等。因而，它具有不可多得的拓展性、延展性、丰富性、可能性。

这一官一民，一多一少，相得益彰，皆成为龙泉或者说是中国特定时期底层人民生活的真实写照。

换句话来说，"司法档案"在馆藏里，是封闭的，是冰冷而有局限性的，只有努力让其回到生活原生地上来，回到瓯江边，才能真正使波及的人物"活"起来、"暖"起来、"动"起来，有血有肉，形象自然也会更加丰富和饱满，这才是"六妹遗书"的核心要义所在。

这亦如电影剧本中的人物，写在本子上的，仅仅是作者想象中的孤立个体，唯有让人真实演绎出来，才能使他们真正地"活"起来，而且必将会是丰满的、多面的、有血有肉的，而不仅仅只停留在一场场官司、一个个"输"与"赢"上。

"坑口村这两人是一个村的，抬头不见低头见，竟然打了这么多官司，可能的原因是其中某个人是村里能人。"

"民国二十四年（1935年），'沈妹儿'62岁，沈永祥37岁。"

"沈家其他人的姓名我也找到了几个，如沈永铨、沈光裕、沈正山、沈秉林、沈永钦、沈光平……"

……

从龙泉市档案局章亚鹏先生陆续反馈来的各种信息来看，事情并不如我之前想得那么简单。为此，我特别想去龙泉"东乡坑口"去走一走。

1934年
"六妹遗书"之五：《土名书》

一

历史的车轮滚滚向前。

唯有笔墨留痕。虽然，在历经战争、火灾、水灾等意外淘汰以后，还能留下来的，都是极其幸运且不可多得的。特别是在地处偏远的龙泉山区，地广人稀，贫穷落后，读书人少之又少。而且在龙泉庆元一带的浙南乡村，至今还留有这样的习俗，那就是当一个人过世以后，基本上入土三日内，所有遗留的东西都将被化为灰烬，以避晦气和睹物思人。因此，要想保存点东西下来，那就更难了。

不能不令人感慨，庆幸我遇见，备感珍惜，敬意也油然而生。

继续整理，打开残破书卷，翻读着，特别是那些虫蛀曲线，弯弯曲曲，看着极其自然优美，分明就是天然的图画和不可多得的艺术品。

这哪里是书，分明就是晚清民国时期的几个大活人，虽然衣着褴褛，不能言语，但却以极为特殊的方式，努力试图以独特的方式，与今人对话和交流，讲述传递他们那个时代的特殊故事。这于我而言很有吸引力。

我提醒自己，应该努力一把，将这段即将永远消失的历史给固定下来、传承下去，我决定试一试，争取出版，给龙泉"东乡坑口"留个文化备份，呈现给后人和世界。余生不多，得抓紧做几件有意义的事。

2019年3月20日晚，饭后，净手，灯下，沏茶，继续整理，解读"六妹遗书"，敬意油然而生，兴趣亦倍增，感慨万分。

望着这些或完好、或残缺的古书，我常常会有一种莫名的庆幸，我庆幸龙泉地处偏远，缺衣少食，没有电脑，没有网络，没有手机，没有微信，然而有墨水，有纸张，有毛笔，有油灯，有闲心，在上山下田之余，还能静下心来，抄抄写写，读读记记，留下一点东西来。看似是短板，实则是长板。

一本书，一个字，传到我手上，不仅要让它们活下去，而且要让它们更有尊严地好好活着，活下去。

二

沉睡文字，悄然唤醒，对话交流。

这一本小册子依然是四针眼装，封面残破，虫蛀，烟烤，无字。书宽13.5厘米，长19厘米，厚0.3厘米，亦向右翻，右侧2.5厘米处有四孔，装线。

古人对于书，有着骨子里的敬重和节俭，在封面后，是连着几张带有倒字的红纸，显然是用过的废纸，然后又是连续两页空白纸，这样对文本内容，起到非常好的保护作用。

　　首页，上部右边手书，小楷，繁体，竖排，三列，两边置顶，中间到底，从右到左，分别写有"甲戌岁次""沈陈铨读肄""土名书"。

　　在中间略上处，还贴有两枚写有"国民政府印花税票""壹分""安徽"的税票，宽2.5厘米、长2.1厘米，一左一右，褐色，四周锯齿，中有版图图案。

　　结合"甲戌岁次"与民国税票，可以确定这是一本由"沈陈铨"学读的1934年的《土名书》。

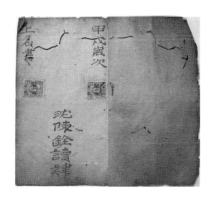

1934年《土名书》

三

距离上述的 1899 年，已经过去了 35 年，当那年出生的那批文化名人步入青壮年时，中国现代散文的发展进入鼎盛时期，这也难怪 1934 年这一年会被称为"杂志年"，又被称为"小品文年"。

这一年，中国清朝最后一个皇帝溥仪又当上了康德皇帝，并宣布将"满洲国"改称为"大满洲帝国"。10 月，中国工农红军开始长征。

1934 年的龙泉：

2 月，县城区长潘洽向各界筹募修建龙泉宫头"披云桥"；

3 月，盐税调整，盐价上涨；

7 月，龙泉大旱 50 多天，城区的云水渠干涸；

9 月，县长何浩然以宿疾剧增为由，请辞照准，由省保安处第四分处处长陈式正兼任；

10 月，国民党行政院选送本国艺术品去英伦，供国际展览，龙泉窑粉青牡丹凤耳瓶等入选，展后被日本故宫博物院（疑为东京国立博物馆）收藏；

10 月，龙泉改良瓷业工厂，由于经营管理不善，没有发挥龙泉青瓷的传统烧制，一味照仿景德镇彩瓷制作，销路欠佳，开始停歇；

10 月，越剧（越民舞台）首次来龙泉演出，剧场设江西会馆，剧团共演员 30 余人；

11 月，免去陈式正兼职县长，骆企青任龙泉县长；

12 月 1 日，改革度量衡制，老尺改市尺，老秤改十六两市秤，龙泉县开始实行；

12 月，据调查，浙江全省面积为 410426 平方千米，人口为 20331737 人，杭州人口最密，每平方千米为 538 人，龙泉人口最少，每平方千米为 12 人；

12 月，龙泉县始有初具规模之岁入岁出预算，县财政收入仍以田赋附加和地方杂捐为主。

（中国人民政治协商会议浙江省龙泉县委员会文史资料研究委员会编：《龙泉文史资料（第十辑）》，1990年2月出版，第38—40页）

也正是在这一年前后，中国工农红军挺进师开始在龙泉境内活动。

1934年12月，红军北上抗日先遣队进入安徽的怀玉山地区，遭七倍于红军数量的国民党军包围，刘英、粟裕率一支部队突出重围，于1935年1月到达浙闽赣苏区。中共中央命令，以这支突围部队为基础，组建中国工农红军挺进师（下文简称"挺进师"），任命粟裕为师长，刘英为政委，黄富武为政治部主任，王永瑞为参谋长，进入浙江开辟新的根据地，开展游击战。挺进师共500多人，分三个纵队和一个师直属队。

1935年2月27日，挺进师从上饶灵山出发，一路战斗，于3月25日由浦城进入龙泉宝溪。

也是在1934年，8月30日，红军6000多人在军团长兼抗日先遣队总指挥寻淮洲的率领下，由庆元抵达龙泉小梅，红军在小梅张贴标语，演宣传戏，宣传北上抗日的意义，并镇压了当地土豪劣绅，将没收财物分给贫苦农民。9月2日，红军从小梅出发，经查田溪口、下窑到八都，并在八都抄了土豪劣绅的家，对群众宣传抗日。9月3日，红军经木岱口、塘上、溪头，进入浦城。红军这次一路战斗、一路宣传，影响十分强烈，庆元县县长被红军活捉，龙泉县县长何浩然仓皇出逃，浙江保安三团团长何世澄在竹口阻击红军大败后，逃到龙泉县城，在天妃宫自杀。同年11月，红七军团与方志敏领导的红十军团合编为红十军团，方志敏任总指挥，寻淮洲任第19师师长。

这龙泉南乡的红色革命足迹，在东乡坑口一带，必然也有所波及和影响。

四

何为《土名书》？真是闻所未闻，哪怕搜遍"百度"和"孔夫子旧书网"，竟然也未见这三个字。

打开，有虫蛀痕迹，呈弯曲线条明显，右页空，左页上仍有手书，三列字，分别是"甲戌年""沈陈铨试""土名书"，中间贴有一枚与前页一样的税票。

记述的是什么？我迫切打开，只见"土名第一 坳塝坞埕岸港墈墩……"

一头雾水，兴奋难抑，立即发过去向浙江图书馆古籍部主任陈谊先生请教，不一会儿，其回复道：

"这个比昨晚的那本还有价值。""地名和地方土产特色极其有价值。""你可以从地方文献的角度进行理解，会有一些可以对应的发现。"

这令我惊讶不已，想不到，在85年前，龙泉"东乡坑口"乡村里的人们，竟然在学习这样的东西，实在是太有趣了。

手书，小楷，四字一句，两句一列，六列十二句成一页，整齐有序，工整清楚。

翻至中途，有蛀孔连成一片，有碎纸片，打开不便，除个别字略会影响阅读以外，内容基本完好。

此册排列方式与内容都与1899年的那本相近，拍照整理后，标题内容字数整理如下：

土名第一，共22句，88字；

布帛第二，共22句，88字；

海味第三，共22句，88字；

果品第四，共22句，88字；

行李第五，共22句，88字；

器用第六，共46句，184字；

首饰第七，共22句，88字；

纸剳（札）第八，共22字，88字；

榖（谷）菜第九，共22字，88字；

杂货第十，共22字，88字。

上述正文，共10篇，244句，976字。

显然，这也是乡间智慧的流传。

五

显然，《十名书》也是一本同上述1899年《"沈妹儿"抄录读本》近似的乡村识字词语读本，皆是"六妹遗书"读本，在对比中能真实反映出浙南乡村的生活物资状况。

比如，有关纸的记载。在1899年《"沈妹儿"抄录读本》里，仅在"杂卖第二十"有一处"纸张"的记载。而到了1934年的《土名书》里，不仅种类单列，而且分类也非常丰富，在其"纸扎第八"中，就有"棉纸""契纸""词纸""状纸""袍纸""青纸""乌纸""白纸""粗纸""细纸""夹纸"等分类。

更有意思的是，中国人民政治协商会议、温州市瓯海区委员会文史资料委员会编写的《纸山文化 瓯海文史资料（第十二辑）》（2007年12月出版）第57—68页收录了黄舟松先生写的一篇文章《温州造纸史初探》，其中提到，温州造纸业始于唐代，盛于宋、明。明清时期在纸的制造及加工上吸取了历代经验，达到最高水平，但仍停留在手工生产阶段，此时开始出现有关造纸技术的系统而明确的记载。清人严如煜在《三省边防备览》之《山货》卷中提到纸厂地址的选择，必须在盛产竹林、有青石而且近水之地，所谓"有树则有柴，有石方可烧灰，有水方能浸料"。温州造纸业最兴盛的时期在20世纪三四十年代，这段时期也是温州近代经济最兴盛的时期。据俞雄、俞光所著的《温州工业简史》记载，温州土纸 1936 年产量 36.2 万担，达到整个民国时期的最高水平。

一条瓯江连接两地，龙泉在源头，温州在出海口，瓯江自古以来便是龙泉的水上交通要道，处于瓯江边的龙泉"东乡坑口"，是完全能接受到温州的辐射和影响的。

因此，"六妹遗书"中所使用的纸张，很可能来自温州，当然也有可能是自产的，因为龙泉完全有条件生产纸张，至今在龙泉交界的遂昌县等地的乡村，仍有人在用传统工艺制造竹纸。

短板，有时也是长处。正是因为地处山区，交通不便，就连抗战期间龙泉也未曾沦陷，反而成为当年省政府机关转移避难的大后方；也正是因为地处偏远，这些"六妹遗书"在历经两朝后，仍得以保存。

六

贴近生活，以体现实用性与服务性，无疑是这些乡村读物最大的特点。

甚至可以说，读过了这样的书，对日常用品说明书基本已经能写会读，不论是生活在乡村，或者顺江而下闯天下，已完全不在话下。

从 1899 年的"沈妹儿""沈六妹""沈农儿"到 1934 年的"沈陈铨""张马祚"，显然，这都是龙泉"东乡坑口"沈家人的学习读本，这应是山区里方便记诵之蒙学读物。

在这期间，能读书上学的孩子，毕竟是极少数。《龙泉文史资料（第十辑）》第 34 页记载，至 1932 年底，全县共有初等学校 108 所，在学儿童 2548 人，失学儿童 17298 人。

1986 年 4 月出版的由中国人民政治协商会议浙江省龙泉县委员会文史资料研究委员会编写的《龙泉文史资料（第四辑）》在第 46 页中记载，养真小学清末初创时，系四年制初级小学，男女学生分班，当时只有第一班次和第三班次，相隔两年始有毕业班。迨至民国元年 (1912 年) 正式立案，才依照教育部颁发之规例，改为六年制完全小学，分初高级二部，初级四年，高级二年。

傅国涌先生在《新学记：中国现代教育起源八讲》（东方出版社 2018 年版）第 25 页中记载，位于浙江省文成县深山之中的李山村私塾，还在 1918 年编了蒙学读本《李山书》："天高轻清，地厚重平，月出东边，风纳西轩。"内容涉及天文、地理、时令、契约等，以四言、六言或五言、长言的韵文编写。

他认为："由科举主导的经典教育随着科举的废止而逐渐退出历史舞台，像《李山书》这样的蒙学读本，在山村依然有现实价值。"

郭齐家在《中国教育史》下卷中记载："中学为体，西学为用"是中国近代史上一种重要的政治思想和文化思潮。在 1898 年的"百日维新"中，光绪帝颁布了大批维新变法诏令。有关教育方面的改革就有"废除八股，改革科举制度""设立京师大学堂""筹办高等、中等、初等各级学堂和各种专门学堂""派人出国游学"等。

这是"数千年未有之变局"。"晚清教育是古典教育向现代教育过渡的起点。它意味着晚清教育的变化是建立在古典教育的基础上的，一点一滴地发生变化，变化一开始却是缓慢、低效的。每一次变化的背后，都有来自战争的刺激，教育变革的强度与战争刺激的程度呈正相关。"李忠、周洪宇在《新世纪的曙光——晚清新式教育活动研究》一书的结束语中曾这样写道。

姜朝晖在 2016 年 11 月出人民出版社出版的《民国乡村教师社会角色研究》中第 31 页写道："清末民初并没有人专门提出过乡村教育问题。""这新式乡村教育虽有零星出现，但在广大乡村，还是私塾遍设的传统格局，乡村社会受到新式教育的冲击还是很微弱的。清末以来所设的新式学堂多属于专科学校或高等教育，且多设在风气比较开放的通商口岸等大城市中，对于内陆和乡村影响很小。""乡村教育"这一概念大约是在1919年被提出的。

七

1905年，科举制度被废除，开放学风兴起。国内动荡不安，战争连连，历经1914—1918年的第一次世界大战，民不聊生，特别是在经历1919年的五四运动以后，新思想、新思潮、白话文运动等似乎也能在这几册乡村读本中得到体现。

粗略看来，若是将晚清的1899年和民国的1934年，以及当下新中国的2019年这三个时间节点来比较，语言用字的变化还是非常大的。

即便如我这样从小在乡间长大又生活工作多年的人，对于一些繁体字和物品，依然相当陌生。

比如，在1934年《土名书》的"海味第三"中，"香菰"如今已统称为"香菇"。还有"红毛紫菜"中的"红毛"，不知是何物。当然，也有一直沿用的"笋干""木耳""鸡爪"等。

受五四运动、白话文运动的影响，语言的运用在运动前后呈现出天壤之别。

据记载，五四运动的浪潮席卷全国，也波及龙泉。龙泉首先响应五四运动的是县立高等小学及县城内几所小学的师生，他们会同在外地读书回乡的学生一起举行集会游行，高呼"外争国权，内惩国贼""收回青岛""不买外国货"等口号。县立高等小学校长项应铨、县教育讲演所所长李献忠及县开明士绅、留日学生李为蛟等在会上发表演说。

1920年1月，县城各校师生再次在天后宫集会，会后举行爱国示威游行。县教育界积极执行教育革新，举办国语讲习会，积极推广白话文和国语注音识字活动。1920 年秋季，全县城乡学校一律改授语体文，提出废除封建式教学和私塾教学，县立高小新增国语、计算等科目，并增添了时事讲授。建于清代的"县劝学所"更名为"县通俗教育讲演所"，并派出人员赴省城接受培训。1922 年 6 月，实行新学制，规定初小四年、高小二年。在五四运动的影响下，龙泉青年很快觉醒，以"国家兴亡，匹夫有责"来激励自己，走上了革命道路，季步高、李逸民等人就是其中的杰出代表。①

总之，还需要日后慢慢对比，考证和查找，这是一个非常有意思的学习过程。

1935 年
"六妹遗书"之六：《流水万号》

一

这堆书，有股特别的香味，有焦香，有草木香，还有墨香，时而淡，时而浓，另外，还有一种无法言说的香，或许就是书香吧。

灰头土脸，焦头烂额，懒懒散散，松松垮垮，土里土气，说的就是他们了。这本封面竖列手书，"民国念（廿）四年立""流水万号"，从右至左，繁体字，无标点，右侧线装，有明显的烟熏火烤的痕迹，右半侧有烧毁，中部偏右，还倒贴有两枚写有"国民政府印花税票"字样的土褐色 1 元税票。

"民国念四年立"，应为"民国廿四年立"，也就是 1935 年。这一年，"遵义会议"召开，红军长征，四渡赤水……

在这样的背景下，地处浙南山区的龙泉，又是怎样一番景象？或多或少，均能从沈家的这本流水账本中得以体现。

---

① （《龙泉百问（二）》，浙江在线，http://lqnews.zjol.com.cn/lqnews/system/2009/10/19/011498097.shtml.）

1935 年《流水万号》

此外，账目记述中有"付三犬棉花三元""付三犬大洋三十元"等内容，如此看来，这也是"六妹遗书"之一。

因为"三犬"在 1907 年的购买山田记录中，曾与"沈妹儿"一同作为买主出现过。

这是一本记录进出日账本，详细记述了"日市"的付出与收入。例如，"初四日市"就记录了"付买独肉大洋一元""收广丰大洋五十元"等内容，"廿二日市"时，"收共大洋一千元""共付大洋陆八拾壹元九文（六百十一元九文）"，还有结余数目。此外，还常有"查存"习惯。

同时，在账目中记录付出的东西种类中，还有"洋油""纸""茶叶""电灯"等日常用品。

在书中，还有"收本行售菰大洋一百零三元""本行售菰大洋贰百玖拾（二百九十）元""收本行售菰大洋壹拾贰（一十二）元"等记载，再结合浙南山区一带靠山吃山的传统产业特点，当年沈家很有可能从事香菇行或相关的生意。这与2006年3月方志出版社出版的《处州府志（标点本）》第1861页中"烧炭采菰，所在多有"的记载相一致。

从进账记录情况来看，还常有类似于"收广丰大洋五十元""付广丰印花税局……"等记录。再加上书中还有"本街"字样记述，我猜想这很有可能是一本记录类似于龙泉城区西街这样的"万字号"流水账本。

"广丰"应当是指现在的江西上饶广丰区，其与龙泉相接的埔城交界，其东面与浙江江山接壤，历来与浙江龙泉联系密切，特别是位于龙泉市区的西街。

龙泉西街自古为闽浙南北商品的集散、互市之地，至今仍保留着大量的清至民国建筑。西街头、北河街一带更是繁华之地，可以说是浙闽赣边境诸邑最热闹的地方。南货来自闽、粤，北货来自沪、杭、婺、温。闽客来此买瓷、剑，粤客来此购药材，沪客来此买香菇，杭客来此进茶叶，而温客对木材、毛竹、笋干、桐油、猪鬃、木炭、药材等都来者不拒。市面上南北商货琳琅满目，成为大型集散之地。

这里出现了合股公司。如：咸安公司主营棉布，兼营厚朴加工、兽皮猪鬃；通和公司专营瓷器，既有龙泉青瓷，亦有景德镇金边彩瓷；咸安公司、文林堂等商号不仅把总店设在西街头，而且分店遍设浦城、松溪、政和等地；至于经营木材、香菇等特产的店铺，更是把分店设到上海与温州。

此外，西街还有"三帮、二伙、一担"之说，"三帮"为江西帮、兰溪帮、温州帮，"二伙"为永康伙、福建伙，"一担"为广丰担。街面东建有福建会馆，街面西建有江西会馆。还有"江西人一个包袱一把伞，走到龙泉当老板"之说。

西街，无疑是龙泉多元文化交融的缩影，也是地方文化之集大成的见证者，这也造就了龙泉这一国家级历史文化名城特有的包容与滋润的气质。

二

特别有意思的是，1935年时所称的"香菰"便是现在的"香菇"。此外，在1934年《土名书》中也称"香菰"，显然"香菇"是今人之叫法。

庆元县香菇研究会会长甘长飞先生认为，这册账本非常有意义和价值，很能说明广丰就是庆元、龙泉菇民外出种香菇之地。因为，目前考证到的最早记载香菇栽培史料的作者是王祯，其在1300—1305年担任广丰县（今江西省上饶市广丰区）县令时写的《菌子》中有关于香蕈的记载。

从"香蕈"到"香菰"，再到"香菇"，虽是同一物品，但在不同时期有不同称呼，路径初步显现，但具体在何时因何而变，还有待考证。

庆元方言研究专家吴式求先生认为：古无"菌菇"之称，只称"菌蕈"。"蕈"字来源最早。《说文》："菌，地蕈也。""蕈，桑蕈也。""蕈，木耳也。"清代段玉裁注："蕈之生于桑者曰蕈，生于田中者曰菌。"《玉篇》也指出："蕈，地菌也。"

他说，"菰"字最早见于时间晚于《说文》的《广雅》，但其本义并非菌蕈，而是指"蒋"（茭白）。《广雅》曰："菰，蒋也。其米谓之雕胡。"至明末张自烈的《正字通》中，始有"菌，江南呼为菰"的记载。"菇"字的出现时间较晚。《玉篇》曰："菇，蘓菇。"《广雅》曰："蘓菇，王瓜也。"其初始的本义并不是指菌蕈。以"菇"字取代"菰"和"蕈"，用作食药用菌的统称，当是近代的事。如黄侃的《蕲春语》："吾乡凡菌皆曰菰，亦或作菇。"

吴式求说，我国称菌菇为"蕈"的来源非常早，汉代以前就有此字了，那时的人们只知有"蕈"而不知有"菇"。"菰"（此字最初只指"茭白"）

和"菇"这两个字都是后来才有的。"蕈"字跟香菇文化可谓密不可分，只有它才能完整体现历经上千年的香菇文化发展史。所以他认为，为香菇正名（废"菇"改"蕈"）很有必要。

吴式求还说，龙泉庆元人口语中的菌菇名称有花蕈、厚蕈、薄蕈、蕈丁（小香菇）、香蕈骸（菇柄）、水蕈（鲜菇）、燥蕈（干菇）、黄龇蕈、白鸽蕈、猕肝蕈、薄蕈岩蕈、樵蕈（原生香菇）、板糠蕈（代料香菇）等。这个"蕈"字几乎涵盖了所有与菌菇有关的方方面面。如：采菇叫挩（tuō）蕈，烘菇叫焙蕈，砍伐堆放的菇木叫蕈槁，菇山叫蕈山，上菇山叫去蕈山，菇民称为蕈山客，菇行称百蕈行，菇商则称什香蕈行老板，菇寮称蕈山寮，菇民话称山寮白或蕈山话，菇民回乡分赠小孩的糕饼叫作蕈山饼，等等（只有菇民戏称为"二都戏"，不叫"蕈山戏"）。此外，还有个用于骂人的詈词——烂蕈。比如有人赖在你家里不肯走，你就会抱怨说："这货佬真讨厌，烂蕈般……"

他认为，"蕈"字独具浙南特色，是历史，是传统，更是财富，是真正意义上的文化遗产，非常重要。

三

1935 年的龙泉，同样也很不平静：

1 月，原以数字编列区名，改冠地名，分别改称为城区、安仁、小梅、八都、道太等五个区。将区公所裁撤，设立区公所。

2 月，中共中央东南局指示闽、浙、赣省委，以红十字军团为基础，组织红军挺进师在闽浙开展游击战，建立新苏区。粟裕任师长，刘英为政治委员，黄富武为政治部主任，到浙西南龙泉、遂昌、松阳、宣平开展活动，建立浙西南游击根据地。

3 月，龙（泉）云（和）公路段共长 120 华里（1 华里 =500 米），费时两年余，于 3 月 4 日修筑完成，与丽（水）云（和）公路正式衔接。全线通车之日，第九行政督察专员兼保安司令丘远雄参加庆祝大会。

3 月 25 日，红军挺进师 500 人在粟裕、刘英的率领下，由浦城东坑桥进入龙泉宝溪乡溪头村，歼灭浙保基干中队一个队，打响了进入浙江第一枪。第二日通过龙浦公路向庆元、松溪方向挺进。

5 月底至 6 月初，连降暴雨，为近十年来所未遇。

12 月，奉令实施义务教育，将于 12 月开学，先办短期小学 9 所，以后逐步增设至 36 所。

12 月，龙泉县宝溪乡陈佐汉将仿古青瓷牡丹瓶和凤耳瓶等 70 余件送寄南京国民党中央实业部，获得蒋介石题词"艺精陶仿"金色题匾一方。

12 月，省政府统一核定，公路客车票价以每公里二分计。

12 月，本年县人口为 147535 人，其中男 85665 人，女 61870 人。比民国二十二年（1933 年）减少 616 人。

（中国人民政治协商会议浙江省龙泉县委员会文史资料研究委员会编：《龙泉文史资料（第十辑）》，1990 年 2 月，第 40—46 页）

1937 年
"六妹遗书"之七：《记账书》

一

这也是 2019 年 4 月 13 日，我赴龙泉"东乡坑口"探访时，从安仁镇沈庄村村民沈南坑家里发现的，是他女儿沈伟燕从废弃书堆里随手捡回家的三册书之一。

这册古籍与其他的书相比，也没有什么特别之处，仍是线装的手抄书。封面竖写三排，从右至左，分别为"丁丑岁次""沈陈钏肆""记账书"。

"丁丑岁次"也就是 1937 年。"岁次"也叫"年次"。众所周知，这一年发生了"卢沟桥事变"。

正如其书名"记账书"那样，这是一本教人如何记账的地方词语读本。四字一行，两行一竖列，一面六竖列，共 25 页，另有三竖列，共有 1224 字。以"记账行用，行月日时。出门行礼，收拾登程……"开头。

内容几乎包含浙南一带当时所有的生活物件，俨然就是一册"杂货店"与生活大全。既有"包袱布袋"，又有"雨伞扁担"；既有"走程走路"，又有"打火吃烟"；既有"交点物件"，又有"另包碎银"，内容非常丰富。抗战期间的商贸景象，跃然纸上。

其中特别有意思的是，成语中还特别列有"龙泉景宁""云和松阳""处州丽水""遂昌青田""江西福建""兰溪庆元"六组十二个龙泉邻近的地名。

显然，这很有可能是一本极具地域特色，甚至可能是专门为浙南龙泉一带量身定制的记账培训教材或教育学本，以手抄本方式在民间经商者间流传。除去丽水境内的，还有"江西、福建、兰溪"等地，显然这就是当年记账时常用到的地名，这也从另一个侧面表明，这里是当时丽水境内龙泉等地商贸往来的主要集中地。

此外，在书底空白页上，还有几封署名为"沈陈钊"写给父母的信件，更有类似于草稿一样的纸。这与封面"沈陈钊肆"中的"钊"不一样，这很有可能是误写，实则是"钊"字，这个"沈陈钊"在宗谱中也能找得到。

从信的内容来看，皆是给父母双亲报平安，有"自十五日出门，六日到莲""财安"等字样。此外，还有一封信中提及"外面雨雪不多，冬菰并无"等字样。这也再次表明，沈家曾外出从事与香菇有关的商贸交易。

二

1937 年前后，在龙泉的国民党军与红军频频较量。

据中共浙江省委党史研究室编写的《中共浙江纪事：1919—1949》（中共党史出版社 2012 年版）记载：

浙西南游击根据地的建立，引起了国民党当局的震惊。1935 年 7 月，国民党浙江省政府在遂昌县设立了由省保安处长宣铁吾指挥的"浙南剿匪指挥部"，蒋介石也急调"中央军"入浙"清剿"，企图一举歼灭红军挺进师。

8 月 10 日，国民党军事委员会任命卫立煌和第十八军军长罗卓英为"闽赣浙皖边区清剿总指挥部"正副总指挥，并将指挥部由江西上饶先后移驻福建南平、浦城和浙江江山、衢州。同时调国民党第十八军入浙，实施"清剿"计划。

23 日，"闽赣浙皖边区清剿总指挥部"制订了《第一期清剿红军计划》，确定了"以各边区的大部对粟、刘"的"清剿"方针，由罗卓英统一指挥。罗率所部主力第十一师、第十四师、第六十七师、第九十四师 4 个师由江西向浙西南开进，形成了对浙西南游击根据地四面包围的态势。各"清剿"部队昼夜构筑堡垒工事，设置封锁线，逐步缩紧包围圈。罗卓英还调第五十六师 2 个旅 6 个团由遂昌向东南经花桥举水、荷地、庆元直至泰顺，构筑第二道封锁线，以切断挺进师转向闽北、闽东的退路。

从 9 月 19 日开始，国民党军 32 个团连同地主武装号称 40 个团共约七八万兵力，向浙西南游击根据地发起大举进攻。20 日，挺进师主力出其不意，袭击了驻守龙泉县上田的国民党军第十一师黄维部，激战一昼夜，毙伤国民党"清剿"部队 100 余人，俘 40 余人，缴获一批武器弹药。在上田之战中，挺进师获悉国民党军即将发动大规模的武装"清剿"，而且参与"清剿"的主要不是地方部队，而是装备精良的国民党正规军。于是，刘英、粟裕于 21 日在龙泉上田紧急召开政委会会议。会议分析了挺进师面临的严峻局势，决定采取游击战争的战略战术，开展反"清剿"斗争；同时发动群众，实行"坚壁清野"策略，给国民党军制造困难。会议决定留下第二纵队和第五纵队的第十五支队及地方工作团，协同地方游击队，在浙西南特委和浙西南军分区的统一领导卜，就地坚持斗争；其余部队则迅速跳出国民党军包围圈，第一纵队转向浙东行动，粟裕、刘英率第三、第四纵队及师直属队挺进到浙南的温（州）平（阳）瑞（安）地区，以积极的作战行动吸引和调动国民党军，同时大力开辟和创建新的游击根据地。

三

1937 年 7 月 7 日，抗日战争全面爆发以后，地处浙南山区的龙泉很快成为浙江大后方，迎来了空前的繁荣期。

这一特殊时期，很值得关注。

同年 8 月，浙江图书馆珍藏"文澜阁"的《四库全书》经由富阳避运到龙泉，存放于县城镇。

10 月，浙江省卫生处第一辅助医院迁来龙泉，设址于安仁镇，院长造时，拥有病床 600 铺位，住病员四五百人，在当时驻龙各所医院中，设备最好，医职人员最多。

12 月 24 日上午 8 时，日军分三路冒雨进入杭州。省会沦陷。浙江省政府移驻永康方岩。杭州沦陷后，省城机关纷纷内迁。

（中国人民政治协商会议浙江省龙泉县委员会文史资料研究委员会编：《龙泉文史资料（第十辑）》，1990 年 2 月出版，第 52—53 页）

1947 年
"六妹遗书"之八：《开用支脚簿》

一

1947 年，又一个时代即将结束。

似乎任何时代的文化存留，总会习惯性地呈金字塔状。位于塔尖的极少数总易留存，而位于塔底的大多数，总是容易被淹没和忘记。如在清代，曾有《四库全书》，全手抄，七部，至今仍有存留。

然而，位于塔底的民间，除广为流传的人与事以外，一般也不为人所重视，大部分隔代即忘，历来如此。或许，也正如此，在我看来，名不见经传的底层百姓往往更加真实，也更加稀缺。更有价值，也更值得关注。

"沈农儿""沈六妹""沈妹儿"……一个个曾生活在瓯江边的山区小民，渐渐远去，慢慢被遗忘。

如今，当我读着他们极为普通而寻常的墨迹时，却时常想起如今健在的父亲，还有那已经远逝的母亲、爷爷……其实，他们的生命在质感上，并没有什么大区别。

二

这本宽 17.6 厘米、长 11.8 厘米的简装账本，我开始接触时并没有太在意，这主要是受封面左侧"叶茂源记"四字的影响。显然，我之兴趣在"六妹遗书"，而非叶氏账本，且这时间段也已临近解放，甚至我还怀疑这是当天将书受让我的季明明先生一不小心把其他书给混进来了，尽管他当初信誓旦旦地说，全部的书都在这里了。

极简的线装，从右到左，分别竖排着"叶茂源记""民国三十六年（1947年）立""开用支脚簿"，繁简手书，墨字，无标点。

这个"叶茂源记"会不会是龙泉西街上的"茂源"酒坊呢？

据《龙泉文史资料（第四辑）》（1986 年 4 月出版）第 59—64 页记载：龙泉县从民国初年到解放前夕，主要的酱酒坊先后共有 22 家，其中城区 19 家，专制酒的有 9 家，城区中，其中一家叫"茂源"，位于西街下段，但其主办或经理人名为徐景兴，于 1926 年开业，至 1938 年便停业了。

1947 年"叶茂源记"

不过"叶茂源记"来自龙泉城区西街的可能性还是存在的。毕竟,当初龙泉县城是瓯江源头的商贸重镇。

三

"开用支脚簿"是什么意思?

时过境迁,我站在 2019 年 3 月 24 日的时间节点上,来解读当年他们留下的只言片语,已经很费力了,毕竟经历朝代更替之巨变。比如"乚千元"

是多少？"念元"又是多少？等等。

类似具体的地方性资料，同样极其匮乏，龙泉一带读过书、能记写的人少，而外地人来去匆匆，不可能顾及也没有心思顾及生活当中的这些细小点滴。

经请教家住庆元、时年76岁的姚德泽先生，才得知"开用支脚簿"就是"开支""日用""节余"之意。"乚千元"就是现在的"一千元"，"念元"便是现今的"二十元"。

姚先生还说："民国三十六年（1947年），已经是风雨飘摇的年代了，当时的经济几近崩溃。去购买草纸带的纸币要比草纸多。在我的童年时代，买一根油条要200元。这样一来，10000元在当时有多少价值，您就知道了。"

2019年3月24日的油条卖多少钱一根？龙泉城区卖1元，在我居住的杭州市城西曲荷巷附近的学院路上卖2元。

民国三十六年（1947年）是猪年，也是内战连连之年。在当年2月1日举行的中共中央政治局扩大会议上，毛泽东指出："中国时局已发展到新的人民大革命高潮的前夜。"

在这样的战争年代，浙南龙泉坑口村"叶茂源记"账簿会记些什么？"十五万五千元""付增并肉国币十一万七千元""付厂内家生国币十六万元""付买斧头国币九万五千元"等，还有关于买米、烟、香等日用品及利息等记录。

另外，还有"民国三十六年（1947年）十一月二十五日"发给"沈陈钏"和"沈永贡"的工资，分别是"工夫三个月零十一天""共两年""念（廿）五元二角"，若按此计算，每天工资为0.25元。不知发的是什么币？

其中，在这账本里，还出现过两次付"法币"的记录，一次是在"民国三十六年（1947年）十月二十九日"，有"付达前食法币柒万玖仟三百元"的记录，另一次同样有"付法币三十五万元"的记录。那时候龙泉山区里竟然流通法币？真有些难以想象，该不会是笔误吧？不过，我曾记得在一本书里读到过，在坑口下游云和境内的一个窑址里，就发掘到多枚日本钱币。所以，法币在此流通，也极有可能。

事实上，据《龙泉文史资料（第十辑）》（1990 年 2 月出版）第 47 页记载，早在 1936 年 1 月，龙泉县邮政局便开始兑换法币。

最有意思的是，在这本册子里，出现过两次"六妹"字样，一次是"六妹付……"，另一次是"沈六妹付国币……"，后面一次的时间是 1947 年 10 月 29 日。

这也充分证明，这本册子同样是来自坑口村沈家的。

综合来看，从清光绪二十五年（1899 年）的"六妹读"第一次出现，到民国三十六年（1947 年）10 月 29 日"沈六妹"再次出现，已经过去了整整 48 年。如此看来，当年出现"六妹读"时，"沈六妹"是一个孩子的可能性很大。

好一个"沈六妹"，又是他，一直贯穿"六妹遗书"的始终，历经晚清到民国，无疑是"六妹遗书"中无可替代的"一号男主角"。

若按时间前后顺序，其出现排列如下：

（1）1899 年——《"沈妹儿"抄录读本》中出现"六妹读"字样，"沈六妹"是读书人。

（2）1907 年——手抄《田山簿》，"沈六妹"是买山人。

（3）1931 年——手抄《案簿》，"沈六妹"是原告。

（4）1947 年——手抄《开用支脚簿》，"沈六妹"是付款经手人。

这样一来，"沈六妹"在不同时期所扮演的不同角色，也就很清楚了。他在晚清的 1899 年是读书识字的读书人，在 6 年以后又是一个到处买地买房的乡绅。进入民国时期，也就是在他读书后整整 32 年，他参与打官司，而在 48 年之后，他仍然是位付款人。如此看来，这个"沈六妹"在中华人民共和国成立以后，很有可能还活着，成为名副其实的"三朝遗老"。

此外，从其购买的物品及山区主业来看，特别是有过两次购买斧头的记录，以及"厂内"字样，可猜测龙泉"东乡坑口"村的沈家在当年从事香菇买卖或者开办木头厂的可能性很大。靠山吃山，这一带地处山区，九山半水半分田，种香菇和伐竹木，再沿瓯江运至温州，向来是浙南山区百姓谋生的主业。

1947 年的龙泉，依旧发生了很多事：

2 月，县况调查，全县共有 28 乡，1 个镇，313 保，2832 甲，30169 户；

3 月，发大水，豫章、小桥两桥被洪水冲毁；

6 月，县商会再次调研，对基层同业公会按行业做了较细的划分，全县下属 31 个同业公会，即：棉布、杂货、文具纸张、百货、药业、瓷器、屠宰、铁器、五金、旅店、行商、水作、酱油、烟业、卷烟、糕饼、饮食、篾业、园木、摊贩、理发、钟表修理、照相、厂商、食盐、粮食、染业、饮食摊贩、佛香、织布、蔬菜业等；

6 月 23 日，为防止霍乱流行，县卫生院当日起开始通过门诊为民众免费注射疫苗；

6 月 24 日，发生水灾，受灾 20000 余亩，损失四成；

9 月，县商会议价：米，法币 33 万元一斤（折金圆券 1 角 1 分）。肉，法币 138 万元一斤（折金圆券 4 角 6 分）；

12 月，本年度龙泉县救济院共收容儿童 87 名，寄养民间婴孩 86 名；本年全县桐油产量为 4400 担，仅次于丽水；

到 12 月底，全县人口为 125022 人，其中男 68990 人，女 56032 人，比民国二十四年（1935 年）减少 22513 人。

（中国人民政治协商会议浙江省龙泉县委员会文史资料研究委员会

编：《龙泉文史资料（第十辑）》，1990年2月出版，第102—108页）

提起这一时期的龙泉，有一个背景特别值得关注，那就是自1937年"七七事变"以后，浙江省机关单位纷纷内迁避难，其中地处浙南山区的龙泉、云和成为抗战大后方，前后迁避龙泉的有9家军政机关、10家邮电银行、13家文化教育新闻卫生单位、26家工厂商店等，这给山城龙泉带来前所未有的人气和人文理念。

（中国人民政治协商会议浙江省龙泉县委员会文史资料研究委员会编：《龙泉文史资料（第三辑）》，1985年9月出版，第126页）

1948年
"六妹遗书"之九：《崔字簿》

竟然，没有保存！2019年3月21日，我写写记记，整理了一个晚上，却是白忙活，真是难以置信。2019年3月22日早上，我突然发现没有保存时，就差没哭出来了。

收拾情绪，从头再来。还是文字靠谱，特别是留有准确纪年时间的文字，有时三言两语，也尤为珍贵。好记性不如烂笔头，当年不经意的记录，到如今都显得如此不可多得。

这是一种极简的美，尽管难以言说，却很真诚，也很有力量。尽管只有四页纸，又轻又薄，但背后隐藏的信息，依然值得关注。

浅黄浅黄的，三分之二部分被烟熏成浅褐黑色，宽13厘米，长11厘米。其实，这不应该说是书，准确地说，就是自制的小本子，用纸简单折叠一下，装订成册，右侧打两孔，不是用线装订的，而是用细纸折叠成细条，穿过去即可。

这是浙南山乡民间特有的淳朴与智慧，惜字惜纸，崇文崇学，中国儒家传统在乡村更为盛行。显然，这是用后余纸，在封面底下部分还少了一大截，约有两厘米，露出下页的墨字来。

简朴又纯真，宛如大山里的村民一样朴实，不善言辞，勤俭持家。

封面，仍然是竖排，三列，从右至左，繁体，分别是"戊子年""沈农儿""崔字簿"。

"戊子年"是鼠年，按60年一甲子推算，很可能是1888年或者是1948年。因在1899年学本和在其夹的地契中都出现过"沈农儿"字样，再根据其繁体字情况，应是离其最近的1888年，距2019年已经过去了131年。（后经实地探访，并根据宗谱排序，该书成书年份应为1948年。距2019年已过去71年。）

正文两页，竖排，不够整齐，内容很少，仅有两页，第一页分列，六字两列，五字五列，共37字。第二页分三列，每列五字，另外还有两字

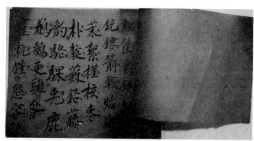

1948年《崔字簿》

单独列在一边，共 17 字，显然是还没有写完，共 54 个字，后面是两页空白纸。

"翘、筐、爵、镜……"里面文字内容，杂乱无章，未能连成义，但在每个字的右侧，都有一个小红点。

显然，这很有可能是一册用零碎的纸装订起来，专门用来点读、跟读、练字的识字练习本。

何为《崔字簿》？真是闻所未闻。"崔"字为姓，怎么解释也难以说通。

我家在黄田，属于庆元县，但方言却接近龙泉。我自小在那里长大，熟知龙泉、庆元一带的方言，于是，试着用龙泉方言米读这本《崔字簿》，倒是很通顺，也讲得通。

在龙泉方言中，"崔"与"猜"音相近，显然"崔字簿"应是"猜字簿"，这样一来，意思就一下子就明了了，这是专用来给孩子猜字练习的，这与里面的内容也相符合。

事实上，龙泉、庆元一带地处山区，过去交通不便，被大山阻隔，同外界交流极少，因而方言极为发达，甚至隔村就有一种方言，翻过一座山，方言就完全听不懂，也是常有的事。

此外，在普通话推广过程中，乡村一直存在着用普通话来翻译方言的习惯，过去乡亲们大多不识字，在学习普通话中，习惯根据读音来翻写，至今仍是如此。

在龙泉方言中，"妹"的音表达的就是普通话中"儿子"意思。特别是在乡村里流行的昵称中，常常会用到父亲或母亲的名字，男孩子一般会冠以父亲名字，称为"某某儿""某某大儿""某某小儿"等，而女孩子一般会以"某某囡""某某大囡""某某小囡"来称呼。

"普通话不够，土话凑凑。"当地人只取普通话之音，而不在乎是否用错字义。因此，类似于"沈妹儿""沈农儿"等称呼，这样在外地人看来独特又怪异，在龙泉、庆元一带乡村，至今仍然比比皆是。

因此，类似于"沈六妹"这样女性化的名字，并非"六妹"，而很有可能是沈家第六个儿子。

若不是在这儿土生土长，可能真的根本就无法读懂，也更难以理解，这也算是浙南特色之一吧。

至此，我已将"六妹遗书"整理出三册，若是按年份前后排列，就不难发现晚清到民国，浙南山区龙泉一带的教育生活的雏形和轨迹。

清光绪二十年（1894 年）的《"沈妹儿"抄录读本》，相当于现在的教科书。

国民二十三年（1934 年）的《土名书》，相当于现在的教科书。

民国三十七年（1948 年）的《崔字簿》，相当于现在的练习本。

通过简单对比不难发现，从 1899 年到 1934 年，在这 35 年以来，乡村读本的变化还是非常大的，既包括繁体字明显减少，也包括物品分类减少（由 24 类变为 10 类），同时分类的方法也不尽相同，就连记述的字数也由六字句变为四字句，正文句数由 486 句减少到 244 句，字数从 3912 个变成了 976 个。当然，当我就读龙泉师范学校时（1993—1996 年），只规定我们这些未来的小学老师必须熟悉和掌握拼写 2500 个常用字即可。

但不管怎么变，龙泉乡间和沈家"须宜勤学早知"这样崇学向上的良好乡风和家风，始终没有变。

1949 年 5 月 13 日，龙泉解放，属丽水管辖，古老山城获得新生，揭开了新的一页。

实地探访

向　往

　　说到龙泉，定然是离不开龙泉青瓷的——尽管此次发现的"六妹遗书"中，除了砖瓦窑的记录外，未发现有关龙泉青瓷的记录。这也与晚清民国时期龙泉窑的衰败有关。

　　此行我去探访龙泉道太乡坑口村，同样也离不开对龙泉窑遗址的追溯与寻访，甚至还试图努力找到两者之间似断非断的关联，毕竟它们都在同一块土地上——龙泉窑的东区。为此，我特意将龙泉"东乡坑口"行定义为"探遗书，访瓷地——走进龙泉坑口行"。

　　说起龙泉窑，最易为一般人所混淆的是，业界所说的龙泉窑，不仅仅指行政区域上的龙泉市，而且泛指具有共同特征的青瓷。目前，已发现的龙泉窑的遗址主要分布于浙江西南瓯上游，包括浙江龙泉、庆元、云和及周边的丽水、青田、缙云、龙游、江山、永嘉、黄岩、泰顺，以及福建浦城等地。

　　"龙泉窑有窑址600余处，目前，龙泉境内有398处。"龙泉市博物馆吴明俊馆长说。

龙泉窑在龙泉市境内，主要分成以小梅镇大窑为中心的南区，和以安仁镇瓯江两岸呈带状的东区。

南区以南宋以来生产的高质量瓷器而闻名，而东区以元明时期宏大的存世数量而闻名。相较而言，不论是学界，还是当地政府，关注重点均在以大窑为中心的南区。

然而，在我个人看来，龙泉窑东区的地位和作用仍然不容小觑，东区古窑址的数量与规模也远超南区。

事实上，这两者亦如车的两轮、人的两臂，不可或缺，更不可轻易简单来比较高下，唯有两者并重，方能成就闻名中外的龙泉窑。

窑 址

瓯江边的龙泉道太乡坑口、上严儿一带，属于龙泉窑东区的核心区，是名副其实的产瓷地，也是浙江省博物馆镇馆之宝——龙泉窑舟形砚滴1954年出土时的发现地。

砚滴作为古代文房用具，非一般普通农民家庭用具，而是文人雅士所推崇的雅器。若是结合此次发现的"六妹遗书"及崇学的祖训，或许能表明坑口一带乡间历来就有晴耕雨读、诗书传家的崇学风尚。

这也是我此行想证明和找寻的，期待满满，信心满满。

关于上严儿窑址发掘，出土瓷器结合地层关系可分为两期，第一期为南宋晚期至元代初期，第二期为元代中晚期。第一期以薄胎厚釉为主，产品种类多，制作精细，多次上釉，有粉青、梅子青等一类佳作；第二期生产相对较粗的青瓷，胎质较粗，含气孔和沙粒。（中国古陶瓷学会编：《龙泉窑瓷器研究》，故宫出版社2013年版，第238—239页）

无独有偶，在临行前，有幸聆听到复旦大学科技考古研究院郑建明先生在杭州市博物馆的专题讲座——"水碧天青——龙泉窑的时空特征",其在回顾和总结龙泉窑 20 世纪的主要考古工作时,不时提到龙泉窑东区:

"从 1928 年起,陈万里八进龙泉,拉开了近代陶瓷考古研究的大幕。"

"龙泉窑的科学考古调查工作则始于 1957 年,初步对大窑、东区进行了考古调查。"

"1959—1960 年,为恢复龙泉窑,浙江省文物管理委员会组成龙泉窑调查发掘组,对龙泉南区古代瓷窑进行了调查,并对大窑、金村和溪口三个地方数处窑址进行了局部发掘和试掘。通过地层叠压关系初步了解了龙泉窑主要的发展脉络。其成果集中见于《考古》1962 年第 10 期、《文物》1963 年第 1 期、《龙泉青瓷研究》等。"

"20 世纪七八十年代初,由于紧水滩水电站建设的需要,于 1974 年对水库淹没区内的瓷窑址进行普查,发现龙泉东区窑址 218 处,其中南宋时期的 21 处,宋至元时期的 12 处,元代 114 处,元至明时期 47 处,明代 23 处。"

"1979—1981 年,国家文物局组织社科院考古研究所、中国历史博物馆、故宫博物院、上海博物馆、南京博物院和浙江省博物馆共同组成紧水滩工程考古队,分组、分地区对水库淹没区内的古窑址进行调查、发掘,主要有山头窑、大白岸、安仁口、安福、上严儿村和源口林场等地的窑址。"

"以上发掘成果均已发表发掘简报,并于 2005 年出版《龙泉东区窑址发掘报告》,对紧水滩水库主要发掘所得进行了系统阐述。"

"龙泉东区的考古发掘表明,东区的产品质量略次于南区,且主要的生产时间为元末到明代中期,不能全面反映龙泉窑的发展序列和工艺成就。"

郑建明先生认为,这两阶段工作的最大收获是:

"基本理清了龙泉窑的时空框架:在空间上主要分布于龙泉地区,分成东、南两区，其中东区规模庞大，但质量一般，南区虽规模略小，但质量精、种类多、技艺高超，是龙泉窑的代表；在时间上，将龙泉窑划分成六期，这一分期沿用至今。"

他还提出"两路、三类、六期"的分法概念："两路为厚胎薄釉与薄胎厚釉；三类为白胎厚胎薄釉、白胎薄胎厚釉、黑胎薄胎厚釉。"

"这一时期的另外一个重要收获是理化测试的实时跟进与取得大量的成果。"

"这些学者包括周仁、李家治、郭演义、张福康，他们的著作包括对中国历代名窑陶瓷工艺的初步科学总结、龙泉青瓷原料的研究、历代龙泉青瓷烧制工艺的科学总结、我国陶瓷工艺技术发展过程的初步总结等。"

"由此奠定了对龙泉窑的基本认识，时至今日，有关龙泉窑的研究基本在此基础上展开。"

"同时，对于整个考古学来说，这标志着瓷窑址考古作为一门分支学科真正发展起来。"

"在1981年于杭州召开的中国考古学会第三次年会上，青瓷及其窑址的研究与东南沿海的新石器时代文化研究成为本次会议的两大主题。"

此外，郑建明先生还讲述他参与的"新世纪主要考古工作：发掘与调查"工作："考古发掘：大窑枫洞岩窑址、溪口瓦窑垟窑址、小梅瓦窑路窑址""考古调查：对龙泉地区几乎所有窑址全面系统重新调查"。

郑建明先生在讲座接近结束时总结，虽没有对外公开，但在他看来，"天下龙泉"之说是名副其实的。人们对龙泉窑的认识还知之甚少，还有很多的未知与可能的存在，这些未知与存在甚至要远超今人的想象。

在元代以后，青花瓷兴起，周边窑口开始仿制，龙泉窑市场受到挤压；在明以后，海禁使龙泉窑海外市场受到重创，龙泉窑开始衰落。

瓷窑址考古作为一门独立学科创立，就是为龙泉窑南区与东区考古全新创设的，这必将载入史册，值得圈点。

夜　往

2019 年 4 月 12 日，傍晚时分，从杭州前往龙泉，一路狂奔。

与我同行、负责驾车的是周兆锋先生，他是土生土长的龙泉市道太乡坑口村人，早年当过兵，如今已在杭州创业安家多年。当他听闻此次探访涉及家乡文化，早早与我热情相约一起回乡探访，何况其长兄周兆华又是坑口村的党支部书记。此行确实非常需要他这样的地方向导，为探访提供帮助和支持。这也令我非常感动。

认识周兆锋先生纯属偶然。我曾两次应他女儿所在班级家长的约请，免费去做过两次公益讲座，一次是 2014 年 6 月 15 日在杭州文一街小学秀水校区附近的有间书房里，那是我百场讲座计划的第 3 场；另一次是在 2016 年 9 月 25 日应邀一同前往桐庐县荻浦乡村图书馆开讲，那是我百场讲座计划的第 44 场。在第一次开讲中，我认识了周兆锋先生，因为同是龙泉人，他很热心，帮助拍摄，便相互留了联系方式，虽然联系不多，但也算投机，不承想，此次我却要前往其老家。

一路行，一路聊，"六妹遗书"成了重点话题。

全程 382 千米，全由周兆锋驾驶他的私家车，前后近 5 小时，一路狂奔，在龙泉安仁下高速，夜里 10 点半，我们终于到达龙泉市道太乡源口村的"天青等烟雨"客栈。

客栈的女主人戴方芳，是我与陈化诚先生 2018 年 8 月 25 日在龙泉妇联给龙泉女瓷人做青瓷公益讲座时认识的，那是我百场讲座的第 67 场。

处在云和湖（仙宫湖景区）水库边的"天青等烟雨"客栈，此店名既有烂漫的诗意，又有青瓷之色，还有迷蒙之烟雨。只是以此作为店名，读来稍嫌冗长，略感拗口，还不太易记。

时阴时晴，夜里到达源口村时，村子里安安静静，漆黑一片，三两灯光点缀其间，偶有犬吠声，点醒此处有人家。

虽然我心里很清楚所居之处已临近湖边，但湖天一色，黑沉沉的，也着实想象不出明早黑幕渐起时，将会呈现出什么样的景色。这也着实值得期待。

地 名

夜有阵雨，时大时小的。

睁开眼，天已亮。窗临湖，嫩绿满眼，空气清新，一汪碧水。有烟无雨，一湖一树，还有一码头，偶有船行，划开一道长长的波痕……如此僻静，如此静美。

源口，是一个如山般朴实的村名，可见的也就三五人家，三三两两分散而居，或沿湖，或依山，他们皆是从库底迁居后靠的移民。紧水滩电站开工于1978年，建成于1988年。

源口、坑口、大梅口、柏渡口……在浙西南龙泉、庆元一带，类似这样带"口"字的村庄比比皆是。熟悉山区生活的人都知道，但凡这样被称为"口"的地方，基本上都处于水口的位置，即绕村而过的小溪支流与稍大些的江河溪流的交汇处，这相当于"丁"字口。

除了"口"字以外，浙南一带的地名使用坑口之"坑"字的也非常多。

据庆元吴存灿先生统计，仅庆元县全县乡村地名中，竟然有103个"坑"，其中行政村37个，自然村66个。《尔雅·释诂》曰："坑，堑也。"《仓颉》曰："坑，壑也。"这才符合庆元、龙泉一带地名"坑"的实际。

他认为，庆元、龙泉一带地名中的"坑"是沟壑、溪谷的意思，通俗地说，就是山沟的意思。大凡叫"坑"的村子，大都坐落在山沟沟里，面积不大，人口不多，平地很少，不像"垟"那样有连片开阔的土地。

坑、坪、坳、岭、岗……这样一些独具山地指示性的特色字眼，通常频见于浙南山区乡村地名当中，这些字的频繁使用，足见浙南"九山半水半分田"之山多地少的特色。

庆元、龙泉本一家。

倚山而居，因山而名，浙南山区的乡村百姓，向来如此讲究实际与实用，却又不失精准与幽默。

智慧，总是日用而不知。

源 口

源口村亦是如此，就处在村流小溪与瓯江交汇的口上，不论过去居库底，还是现在择后靠，皆是如此。

临水而居，近江而住，这是浙南山区百姓安家的不二选择。

源口亦因龙泉窑而闻名。雨后清晨，一路打听，空腹步行约十分钟，走到 1989 年 12 月 12 日公布的省级文物保护单位——源口窑址。

这是个经过考古挖掘的窑址，回填后的地面少了零碎而杂多的瓷片与

龙泉市道太乡源口村

匣钵，杂草丛生，竹木茂盛，却少了几分神秘的吸引力与令人向往的冲动。

与窑址紧挨着的是一户农家，二层楼，砖混结构，门口有一大水泥坪，三五只鸡来回奔走。进门，一位老婆婆独自在吃早饭，方桌上置两菜，一盘鱼，一碟木耳，边上放着一堆西药。见我来，旋即放下碗热情相迎。

"我一人住在这里，与住在隔壁山上，没什么两样。"老婆婆语出凄婉，令我诧异，道不尽的孤独。尽管看起来，她身体还算硬朗。

后来得知，她名叫吴石玄姿，老伴已离世，有三个儿子，各自成家，皆外出务工谋生，迁居各地，仅留她一人一房在大山里，日复一日，过着单调的日子。不远处的灶台，灶火通红，煎煮着的是她从城里抓来的中药。

这样的留守老人，在当下的浙南山区里是常态。我家亦如是，72岁的父亲与继母生活在庆元黄田乡村，而三个孩子，一女两男，皆在三地城市安家。

吴石玄姿

我们家三代人，就见证了当下中国人口从农村向城市渐进转移的过程。父亲生于1948年，从未离开过庆元黄田的农村；我出生在1975年，出生、学习、工作在乡村，后来又从庆元县到丽水市，再到省城杭州工作至今，犹如一只脚在乡村，一只脚在城市；而我女儿是2004年出生的，求学在城市，偶回乡村，可谓两只脚都在城市。

她家隔壁就是源口青瓷窑址，考古时，被掏空了。

"那时，我家房子还没建在这里。窑底很平，如铺过砖一样。考古的人也很辛苦，要很小心的。窑址这里来了考古队，大概是在 1982 年。我当过小工，在坑里干过活，3 块钱一天，工资娄比在路边锄草一天八九毛高出很多。午饭是自带的……"吴石玄姿打开话茬，情绪渐涨，状态积极。

网上的系列公开资料表明了源口窑址的分量。

"窑创烧于宋元之际，是元代龙泉窑青瓷生产的一处重要瓷场，产品种类繁多。1982 年，浙江省文物考古研究所为配合紧水滩电站工程对该窑址进行考古发掘。"

"面积约 4000 平方米。龙窑长约 97 米。出土瓷器可分粗、细二类，器形有碗、高足杯、洗、盘、碟等。装饰手法以刻、印花为主。"

"有 7 条窑相互叠压打破，有原料制备和制作成型的工场作坊，坯泥淘漂、沉淀、干燥及储放的池子，陶车坑，素烧窑，等等。窑场废品堆积，厚达 10 米。属元代。"

"还发掘了工场遗址 4 处，清理淘洗池 12 个、陶车坑 10 个、素烧窑炉 4 座及房基和排水沟等遗迹。"

"本次发掘是龙泉窑考古中前所未有的一次重要发现，为龙泉窑研究贡献了最完整的资料。"

……

对此种种，吴石玄姿并不知晓。其实，她也无须知晓。相邻多年，熟悉又陌生。

离开时，我未带走一片瓷。原生地，才是最好的安居处。

合影，留手机号，临行时，老人竟然有些不舍，站着目送我们，高高的，远远的。

但愿，这客栈，这老人，还能继续等下去。

在源口窑址，吴石玄姿婆婆目送我们离开

坑 口

2019 年 4 月 13 日 8 点 45 分，吃过早餐，我们向瓯江上游的道太乡坑口村进发。

如今是以高速公路为主体的陆路时代，早已代替了瓯江水路时代。在我的记忆里，仅从龙泉安仁到县城，就已见证过三四次改道和道路优化了。其实，山里的过往车辆并不是特别多。

八百里瓯江，隔成左右两岸，桥虽日渐增多，但绕行仍然是必须的。

我们从右岸的道太乡源口村，至龙泉市区的瓯江边，与庆元廊桥博物馆的陈化诚、龙泉市档案局的章亚鹏、道太乡坑口村党支部书记周兆华三人汇合，五人同乘一车，向龙泉市区下游右岸的道太乡坑口村进发，寻访"六妹遗书"来源地。

出龙泉市区，顺江而下，不过四五分钟车程，就进入龙泉窑东区——从龙泉梧桐口至云和境内，沿紧水滩库区原瓯江两岸分布。

不难想象，当年"瓯江两岸瓷窑林立，烟火相望，江上运瓷船只往来

2019年4月13日寻访龙泉市道太乡坑口村（左起：陈化诚、周大彬、周兆华、章亚鹏）

如织"的场景就在眼前，想当年，这是何等的繁忙与鼎盛？

坑口是一个什么样的小山村？越是临近坑口，越期盼能带来惊喜，此时是2019年4月14日上午9点50分。

雨后清新，路随江绕，车随路行，江流如绿带，弯弯曲曲，山水相间，如在画中行，妙不可言。

道太乡是华东地区面积最大的乡镇。

坑口村亦如其名，地处一条小溪坑与瓯江的交汇处，村民沿溪而居，极其分散，令我想不到的是，这个地方除了一条在岩石中开辟出的公路，几乎很少有平阔的地方。

三三两两的民房建在陡峭山势中，见缝插针，零散孤单。

"我们村的条件很艰苦。现在全村120户，500多人，一共有10个自然村。刚刚听说，很快就要撤并到雁岭村，从此就没有坑口村了。原想给你们拍点照片，但因修路，实在不上照。"周兆华书记说。他虽读书不多，但已连任两届村支书。

泥泞的路面，陡峭的山坡，繁忙的工地，歪倒的植被，裸露的土石……

一条经安仁前往龙泉的新修公路，穿坑口村上方而过，逢山穿洞，昔日旧貌，面目全非。

吴　墩

山区修路，代价很大。

"全村只有吴墩自然村有一户姓沈的。"周兆华书记领着我们上山，先乘车上盘山公路，然后步行，那是处在半山腰上的一个小村。拾级而上，约走五六分钟，村口下方有株银杏树，需要两三个人才能合抱，有350年树龄。

深秋，定然黄灿灿。

这里没有手机信号。整个村里，只有在村口处有信号，还时隐时现，那是村民使用手机的集中地。

吴墩村，背靠群山，前临峭壁，涧底有一小溪，至瓯江约有1000米。这里也只有十来户人家，有败落的泥墙木屋，也有砖瓦结构的，这是浙南山区20世纪80年代初民居的典型风格——三面泥墙，一面砖墙，正面是砖墙，还有个长阳台。

直奔而去，村里仅有的一户姓沈的人家，主人叫沈土山，已过世多年，留有一老伴季陈娥，今年90岁，耳聪目明。

事实上，在入村时，心里就感觉这村庄风貌与"六妹遗书"有些不匹配，且房子年代也较近，村庄虽有公路穿后山而过，但沈家房子并未列入拆迁范围。

用龙泉方言与季陈娥老人交流一番后，没有发现任何能与"六妹遗书"对得上号的信息。显然，这不是我们要找的"六妹"家，坑口村也不是我们要找的"东乡坑口"。

不过，我们在吴墩自然村，听到的传说故事却不少，口口相传，听起来还有些玄了。比如：村里祖上曾经出现过一位胡参军，很有影响力，非常厉害，云云；在进村的坡岭路上有一座"草鞋亭"，还有个不成文的规定，不论什么人走到亭里，但凡想要进村的，都得换上草鞋；村边上还有个鲤鱼寨，清末太平军进攻这里时，打了三天三夜也没有攻下，最后发现有无数条鲤鱼从天而降，原来，上面有天然的食物，再怎么进攻也是徒然，于是就放弃了进攻；等等。

纹　印

难得一来，也就不急于离开吴墩自然村了。在这里，能唤醒儿时温暖的记忆。

在与村民周世林交谈时，我们在吴墩自然村的社庙边上，竟然意外地发现了一座疑似青瓷古窑址，未有任何保护标志。这窑址村民也都知晓，只是太习以为常，便认为全是无用的破瓷片。

在修公路时古窑址已被掘盖殆尽，基本无法看出龙窑的原样了，但残落的青瓷和匣钵碎片仍然有不少。

事实上，在龙泉一带，一些无名的窑址被人为铲除夷平，也是常有的事。

陈化诚先生根据地上捡拾到的散乱标本估计，这龙泉窑址是宋元时期的，坐北朝南，器形以碗、盏等日用瓷为主。

他说，想不到，在这样的陡峭的山腰上也有龙泉窑址，这足见当年龙泉窑分布之广。当然，只要有瓷土，有燃料，便能养家，何况这里离瓯江还不足 1000 米，完全具备烧窑的条件。

"这里有古代窑工的指纹。"陈化诚语出惊人。原来，他捡拾到一块垫饼，如同圆形饼干大小，直径 5.6 厘米，厚 0.7 厘米，这是烧碗时专门用来垫烧的,以防止粘连损坏。上面留有一大一小两个凹坑,两者间有一凸脐状。

我先用左手试着去比量,似乎不匹配。印上右手的大拇指和无名指,刚好吻合。显然,这是古人在捏泥固定时留下的指印。

这分明就是一件不可多得的艺术品——带着古人的温度与指纹。

临近午饭时间,村民周世林夫妻热情地约请我们一行到他们家吃午饭。

残落的青瓷和匣钵碎片

家里突然多出五六人吃饭,这对于家庭主妇来说,绝对是一次对智慧的考验。不过,这样的考验对于浙南山区一带勤劳而热情的家庭主妇们来说,是丝毫没有难度的。

果不其然,不一会儿,女主人很快就炒上满满一桌的家常菜,有豆腐肉火锅、炒苦槠干、炒鸡蛋,还有龙泉特色小菜糟萝卜等,满满一桌,香味可口,口感入味,又香又饱。

我敢保证,在浙南山区农村,不论你走进谁家,在坐定后,主人定然会给你递上一杯热茶。临近饭点,主人也定然会热情地挽留你吃饭,不仅仅管饱,而且还会以百般热情烧出家里最好的菜来款待客人,这与熟不熟悉并无多大关系。

来者皆是客。是家风,更是乡风。

饭间，周世林无意中提到，在邻近的安仁镇也有个坑口村，会不会是我们要找那个坑口村呢？他有位叫沈南坑的亲戚，就住在这个村里。

他很热心，一说完，就拿出手机，给亲戚沈南坑打电话。

邻近的安仁镇确实也有个坑口村，不过现在改名叫沈庄村。对于附近也有同样叫坑口村的村庄，周兆华书记竟然也从未听闻。

此时，我也试着再联系一下原来从人民广场地下室购得"六妹遗书"的季明明先生，从他那极简的回复中，也指向其当初所说坑口村确实在安仁方向。

一行人下山离去时，一群村民三三两两地站着，远远的，高高的，目送着……

从道太乡坑口村空手而归，多少有些意外，有些失落，甚至还有些尴尬。

显然，前期在杭州"闭门造车"，仅凭"六妹遗书"，便以为"东乡坑口"就是当下的道太乡坑口村，还是有些武断了。特别需要指出的是，此前我于2019年4月5日发表在《今日龙泉》第3版上的《发现与初探：坑口"六妹遗书"（晚清至民国）》一文中，有部分涉及地点和时间的内容，很有可能会与这次实地探访结果有出入，尚需更正与完善。

安 仁

继续探访。

离开道太乡坑口村，在山间绕行，向瓯江下游前行。

真想不到，在小小的龙泉东部，竟然会有两个坑口村，一个在道太乡，另一个在安仁镇，且地图上都集中显示前一个坑口村，这样的探访结果，着实令我感到很意外。毕竟，经验不足，实际与想象之间的差距，又何止一点点。

暮春时节，景美色绿，层次分明。山间公路，车少人少，弯道较多，极其适合自驾前行。若是配上音乐，那就完美了。与其说是探访，还不如说是周末旅行。

望着窗外，紧紧的心，慢慢松了下来。此行，我是早就铁定了心的，绝不会放弃，一定要找到"六妹遗书"的真正来源地——"东乡坑口"。

行前查阅，"东乡坑口"的"东乡"，在成化版的《处州府志》里并没有这样的行政区域。只是将龙泉按方位分成四个乡：延庆乡（南乡），西宁乡（西乡），龙泉乡或建德乡（东乡），剑池乡（县城周边与北乡部分）。至于这个"东乡"，也是晚清民国时期民间百姓根据方位约定俗成的一种叫法，一般指向龙泉市区东部的道太、安仁等方向。

一路狂奔，道太乡坑口村书记周兆华兄弟等人依然同行。按事先约定，我们打算与沈庄村的沈南坑先生在安仁镇上的十字路口会合。

安仁镇亦处紧水滩库尾，在未开通龙泉到丽水的高速公路时，系开车从龙泉前往丽水的必经之地，以镇上一座永和桥，一道以添加地方农家紫苏佐料为特色的"安仁鱼头"而闻名。

2019年4月13日，龙泉市安仁镇坑口村（今沈庄村）（陈化诚摄）

眼前的沈南坑，黑瘦，中等个子，话虽不多，却又相当机警，自我防护意识超强。上了我们这些陌生人的车，不仅要了我的手机号，还看了证件，更是一一拍照存录，大山里村民能有这样的好习惯，令我感到很意外。

"你们村叫坑口村？什么时候改叫沈庄村的？"龙泉市档案局章亚鹏问道，有些迫不及待。

"仅龙泉这带附近，就有三个地方叫'坑口'，就是因为与道太乡的坑口村重名，20多年前就改了名。当时以驻地的沈姓居多，故更名为沈庄村。主要是我们争不过道太乡的坑口村。那年，我还是村团支部书记，去地名办申请改了名。"

"村里有叫沈六妹的吗？"

"沈六妹，怎么了？那是我爷爷的小名啊，你们怎么知道？他的正名叫沈正廉。"沈南坑一脸狐疑，但他的回答却令我们欣喜万分。

"东乡坑口"找到了。

原来，"六妹"是爷爷！

沈 庄

眼前这带路人，竟然就是我们要找的"六妹"的后人。如此巧合，令人难以置信。

真是奇缘。

沈庄村距离龙泉市区37千米。沿盘山公路行至半山腰处，右手边有一座简易凉亭，其上题写有"沈庄"等字样，在其后面的山呑里，便是沈庄村了。

"你们来得太迟了。"沈南坑说。

他今年59岁，沈南坑是他的小名，按家谱排行辈分，他的正名叫沈光炉。

一人两名，甚至是多名，这是浙南乡村常有的习俗。

因为过去医疗条件差，孩子在小时候特别难养，容易夭折，因而，当地人就会用"狗儿""猫儿"等动物来给孩子起个小名。据说，这样就容易养活，等长大以后，再用家谱排名起正名。

大概是从我女儿这辈开始的吧，浙南乡村里的起名开始学习城里人，赶潮流，显个性，大部分都不按排行来起。

关于沈庄村，由丽水档案局编写、浙江人民出版社于 2017 年 8 月出版的《丽水大辞典》第 526 页中有这样的记载：

属龙泉市安仁镇。因姓得名。距安仁镇 7 千米，位于天平山脚下。辖坑口、张布坑 2 个自然村。

村委会驻坑口，地近小溪坑汇合口，故名。2012 年统计，有 72 户，242 人。耕地 280 亩，山林 2549 亩。人均收入 6825 元。

1951 年为天平乡第一行政村，1961 年以驻地取名坑口大队，1982 年因重名，以驻地沈姓居多，故更名沈庄大队，1984 年 5 月改沈庄行政村。1992 年改属安仁镇。主产木材等。

无　人

过凉亭，紧挨着的是一幢建于清道光廿七年（1847 年）八月十九日的沈氏宗祠，至今保存完好，白墙黑瓦，修葺一新，大门紧锁，还被列为龙泉市级文物保护单位。

"环村皆山也，其左右诸邻，坑口尤美，望之人烟而稠密者沈氏族也，村行不数，水声潺潺而泻出于两山之间者源泉也，峰回路转有祠翼然也……"《沈氏宗谱》中描述的便是典型的浙南古村风貌。

沿米宽小路，过宗祠，眼前豁然开阔。然而，映入眼帘的，却不是想象中的文静而有书香气息的"东乡坑口"，而是一片如同经历过战乱的废墟。

龙泉市安仁镇坑口村（今沈庄村）沈氏
宗祠（陈化诚 摄）

龙泉市安仁镇坑口村（今沈庄村）
沈氏宗祠（陈化诚 摄）

想象与现实有着如此大的落差，也着实令我感到意外和吃惊，甚至难以置信，这里哪里还是曾经有着"三寸洋毫值千金"祖训的书香世家啊？

一排排被推倒的黄泥墙，一条条杂乱横亘的烟黑木条，一堆堆弃扔无章的各种杂物。对了，还有一条始终不愿离去的黑狗，站在不远处狂吠……

有天井，有整齐的青石板，有层叠着用来糊墙的旧报纸，还有带着纹样的卵石墁地，更有哗哗奔流的绕村小溪……

在废墟上有一个直径近15米的竹编器具，上面清晰地写着"坑口二队"字样，那是全村人碓米时用于盛米的。

这一切，都在悄悄诉说着昔日的热闹、规整、有序。

古村以穿村而过的小溪为界，分为上下两级，呈梯状，进村右侧的上级，

龙泉市安仁镇坑口村（今沈庄村）沈氏祠堂（陈化诚 摄）

为村之初始地，后来，发展到左边下侧地块。沈南坑说，你们要找的官司地点就在下侧的弄堂口附近。

如今，全村共93户，263人，已经全部搬离，主要分散居住在安仁镇上。2018年底，沈庄村参加宅基地还田项目，将古村全部拆除，再开垦成田，每平方米即可获得1300元左右的补助。

沈南坑说，有钱分，村民们都很高兴，也很支持。反正早就不住在这里了。

沈南坑还说，从村后山翻过去，约两个小时，就可步行至龙泉市区，而步行到安仁镇上，也就一个多小时，再顺瓯江而下，通达各地。

据说，在村里的旧庙石门坊上，还曾有一对镌刻"皇恩雨露深，帝德乾坤大"的楹联，已不知所终。

除了仅存的祠堂外，村后还有一株直径一米多、树龄数百年的红豆杉。

村口还有一座建于民国年间的石拱桥，名叫冷坑桥，由村里的乡绅沈永庆所建。不过，在修建公路时，桥被压埋在路下面。

此外，全村除了山地、泥土、溪流，别无他物。

太阳偏西，离村时，我特意交代陈化诚先生，用他带来的无人机，给村庄多留下几张照片。

不久后，这里将不再是村，而是田。

曾经的坑口村，现在的沈庄村，也将永远不复存在了。

这样的结局，即便在我这个外乡人看来，也难免会有些怅惘、失落、哀伤、无奈。

总之，心情挺复杂的。

这是时代使然，一切回归自然与平静。

2022 年 10 月 16 日，秋收刚刚结束，消亡后的龙泉市安仁镇沈庄村已被改造成良田（沈伟燕 摄）

六 妹

的确，此行让我心情复杂，甚至沉重。

这也让我不禁想起"六妹"来，他从晚清到民国，在"东乡坑口村"

读书识字，买地买房，反复打官司。如今一切，皆成山与田。

2019 年 4 月 13 日，龙泉市安仁镇坑口村（今沈庄村），沈六妹打官司的家园已成一片残垣（陈化诚 摄）

提起爷爷"沈六妹"在 1931 年手抄《案簿》中提及的状告同村"沈永祥"的官司，如今的沈南坑记得清清楚楚。那条引起争议的小巷，一直保留至拆除之前。

沈南坑说，爷爷当年是做生意的，在温州等地开过商行，做香菇、木头等生意，常年往返于龙泉、上海等地，也算是见过世面的能人。安仁一带的田山，不少都是他们的家产。

这亦如 1935 年的手抄《流水万号》和 1947 年《开用支脚簿》所记录的一样。

在 1931 年《案簿》记录的"举民冠婚花轿丧祭棺木"，也确有其事——"沈六妹"的母亲在过世以后，就因为门路被堵，在家中停尸三年。

对于那段在邻里们看来不算光彩的往事，沈南坑也不太愿意去回忆。

他说，正是当年那一场又一场没完没了的官司，使"沈六妹"的家道渐渐中落，但仍然不算穷苦。

"在民国时期，这官司还真不是一般人家能打的。仅打官司送公文的伙食补贴每天就要 5 毛钱，离城 70 里来回的路费是 7 毛。公文送到谁家，就由谁家出钱。"龙泉市档案局的章亚鹏说。

原告"沈六妹"正名叫沈正廉，与被告"沈永祥"是抬头不见低头见的同宗堂兄弟，相邻而居。

如今，他们各自的后人已分居各地，平时偶有见面，也客客气气，毫无芥蒂。当然，沈南坑后来也坦言，他特别不愿意提及前辈们的纠葛，以免影响到后代们的正常生活，这也是他之所以不愿意过多提及和心存警惕的根本所在。

三 书

夜幕降临，我们来到位于安仁镇上的沈南坑家里。如今，他们住的是套房，与城里人没什么两样，他平时以帮人家采茶、打零工养家度日。他有两个女儿，其中一个叫沈伟燕，如今是沈庄村的会计。

在他们家里，当我拿出"六妹遗书"的复印件时，父女俩都瞪大了眼，觉得非常不可思议，这些书怎么会到杭州，到了我这里。

沈南坑一眼就认出来。他说，自己虽然不识字，但对于这些书，扫一眼，就知道是从自己家里出来的。当时，这些书全都集中在一块，觉得没什么用，想一烧了事。记得那天还在天井里，曾经点过大烧过，但不知道为什么，总是点不着，就废弃了，也不知道去哪儿了。

不承想，几个月后，我却花了 700 元买来，还如获至宝。

"当时，我翻了一下，看到里面的毛笔字很工整，很好，还特意捡了三本留给孩子作纪念。若不是你们提及，真觉得没什么用。"沈伟燕兴奋地说。

她说，书上的内容没仔细看，这是传家宝，留给正在上幼儿园的孩子作个纪念吧。

接着，他们从地下室里东翻西找，寻出三本旧书来，也是破破的，其中一册就如封面题用"沈陈钏肆""丁丑岁次"字样的手抄《记账书》，还有一册是"民国二年（1913年）""柳要会"的手抄无名戏曲唱本，另一册是印刷的《短期小学课本（第三册）》。

《短期小学课本（第三册）》年代不详，但内容非常丰富，既有"越王报仇"之类的历史故事，也有如何写留言条等范例，还有怎么取火等常识介绍，更有"二三雁儿飞得高"的短文："秋天去，冬天到。雁儿飞得高，有时像一个一字，有时像一个人字，排得多么巧！"带有标点，有部分繁体字，似乎离得较近。

这又使"六妹遗书"的分量有所增加。

按照他俩的说法，除了我收集到的书以外，在沈庄村倒塌的泥墙下，应该还有一部分，只是不清楚到底埋在哪里了。当天晚上，我建议他们将来，最好也能将这三册书，一同捐赠给龙泉市档案馆集中收藏保管。

说到沈庄村的过去，有一个人一直为大家所乐道，他就是"沈永祥"的兄弟"沈永庆"。

他作为一方乡绅，却乐善好施，不仅自己节俭，而且待人谦和。修路，建桥，建凉亭，至今仍有遗存，他亦成为十里八乡的榜样。村口的沈氏宗祠于1923年进行重建，就是由其任牵头人。

"沈妹儿""沈农儿""沈六妹""沈三犬""沈陈（钏）钊""沈永祥""沈永庆"……这一串名字，或小名，或正名。沈南坑多少还是有些知晓的，只是在具体的排行上不太确定，但到了他女儿沈伟燕这代，已是全然不知了。

这也恰恰印证了浙南山区流行的"一代亲，二代表，三代都不朝"的俗语。

显然，要弄清他们之间的关系，还得去阅查宗谱。

"沈氏宗谱存在族长沈永水那里，平时从不示人，特别是外人。也就阴历六月六日那天，会拿来晒一晒。"沈南坑说，"我也没见过。只能去试试。"

宗谱，一般不给外人翻看，这也是浙南一带的习俗。而存放宗谱的人，定然是家族中德高望重的族人，且还有多把锁，需要多人在场时方可以打开示人。

宗　谱

只要有一丝希望，就不应该放过。我们夜访沈氏族长——沈永水老人，他家也住在安仁镇上，在小学附近的一楼里。

82 岁高龄的族长沈永水，耳聪目明，思维清晰，为人谦和，知道我们的来意后，很爽快地答应让我们查看宗谱。

老人颤巍巍地从里间拿出宗谱来，打开外面套着大塑料袋防潮的木箱，里面搁置着一个浅黄绿色斑驳的布包，打开布包，里面放着《沈氏宗谱》，一大本，四开的，又厚又沉，线装蓝色封面，这是 2000 年重修的。

高手在民间。修谱的是附近安仁镇胡尖下村的叶根培，手书的，他年事已高，至今仍健在，听说还是位手艺出众的篾匠。

篾匠，在浙南山区一带位居百工之首。据说，这门手艺非常难学，从师时间长，至少得五年，而一般手艺三年即可学成，特别是用手剖竹篾，非常难掌控，是一门硬功夫，一定要有灵性的人方可学成。

从《沈氏宗谱》的记载来看，安仁镇沈庄村的沈氏属吴兴郡，宋朝时，沈万四官至太尉，加封迪国公，其子沈遂为礼部尚书，后因变故于元贞乙未年（1295年）正月自湖州迁居龙泉东乡坑口村（今沈庄村）。

"祖宗父母若不敬，生男育女也是空""人生只有两件事，上敬祖宗下育儿"……这样的祖训，与"三寸洋毫值千金"有着异曲同工之妙。

沈氏自1295年的"庆"字辈起，迁居到坑口村（现沈庄村）以来，距今已有720余年。到了沈南坑的"光"字辈，已是第18代，在此前的第15代是"承"字辈，第16代是"正"字辈，第17代是"永"字辈。其后的第19代、第20代分别是"廷"和"汉"字辈。

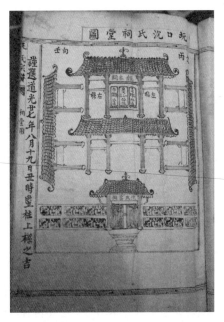

1847年《沈氏宗谱》上的沈氏祠堂图
（陈化诚摄）

梳　理

经过查找，"六妹遗书"中的部分人物已基本明晰，他们都是沈承可的五子一女，共六兄妹，按从大到小罗列如下。

老大：沈正喜，当兵。

老二：沈正广，即"沈妹儿""世改""水发"。

老三：沈正庚，即"沈三犬"（据沈永水、沈南坑口述）。

老四：沈正庸。

老五：女儿，名叫五奶。

老六：沈正廉，即"沈六妹"，生于清光绪廿四年（1898年），卒于民国三十七年（1948年）。育有四子一女。

"沈六妹"的子女如下。

老大：沈永堓，即"沈陈钊（钏）"，当兵。

老二："沈陈铨"，即沈南坑（沈光炉）的父亲，正名沈永城，生于民国十二年（1923年），卒于1983年。

老三：女儿，沈金枝。

老四：沈永堆，即"沈农儿"。

老五：沈永圩，迁安徽。

离开安仁镇沈氏族长家时，已过了晚上9点。

回程，灯火如豆，星星点点，大家话不多。

途中，不知为何，我想起章亚鹏先生上车时说过，"明天一大早还得去拍结婚照呢"，多少有些愧疚，毕竟是周日。

这小伙子，憨实，安徽桐城人，历史学研究生，属于人才引进，计划2019年8月结婚，娶的是地道的龙泉姑娘。

一行人到龙泉市区，各自回家。我和陈化诚前往庆元，他先行将我送到黄田老家，再独往回庆元县城，离别时已是晚上10点半。

这一天，是2019年4月13日。

在龙泉东区探访了整整一天，疲惫不堪，一到家里，倒头便睡，一觉到大天亮，这便是家。

我老家在黄田镇双沈村一个叫象鼻沟的自然村，人少且分散，是福建闽江支流的源头。

真　相

在回到杭州以后，根据宗谱和实地探访信息，我再次对主人公"沈六妹"在"六妹遗书"中的关系进行梳理。

生于清光绪廿四年（1898年），卒于民国三十七年（1948年）的"沈六妹"，曾经先后四次在"六妹遗书"中出现过，按此纪年进行重新梳理以后，结果也非常有意思：

（1）1899年——在《"沈妹儿"抄录读本》中出现："六妹读""沈六妹"，看来他是个读书人。此时的"沈六妹"年仅2岁。显然，这些字非其所写，这无疑寄予了长辈们的美好厚望——学而优则仕。

另外，章亚鹏根据龙泉司法馆藏资料推断"'沈妹儿'比'沈六妹'大18岁左右"，估计此时抄书的"沈妹儿"大约为20岁。因此，这书应是晚清时期浙南龙泉山区年轻人的抄本，算来大致相当于现在的大学一二年级的年龄。

（2）1907年——手抄《田山簿》中出现的"沈六妹"，是买山买房人，此时他年仅10岁。

（3）1931年——手抄《案簿》中，"沈六妹"作为落款原告人，这一年他已34岁，另一原告"沈妹儿"约52岁。

（4）1947年——手抄《开用支脚簿》中，"沈六妹"作为付款经手人，这一年他50岁，第二年便离世了。

此外，那本由"沈陈铨"学读的1934年《土名书》中，沈陈铨系"沈六妹"第二个儿子，生于民国十二年（1923年），那年他12岁，《土名书》相当于现在初一学生的读本。

如此一来，"沈氏遗书"各学本的适合年龄已经基本锁定，晚清民国时期浙南龙泉一带的乡村学业初露端倪。

档案觅踪

档　案

2019 年 4 月 14 日，老家的表外甥女嫁人。

久违的流水席，这也是乡间特色。猛然间，我才发现自己居杭州 9 年，似乎从未参加过如此热闹的乡村喜宴。

乡村与城市，真的很不一样。

4 月 15 日，恰巧是发现"六妹遗书"一个月以后，我再次出现在龙泉市人民广场附近的那个距离地下室仅有几百米的龙泉市档案馆。

若不是因为巧遇"六妹遗书"，想必我是极少会来龙泉市档案馆的，也不太会关注《龙泉晚清民国司法档案》这张龙泉文化"金名片"。

在档案局里，接待我的依然是局长魏晓霞，当然，还有专门从事司法档案研究的章亚鹏先生。

"两个大开间，20 多平方米，立体铁柜，24 小时恒温恒湿……"魏晓霞局长热情地介绍说。

早就想去看看《龙泉晚清民国司法档案》了，不仅仅是因为里面存有与"沈六妹"相当的四个司法档案，更想近距离感受一下走得并不太遥远的古人的气息与脉动。

"很不巧，刚刚投过虫药。平均每三个月投一次，以保证不会有虫子出现。不好意思。"章亚鹏说。

紧接着，魏晓霞局长慢慢打开了话茬：

"这不仅是龙泉的，也是全人类的。在龙泉存留下来的文字资料太丰富了，可研究空间巨大……"

"由于时间过去并不太久，涉及的后人也都在。打官司，对于浙南山里农村人来说，并不是太光彩的事。其实，他们并不太了解档案真正的价值……"

未睹真容，留一丝念想，或许会更美好些。

致　信

持续两个月多，我利用工作之余不断努力撰写，再加上五一节长假期间的连续修改，到了2019年5月3日晚，除去龙泉市档案馆涉及的"六妹"家四个卷宗资料以外，其余书稿雏形已成。

5月3日，傍晚时分，我将"六妹遗书"小心打包寄往龙泉市档案局，并随同致信一封，陈述实情，寻求帮助。

致龙泉市档案局（馆）的信

龙泉市档案局（馆）：

现将本人于2019年3月15日在龙泉市人民广场地下室发现并购得的"东乡坑口"——安仁镇沈庄村沈氏家族的晚清民国古籍（共12袋件，我称之为："六妹遗书"）悉数寄上。本人现自愿捐赠给贵馆作为永久收藏，以为日后他人研究提供参考。

　　同时，附上由我们父女合作出版的一套新书（有两人签名，并附双印章），共四册，一同自愿捐赠给贵馆永久收藏和使用。

　　现将个人的几点建议说明如下：

　　（1）快递查收后，烦请尽快按有关规定办理收藏手续，在出具有关证明时，请附上捐赠具体目录清单。

　　（2）望能将捐赠资料尽快修复整理，扫描保存。建议一并存放，以维护其不可多得的整体性。

　　（3）望能提供给本人一套捐赠的扫描数码件，以供日后出版时免费使用。

　　（4）由本人捐赠的有关资料，贵馆日后在对外公开使用或在提供给他人使用时，均须统一标注"周大彬捐赠"字样，以此作为永久纪念，以引导更多人关注、支持龙泉档案事业发展。

　　（5）关于捐赠仪式，可在等到新书出版发行时再一并进行，坚持以节俭为上。

　　（6）建议贵局（馆）争取早日开建"龙泉晚清民国司法档案博物馆"，此举事关长远，极其重要，须尽早谋划，提上议事日程。同时，尽早成立研究中心，培养本土人才，以掌握国际理念研究的发言权。

　　（7）为全力支持"文旅兴市"战略深入实施，本人现已完成对《城乡事——教育·司法档案寻访记》的初稿撰写，近8万字，初步计划于2019年6月前配上有关图片，列入已出版的"老爸"系列丛书中公开出版发行，尽力为"龙泉晚清民国司法档案"宣传代言。现诚邀贵局（馆）组织有关专家审阅并论证书稿，积极参与合作出版该书。因此书出版系我个人爱好所为，无项目，亦无资金支持。望贵局（馆）能进行专题研究，在资金和资料上给予适当支持。（出版费用因一书一价，以实际出版合同为准，书稿初稿电子版另行附上）

以上几点建议，仅供贵局（馆）决策研究参考。这与个人自愿捐赠无关，特此申明。

总之，望贵局（馆）能携我同行，锦上添花，早日把美事办成、办好。特别致谢！

周大彬

2019 年 5 月 3 日于杭州曲荷巷 18 号

手机号：188×××× ××××

地址：浙江省杭州市西湖区 ××××××××

匆匆忙忙写就，第二日，还是发现了错字、漏字。唉，文字，总是这样没完没了，总是难以尽善尽美。

一个人的力量实在是有限。不过，我对于自己的粗心疏漏，常常会从心底里选择原谅，毕竟这是一个真实的自己。

至此，也算是进入阶段性的尾声了，应该可以松一口气了。等有空了，有心情了，再来看看吧。

期待，能早日顺利成书出版。

媒体关注

《龙泉司法档案选编》第一辑在浙大首发
"龙泉司法档案研究中心"揭牌

2012年8月25日上午，由浙江大学地方文书编纂与研究中心整理和编撰、中华书局出版发行的《龙泉司法档案选编》第一辑（晚清时期）在浙江大学首发。由浙江大学和龙泉市人民政府联合成立的"龙泉司法档案研究中心"同时揭牌。

龙泉司法档案研究中心主任、《龙泉司法档案选编》主编包伟民在首发式上介绍了《龙泉司法档案选编》第一辑（晚清时期）一书的整理、编纂及出版等相关情况。浙江大学孙达人教授、浙江大学陈红民教授、华东师范大学王家范教授、中山大学吴滔教授、香港科技大学李伯重教授等专家应邀出席首发式，他们在发言中对《龙泉司法档案选编》的学术价值给予了高度评价，并对其整理研究方法等提出了自己的意见或建议。

据了解，龙泉司法档案于2007年在龙泉市档案馆被发现，规模巨大，年代完整，从晚清至民国时期共计17333个卷宗，88万余页，是国内迄今所见民国时期保存完整的地方司法档案。档案清晰记录了中国法律制度和司法实践，从传统到近代变革的完整过程；同时也记录了近代地方社会结构、经济形态、家庭婚姻、民众观念等方面的变迁，实际涉及民众生活的几乎所有内容，是研究中国法制史、社会史、近代化进程的珍贵史料。《龙泉司法档案选编》开创了浙江省系统整理、编纂和出版档案史料的先河，具有重要的学术价值。计划出版五辑，此次发布的第一辑（晚清时期），收录了28个晚清时期的司法案件档案。

浙江大学党委副书记周谷平出席首发式并致辞。她说，《龙泉司法档案选编》清晰地记录了近代中国的完整变迁过程和地方社会的变迁历程，为区域史的研究打开了一片新的天地，具有重要的意义。它的发布，是浙江大学"历史文书研究计划"的初步成果，也是浙江大学地方整理与文书工作的良好开端。

在首发式上，浙江大学副校长罗卫东宣读了浙江大学与龙泉市人民政府联合成立"龙泉司法档案研究中心"的文件，并与浙江省档案局局长鞠建林、丽水市副市长陈重、龙泉市市长季柏林一起为"中心"揭牌。其间，浙江大学发展委员会主席、《龙泉司法档案选编》编委会主任张曦和中华书局总编辑徐俊，向浙江省社会科学联合会、浙江省档案局、丽水市人民政府和龙泉市人民政府赠书。

国家出版基金管理委员会、浙江省社科联和龙泉市委相关负责人，浙大党委宣传部、社科院、人文学院、光华法学院、地方合作处等有关部门负责人，来自哈佛大学、日本早稻田大学、日本一桥大学、香港中文大学、香港科技大学、北京大学、清华大学、中山大学、厦门大学、上海交通大学、华东师范大学、中国政法大学、中国人民大学等国内外知名高校的专家学者50余人参加了首发式和座谈会。

（作者：雷成，求是新闻网，2012年8月27日，http://www.news.zju.edu.cn/2012/0826/c746a62551/pagem.htm）

从龙泉司法档案看晚清民国的地方司法及社会转型

2018 年 11 月 24 日，"《龙泉司法档案选编》第三辑（一九二八——一九三七）发布会暨国家社科基金重大项目'龙泉司法档案整理与研究'结题会"在杭州翡丽大酒店举行，浙江省委副秘书长、省档案局局长、省档案馆馆长刘芸，省社会科学联合会党组书记、副主席盛世豪，浙江大学副校长罗卫东，龙泉市委书记王顺发，中华书局总编顾青等出席发布会并致辞。此次发布会既是对档案整理成果的肯定，也是对各方多年合作历程的回顾。

龙泉司法档案共计 17000 余个卷宗，约 30 万件、88 万余页，以诉讼文书为主，记录了浙江龙泉自清咸丰年间至新中国成立近百年的司法案件，多方面呈现了晚清特别是民国时期的地方社会，是研究晚清民国地方司法及其转变、民众日常生活与观念、区域发展与变迁等多个课题的珍贵史料。

2007 年，龙泉司法档案在龙泉档案馆库房被发现，在包伟民教授及其学术团队、浙江省社科联系统、浙江省档案系统、浙江大学、龙泉市政府、中华书局等多方的合作努力下，龙泉司法档案得到合理的开发和利用，《龙泉司法档案选编》第一辑（晚清时期）、第二辑（一九一二——一九二七）分别于 2012 年、2014 年出版，第三辑（一九二八——一九三七）、第四辑（一九三八——一九四五）、第五辑（一九四六——一九四九）也预计于 2019 年完成出版。"龙泉司法档案整理与研究"于 2013 年得到国家社科基金重大项目的立项，同时五个子项目和相关系列项目顺利推进，近年来产生了诸多有影响力的学术成果，这套档案也日益受到国内外法学、历史学、社会学等领域的重视。

龙泉司法档案整理与研究团队还在下午举行了国家社科基金重大项目的结题会，集中报告近年来的主要研究成果。

编目、选编与数据库建设

《龙泉司法档案选编》第二、三辑主编傅俊主要介绍档案整理的情况与进展。龙泉司法档案的整理工作分三个阶段展开。一是编目。全面梳理这批档案，提取每个卷宗涉及所有案件的起始时间、两造信息、案由、诉讼类型等关键信息，重新编写准确、完整、实用的卷宗目录，这是所有整理与研究工作的基础。二是案件遴选与整理。在已有卷宗目录的基础上，逐年遴选典型案例，汇集同一案件散落于不同卷宗的所有文书，鉴定每件文书的格式、类别，并按时间顺序重新编排，每宗案件下都包含内容提要、档案索引、文书图版三大部分。案件遴选主要考虑审判程序与文书保存状况的完整性，充分反映近代司法变革的进程与地方司法实践的特点，以及展现地方社会面貌等因素。三是数据库的建设。《龙泉司法档案选编》所选档案只占总量的 6% 左右，案例的遴选总是有一定的主观性与随意性，因此学界呼吁尽快开展全样本的数据库建设，认为只有通过数据库建设才能充分发掘这批重要文献的史料价值。目前这方面的工作正在规划中，相关各方都在积极探索可行性方案，同时也要克服各种制度与条件的限制。

宗族、女性与契约

杜正贞的专著《近代山区社会的习惯、契约和权利》作为"龙泉司法档案研究系列丛书"首部作品也于近期由中华书局出版。杜正贞的研究主要关注近代法律变革背景人、社会及语言表达的问题。书稿分别用三个个案讨论三方面的主题。首先是法律变革和近代宗族的发展。通过对异姓为嗣、祭田轮值、族谱修订等问题的研究，她发现浙南山区社会形态并不只是在晚清民国时期发生激烈的变化，在所谓稳定、停滞的传统社会始终经历着理、法、俗的变化与互动，时间跨度可以长达上千年之久。其次是家庭和女性相关问题。随着报告制度的逐渐废除，女性开始可以直接参与诉讼过程。司法档案为女性研究提供了丰富的材料，比如在寡妇立嗣权的问题上，法典、判牍、地方志等不同文献中所表达的寡妇权利具有相当的差异；再如从清到民国，通过从供词到笔录女性叙述的变化，可以观察到女性如何在诉讼中表达自己的诉求。最后是契约和产权问题的研究。契约作为诉讼证据在龙泉司法档案中大量出现，杜正贞在研究中不断追问，契约如何制作、流传和使用，在诉讼中如何被利用等问题。

通过诉讼文书重建现代化图景

第三位成果报告人吴铮强通过对龙泉司法档案中传票、诉状、调查报告、庭审记录与裁断文书五种主要民事诉讼文书的解读与分析，发现清末民初民事诉讼主要采用职权主义审判模式，其法规依据可以追溯到清末的《天津府属审判厅试办章程》等。由于立法技术过于简陋，相关法规在确立职权主义审判原则的同时，不能提供合理完备的诉讼程序，为了维系审判事务的运作，基层审判机构依职权自行探索诉讼规则，导致北洋时期民事诉讼程序处于极不稳定状态。不稳定状态具体表现为传统与现代性的断裂、层叠与互嵌等结构模式。吴铮强认为，这些发现为突破线性发展的现代化观念、重建现代性图景提供了历史经验。在立法与机构、传票、诉状、调查报告、庭审记录、裁断文书等七个方面中，传统与现代性的关系可以分为三种模式——一是断裂，二是层叠，三是互嵌，并由此提出"既有结构局部现代化"的观点。他试图重建的中国现代化图景有以下特点：1. 始终摆脱不了"两头不到岸"的状态；2. 传统与现代性的断裂总是造成各种临时弥补机制。3. "纯正"现代性在中国社会的异化是常态，现代性的意义只能从与传统的复杂关系中获得理解。

中西法律的杂糅

华中科技大学俞江教授带领的研究团队，由刘陈皓博士报告研究成果。他们的研究主要关注判决和呈状的批词，以此观察法官在诉讼中观念的演变。首先他们发现，笼统地将传统细故案件当为民事诉讼是有问题的，近代司法转型过程中，大量细故案件可以归为刑事案件。由于民法修订的滞后，近代的民事审判始终长期面临着判决依据不足的问题。在他们主要讨论的借贷、房屋租赁和管业纠纷中，审判往往体现出新法理与传统惯例互相纠缠的特点。比如对契约的处理，不但契约仍然承担着物权证明的功能，而且不同案件对于上手契效力的认定就会产生差异。在北洋时期，中或西、传统或现代的各种规则都可能在诉讼中被采纳，形成了法律规则中西杂糅的形态。

基层审判体系的转承

张凯的报告围绕着"民国时期基层审判体系的转承"展开。首先，清末民初，全国审判体系呈现新式法院与行政机关二元化并行发展的趋势，既具有按司法独立精神而创立的现代法院，又有类似清朝州县自理词讼之县知事兼理司法事务，龙泉司法档案系统地展现了清末民初基层司法制度经历了司法独立、监理司法、行政司法分离这一曲折且不彻底的历程。其次，通过对民初学警纠纷、吴绍唐和李镜蓉家族诉讼的考察，发现士绅以组织化和制度化的形式参与地方财政和公共事务，打破了浙江地方原有的官绅权利的平衡，官、绅、民的关系在民国初年发生了重组。此外，张凯的研究还涉及龙泉地区律师群体的来源、生活状态，以及20世纪40年代律师公会的成立过程。

刑事司法制度的转型

胡铭团队报告子课题"从龙泉司法档案看民国刑事司法制度的转型与承续"的主要发现。首先，民国时期国家法层面已经确定了追溯主义，但在当时龙泉的司法实践中，刑事和解占比很高，这与国家法层面并不契合，代表了地方性逻辑，也体现了法律表达与实践的分离。其次，通过考察法院工作人员的构成、人财物管理和工作情况，他们发现从晚清到现代基层法院的建设始终没有纳入理想的现代化进程，很多变革与整个社会的发展是相脱节的，当前法院人财物等司法改革的重点，在民国时期龙泉县的法院建设中已经有所反映。此外，他们还通过对基层社会的治理理念和治理方式的变迁探讨了基层法院刑事司法的运作问题。

司法转型与寺庙产权

陈明华报告的题目是"龙泉司法档案中的庙产纠纷与产权问题"。他的研究发现，传统寺庙不仅是宗教场所，也承担着公共事务、控产机构等职能。清代寺庙产权非常多样化，一方面佛教戒律对产权有所界定，另一方面地方祠庙大致分为国家祀典寺庙（政府控制力度较大）、地方祭祀寺庙（地方共同出资，绅董控制）、独立家族控制的寺庙（家族所有）等不同类型，清中期以后普遍出现地方绅董更多介入寺庙产权结构。清末提拨寺产进行其他活动的行动大量出现，寺院为了应对甚至出现了挂靠日本寻求庇护的行动，作为推行新政的补充资源，政府不得不对寺庙产权做出回应。国家对寺庙进行分类而提拨寺产，而民初中华佛教会的成立也为产权划分带来变数。这一时期大致上确立了地方祠庙分为官、公、私三类的产权体系。大革命以后，随着整个风气激进化，任何党派都试图对庙产进行所有制改造，庙产公有化是个很重要的斗争方向。直到抗战时期，随着教会系统的寺庙慢慢被侵蚀，地方祠庙的庙产通过成立公产委员会、保民大会等形式，使原有的寺庙产权体系被突破。

特邀专家对龙泉司法档案整理与研究的成果展开热烈讨论。陈红民肯定了项目丰硕的成果，并建议这批档案需要出版总目录，方便学者参考，而数据库建设需要考察很多实际问题。胡铁球认为文书的格式很重要，其中的变与不变蕴含了典章制度，能反映出人群的变化，并认为在档案解读方面，要对比南部县档案、巴县（今重庆市巴南区）档案等其他地区的档案。冯筱才认为选择者的训练、眼光、偏好都会决定选编的水准，并且期待龙泉研究能扩大到浙南、闽浙赣甚至整个中国。刘永华提醒文书研究背后知识系统的问题，研究文书需要有书写层面的关照、区域性的关照及人群的关照。王志强希望龙泉司法档案能吸引更多的研究者，引起学术圈更大的关注。吴佩林十分关心各地档案整理和研究，认为龙泉司法档案的整理提供了一个很好的范式，并且提醒研究中要注重地域的差别，避免研究同质化等问题。邱澎生认为龙泉司法档案数据库建设非常必要，在此基础上还可以建立更大的知识网，以便密集性地利用，并且建议参照台湾大学的淡新档案和英国的老贝利司法档案（Old Bailey Online）的成功经验。他还提醒在研究中要打通历史学与法学两方面的知识体系，以及在进行中西比较研究时，要充分注意"西方"本身的差异性与多样性。

龙泉司法档案的整理与研究从发现至今已经走过了将近 12 个年头。以包伟民为首的团队在这个项目上长期探索与坚守，至今既树立了档案文献整理出版的典范，又建立了学术研究的新阵地。但与会者也充分认识到，进一步推动这批档案为学界充分利用，促进更加精深的研究，还需要各方面资源的持续投入，以及后续学术人才的不断参与。

（作者：吴铮强、李扬，澎湃新闻网，2018 年 12 月 7 日，https://www.thepaper.cn/newsDetail_forword_2712493）

晚清民国司法档案——龙泉第三张文化"金名片"

处州十县好龙泉。地处浙西南山区的国家级历史文化名城——龙泉市，独拥三张文化"金名片"，不仅有人们熟知的宝剑和青瓷，还有国内目前发现保存最完整、数量最大的民国时期基层法律档案文书之一——晚清民国司法档案。

出版 96 册——档案史料出版范本

在浙西南龙泉市档案馆里，整整两个房间，静静堆放着，记录历经晚清到民国的山区百姓，厚重而沉重的生活史。

这就是龙泉晚清民国司法档案，记录了自咸丰八年（1858 年）至新中国成立止，共 17411 件卷宗 88 万余页，录入的诉讼案件超过 2 万个，是国内目前发现保存最完整、数量最大的民国时期基层法律档案文书之一。

自从 2007 年 11 月，晚清民国司法档案在龙泉市档案馆库房里被发现以来，龙泉市档案馆与浙江大学展开合作，开展了数字化与编目、整理与出版、学术研讨与考察等一系列活动，取得成果不断。

2013 年，龙泉晚清民国司法档案入选第三批《浙江省档案文献遗产名录》，并于 2015 年又入选第四批《中国档案文献遗产名录》。

2013 年，"龙泉司法档案整理与研究"被批准为国家社会科学基金重大项目。2015 年，《龙泉司法档案选编》第一、二辑获该年度省哲学社会科学优秀成果一等奖。2017 年，中华书局提出的《龙泉司法档案选编》第三、四、五辑出版计划得到国家出版基金资助。

2018 年 11 月，国家社科基金重大项目"龙泉司法档案整理与研究"进入结题阶段，计划按年代分五辑整理出版，现已完成《龙泉司法档案选编》第一辑（晚清时期）、第二辑（1912—1927）、第三辑（1928—1937）的出版，还将出版第四辑（1938—1945）16 册、第五辑（1946—1949）4 册，共 96 册，预计 2019 年 8 月全部完成出版。

省政协委员、省档案局局长刘芸在《龙泉司法档案选编》第三辑发布会上表示，龙泉司法档案不仅是龙泉市文化建设的金名片，同时也是浙江省档案文化建设的"金名片"。今后将进一步发挥专业优势，加大与浙江大学、龙泉市的合作力度，进一步做大做强"龙泉司法档案"文化品牌，为浙江系统整理编纂出版档案史料提供模式和范本。

同时，龙泉晚清民国司法档案还引来一批国内外学者的研究与关注。日前，浙江大学杜正贞副教授的《近代山区社会的习惯、契约与权利——龙泉司法档案的社会史研究》作为"龙泉司法档案研究丛书"的第一本专著，已由中华书局正式出版。此外，龙泉司法档案研究团队还发表相关研究论文 40 多篇。

"事实上，龙泉司法档案可以研究挖掘的空间还非常大，但龙泉地方专门人才缺乏，我们迫切希望能有更多的社会力量，积极参与到龙泉司法档案的后期研究挖掘当中来。"龙泉市档案局局长魏晓霞说。

17411 件卷宗——2007 年库房意外发现

提起龙泉晚清民国司法档案被发现，也颇具偶然性和戏剧性。

那是 2007 年，在文化强省背景下，浙江大学历史系发起地方文书研究计划，对省内各类历史文书进行系统调查、整理与研究，时任浙江大学历史系教授包伟民带领团队在温州各地搜寻地方历史史料。

11 月，经浙江省档案局联系，龙泉市档案局邀请浙江大学研究团队来龙泉进行实地调查，结果在库房里意外发现这批"宝贝"。

据了解，1985 年浙江省龙泉县档案馆按照规定接收各单位文书进馆，龙泉晚清民国司法档案作为其中一部分被移交龙泉县档案馆永久保管。

龙泉之行，让包伟民他们满载而归。在龙泉市档案馆的库房里，密密麻麻的龙泉晚清民国司法档案整齐地堆放在书架上，占据了大半个库房。

"没想到，龙泉还能保存着如此完整的晚清民国时期龙泉地方法院档案，这是宝贵的历史史料。"这一发现，让学者们振奋不已。

经过初步清理，在这批档案中，从山林、田地的经济纠纷，到买卖婚姻、伪造婚书，再到偷盗、赌博、贪污，生动形象地展现了晚清和民国时期人们日常生活、生活关系和经济活动的细节，是后代人了解这一时期社会状况和人民法律观念、态度演变弥足珍贵的第一手资料。

其中有一宗发生在民国十八年（1929年）十一月，因地方法院侵占该县婺州会馆用作法院机构用房，引起婺州会馆商人抗议，进而上书浙江省高等法院的案件卷宗。作为一起典型涉及官民纠纷的案例，相关档案完整记录了从案件发生到卜书申请、补叙再到判决处理的全过程，清晰地展现了处于相对劣势的民众在权利受到侵害时，并不因为对方是官（法院）而忍气吞声，而是直接上书至浙江高等法院请求帮助的法律态度。由此可见，民国时期，民众的维权和法律意识强烈。

档案清晰记录了中国法律制度和司法实践，从传统到近代变革的完整过程；同时，它也记录了近代地方社会结构、经济形态、家庭婚姻、民众观念等方面的变迁，实际几乎涉及民众生活的所有内容，是研究中国法制史、社会史、区域史的珍贵史料。

88万余页文书——20多台扫描仪工作一年

龙泉晚清民国司法档案以纸质文书为主，有的还附有作为证据的契约、分家书、婚书、系谱简图、法警的调查记录、田产山林的查勘图等。

从晚清到民国，由于龙泉地方司法机构变动频繁，导致档案多次易于，加之当时保管条件较差，进馆前，这批档案60%以上的案卷存在虫蛀、霉变、破损等情况，损坏程度较为严重。

为此，档案馆对这批晚清民国司法档案实行了专库管理，采用标准化档案密集架，配备温湿度自动调控设备，并安装监控摄像头，实现全面监控；

同时，龙泉市档案馆还投入大量的人力财力，建立档案裱糊中心，对破损档案进行抢救裱糊。

保护和利用好这一珍贵史料的最好的方法就是数字化扫描、保存并制作复制件。2008年，经省档案局牵线搭桥，龙泉市档案局与浙江大学开展"龙泉民国司法档案研究与整理"合作项目。

20多台扫描仪不停地工作，持续了整整近一年的时间，摆满半屋子书架的档案终于被全部扫描完毕，完成了民国司法档案的全文数字化工作，建立起了龙泉民国档案数据库。

"整理工作比想象中要更艰巨。88万余页的卷宗，全部看过来都需要好长一段时间，况且一个卷宗中可能还掺杂着好几个案件。"据相关人员介绍，由于这批原有卷宗目录错误过多，对17411个卷宗进行全面整理、逐页梳理，按照案件归类，撰写案件提要，编制检索目录，才是一项大工程。

以民国八年（1919年）洪大支与洪大珍嗣产纠葛案为例，该案例的完整材料就分散在1330、3929、4080、13580号四个卷宗中，整理者不仅需要对每个卷宗进行查看、立卷、归档，而且需要极大的细心和耐心，对散落在其他卷宗的零星文书进行逐一收集。

整理龙泉晚清民国司法档案所花费的时间和精力，远不止这些。别说为每一件档案编撰索引，提取关键信息，单就一页文件的性质，就得判断这是状纸正本还是副本，是公函还是呈文，是笔录还是报告……

2万余个诉讼案例——重现浙西南百姓生活

"要了解过去老百姓的生活，没有比这些更好的资料。"这是美国斯坦福大学历史系教授苏成捷对龙泉晚清民国司法档案学术价值的高度评价。

作为研究清代法制史和社会史的汉学家，基层社会现象一直是苏成捷研究的主角，尤其是底层平民的婚姻和家庭生活。他曾细读过民国五年

（1916年）"卖妻契"这份卷宗，讲述一个不幸的女人，被婆婆和丈夫做主，以英洋廿五元的价格"出卖"给别家的事件。他说，过去的小说或者传奇故事大多描写经济发达地区的上层社会生活，使人们对整个社会的全景知之甚少。运用这些法律档案研究社会史，尤其是底层平民的历史，有利于研究者们打开思路、拓宽视野。

档案是历史的镜子，是历史的真实记录。龙泉是著名的青瓷之都，青瓷传统烧制技艺迄今已有1700多年的历史，以宋元最为鼎盛。在相当部分的龙泉晚清民国司法档案中，就保留了不少相关的地方历史信息。民国七年（1918年），一件仿古青瓷案件档案，就呈现了当时龙泉青瓷业传承发展的相关情况。龙泉廖献忠潜心钻研，成功仿制宋代官窑瓷器。不料，有人从他手中买去，当作真古瓷转卖给他人。自觉上当的买家就将卖家和制瓷人状告到了县公署。后来，廖献忠的瓷器和未完工的半成品都被收缴而去。因此，廖献忠遂提起诉讼，呈文到省长公署和实业厅，恳请返还瓷器。当时，省长公署和实业厅分别签署训令和指令，提出廖献忠果能仿制古代官窑青瓷，理应保护。

这个案例折射出清末时期龙泉青瓷烧制技艺衰落、宋元古瓷备受追捧的情形，也反映了地方政府为促使青瓷业正常发展，对该行业秩序的维护，对盗窃、伪造青瓷的严厉打击，对仿制等行为持保护和积极的扶持态度。

翻阅《龙泉司法档案选编》，以"和"为贵的优秀传统文化在不少案件中贯穿始终。当中就有许多案件（包括刑事案件）最终以调解结案，而且在刑事案件中，保释是一种常态，极少适用羁押措施。以毛连昌控邱凤麟奸谋名夺案为例，被告人邱凤麟、林叶氏因涉嫌奸谋名夺等罪名，被县公署羁押于看守所，后吴恒泰作为保证人向县公署出具保书和保状，将两被告保释。保书中，写明了保证人吴恒泰应承担的责任："商具保邱凤麟、林叶氏二人候讯，嗣后奉传，随传随到，如违惟商是问，交案所具保状是实。"

县公署在保书最后批注"准保"二字。

"这种注重保障人权、慎用强制措施的司法理念对于现在的司法实践有着借鉴意义。"浙江工商大学法学院诉讼法学系教授吴高庆告诉记者，龙泉晚清民国司法档案的程序特色，主要体现在五个方面：一是区分案件性质，刑、民开始分离；二是刑事程序启动，主要依靠自诉；三是审理亲力亲为，重视直接言词；四是少用羁押措施，保释成为常态；五是裁判适用甚少，多以调解结案。他认为，这些特色，既蕴含着现代司法制度的萌芽与产生，又彰显出优秀法律文化的传承与弘扬，我们应当从中挖掘出更多传统法律文化中的积极因素与合理内容，来夯实社会主义法律制度根基。

时光流淌，世事更迭，万余卷宗记录了浙西南山区龙泉晚清民国时期的世相百态。

如今，龙泉晚清民国司法档案整理与研究已耗时12年，凝聚众人智慧，在司法资源开发的道路上不断取得突破，为中国古代地方司法改革层面的研究增添新成果，为中外研究学者们构建中国近代法制史提供了丰富的资源。

（作者：章亚鹏、季卓奕、周大彬，《联谊报》，2019年6月18日，第4版）

古籍影印

1899 年，《"沈妹儿"抄录读本》；

1907 年，《田山簿》；

1913 年，《报冤记》；

1931 年，《案簿》；

1934 年，《土名书》；

1935 年，《流水万号》；

1937 年，《记账书》；

1947 年，《开用支脚簿》；

1948 年，《崔字簿》。

九册"六妹遗书"，有明确纪年，从晚清到民国，从 1899 年到 1948 年，跨越 49 年，这不仅仅记录了"东乡坑口"的"沈六妹"在不同时期的不同角色，也记录了浙南瓯江沿岸一个家族的起起落落，风风雨雨，若是将此联系起来，有国，亦有家，有人物，亦有情节，俨然是一部非常精彩而完整的浙南乡村生活影像纪实片。

1899 年《"沈妹儿"抄录读本》

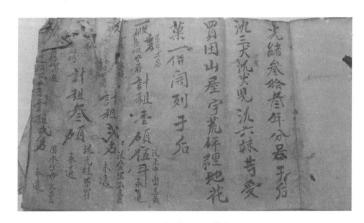

1907 年《田山簿》

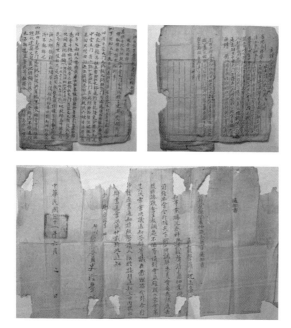

1932 年《司法档案》

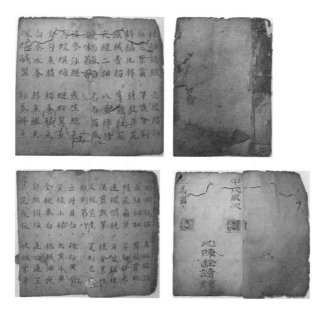

1934 年《土名书》

1935 年《流水万号》

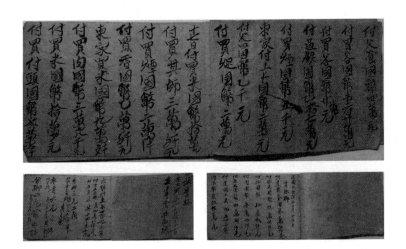

1947 年《开用支脚簿》

1948 年《崔字簿》

写在最后

这是一段奇缘，是我所遇见的。

我想，遇见美好，就不应该错过。

2019 年 3 月 15 日，在龙泉发现古籍，着手记录。

4 月 5 日，初步完成整理，边理边写。

4 月 12 日，从杭州赴龙泉道太乡源口村。

4 月 13 日，到道太乡坑口村、安仁镇沈庄村。

4 月 15 日，走进龙泉市档案馆。

5 月 3 日，将古籍寄赠给龙泉市档案馆，书稿初成。

遇见"六妹遗书"，仅仅不到两个月，便让它有了一个极好而合适的归宿。因为，在龙泉市档案馆里，有与之相关联的《龙泉晚清民国司法档案》，那才是它的家。

这于我个人而言，从遇见"六妹遗书"的第一眼起，我就从未想过能长久地拥有。曾经入过我眼我手，足矣。这 700 元花得很值。

从遇见到探访，整个过程，不仅充满巧合，而且极其顺利，如此美妙，以至于连我自己都有些不敢相信这个事实，似乎注定要遇见"六妹"，要发现"六妹遗书"，注定要有此行，要成此书。

我唯一能做的，便是日夜兼程，尽量真实呈现，以此自娱，顺带娱人。

在如此浩瀚的司法档案面前，我除了敬畏与感慨，还有惶恐与不安，我实在提不起勇气，也没有能力和兴趣来做更深入的整理和解读。毕竟我只是非专业人士，一时兴起，兴尽而止，放自己一马吧。

人或书，都应该有留白，或多或少，为自己，也为他人。

需要说明的是，我不是专业学者，更不是知名教授，只是个普通人，凭自己的兴趣和有限的能力，试图将"六妹遗书"或者说是连同《龙泉晚清民国司法档案》一起置放在那个独立而完整的浙南山区社会文化生态链中来审视、来还原、来恢复，以期尽量将真实且正在渐行渐远的晚清民国时期瓯江百姓的生活群像固定下来，并能永久传承下去。

在访学、探访的过程中，我越发坚定地认为，只有将"六妹遗书"或者说是将《龙泉晚清民国司法档案》重新回放浙南山区瓯江两岸的时代、乡俗、语言中，当然还有土地、空气、阳光、水源等，才是最为合适妥帖的，才能尽显其力量与分量。这亦如鱼与水的关系，谁也离不开谁，否则，便失去了研究的意义和价值。

遗憾，时光太匆匆，水平太有限，成文难免粗浅。真诚期待，在将来的某一天，今天的努力还能起一点点小作用，毕竟时间和历史都是不可再生资源。我坚信，将来会有人喜欢和用得到，当然，这可能会来得晚一些，需要五十年，或者一百年，甚至更晚。

特别感谢龙泉市政协文史委主任陈小龙先生寄来六册他珍藏二三十年的《龙泉文史资料》，这对本书的成稿起了非常大的作用。感谢龙泉市档案局局长魏晓霞的全力支持，以及龙泉市档案馆提供的资料支持，感谢庆元县乡土文化慈善基金提供支持。需要感谢的人还有很多，有在书中提及的，也有没有提到的，当然，也包括那些长眠于瓯江两岸的、那些熟识的或陌生的人。

谨以书献给"妹儿""六妹""农儿"……献给那个曾经生养他们却已永远消失的沈庄村，还有那个尚且健在的坑口村，以及世代生活在瓯江两岸的浙南乡亲。因为，我也来自这里。

当然，一直令我不安和担心的是本书中疏漏与错误的存在，这是不可避免的。在此，也只能先真诚地道一声：抱歉了。

感谢，遇见坑口"六妹"。

周大彬

2019 年 5 月 3 日于杭州曲荷巷 18 号

后 记

山与海的乡村使者

合二为一，迎来此等机缘，无比美妙。

能成此书，得益于庆元县档案馆王丽青先生等人发起的一次找寻活动——皆因庆元、长兴、嘉善山海协作近 20 年。不承想，这次找寻活动却成为感动我并促使我尽力、坚定地完成出版的缘起与动力。找寻之举不仅促成了对爷爷郑琪的教育档案的收集与整理，而且顺带完成了我早年就想找寻龙泉司法档案并结集出版的夙愿，真是得贵人相助，幸甚。

文化传承，无区域之别，无时间之限，亦无血缘之分，读书人遇见时，皆当全力为之。

山海协作，家史国存。我当找寻家史，一一记录，为家乡文化添一笔，为山海协作尽份力。

浙南浙北，庆元龙泉，皆是一家。我想民国时期那场山海之恋的主角——爷爷郑琪与奶奶徐淡英，以及我们——他们所有的后人，都非常乐意成就此书。这是责任，是传承，更是见证。

山海协作，也是民间自发为之的大好事。由长兴籍学者钱伟强、顾大朋夫妇倡领，2017 年春节以来，林文飞、阎昌春、沈辉、郑世飞等人先后来到爷爷郑琪的老家庆元县黄田镇双沈村，共同设立"朋来·天真"崇学基金会，连续 6 年开展"读《论语》、迎新年、发红包"读书活动，普及、推广中国传统文化，在浙南乡村掀起崇学之风。这是自觉自发的活动，我们皆乐而为之，主动成为山海协作的民间文化使者。

时时被感动。促使我坚定前行的力量，不仅源于曾在庆元、平湖、嘉善三地任政府工作人员的爷爷郑琪，还源于无意中"遇见"的"沈妹儿"等人，以及我的父亲郑祖平和他的兄弟们、师兄弟们（爷爷的那些木匠徒弟）。尽管我的父亲和他的兄弟们、师兄师弟们目不识丁，只是普通的农民，一生安居大山，又极少出远门，但他们偏偏对于文化、对于读书、对于成此一书之事格外上心，时时叮嘱，常常鼓励。节俭一生的他们，虽然未读过太多的书，却深谙文化之重要。这份深入骨髓的对文化的热爱，体现了中华文化特有的教化功能，令人惊叹折服。筹集出版费用是成书过程中最小的事，对我而言又是最难之事。感谢诸多亲友齐心众筹，默默助力。

回想这些年，我为女儿写过书，为朋友写过书，为家乡黄田写过书，还为母校的老师写过书……这次我下定决心，要为已逝多年的爷爷郑琪他们写一本书！从小处说，这是诗书传家的家族好事；往大处说，这是留住浙南浙北民国时期的历史片段。我尚有余力，又恰巧与之"相遇"，定然要为之努力。

整个过程还算顺利，毕竟有长期积累，早早随手备着，待到机缘出现，便水到渠成。

近段时间，我在整理爷爷郑琪的资料时，备感浙南乡村资料之缺乏。

因为读书人少，存文之风未形成，加之人亡即焚物之习惯，一个双沈村，千年来的史料，仅有"天真寺建于1004年"这一处记载。

记录过去，展望未来，从任何时候开始都不晚。浙南大山里的乡村有趣有味，无数古老的农耕文明正以无文字的形式存活着，静候有心人来读懂，来耕耘，来添土。

近日，我有了在爷爷郑琪旧屋前立块简介石碑的想法。2022年10月13日早上，在"朋来·天真"崇学基金群里，我提出立碑崇学、守护民居的建议：由基金会出面，在村里已故读书人的故居前立一块百字石碑，以示敬意和纪念，也以此留住传统文化，教化乡邻。该想法得到了大家的响应与支持，我立即行动，努力为浙南的乡村文化添把土。

愿爷爷奶奶的山海之恋能让更多人知晓，让他们的故事成为山海协作的文化载体，这既是告慰与纪念，也是弘扬与传承。

同在一片蓝天下，愿更多山海协作的民间文化使者能自觉自发地推广本书。

水平有限，匆匆写就，难免有错，望海涵。

最后，感谢庆元县档案馆、平湖市档案馆为我提供档案材料；感谢婶婶陈小玉女士的理解与支持，并以儿媳视角撰文，使爷爷奶奶的形象更加丰满；感谢龙泉市档案馆章亚鹏、庆元县档案馆练正学，以及郑祖本、陈小玉、林秀云、沈美芬等亲友对书稿的仔细校阅和指正；感谢杭州职业技术学院韦笑笑老师自始至终给予倾力帮助，从书名到内容，再到装帧设计，多次提出宝贵意见，仅书名就拟写数十个之多；感谢平湖、庆元两地诸多亲友倾力支持，众筹出版。幸甚，我将一一铭记于心。

周大彬

2022年10月19于杭州曲荷巷18号